O JARDIM DAS BORBOLETAS

2ª edição
3ª reimpressão

A minha mãe e a Deb.

Porque vocês estavam quase chegando à resposta quando perceberam o quanto ela era perturbadora.

E também por causa de todo o resto.

Copyright © Dot Hutchison, 2016
Copyright © Editora Planeta do Brasil, 2017, 2022
Copyright da tradução © Débora Isidoro e Carolina Caires Coelho
Todos os direitos reservados.
Título original: *The Butterfly Garden*

Preparação: Luiza del Monaco
Revisão: Andréa Bruno
Diagramação: Abreu's System
Ilustrações de miolo: MagicWacom/ Shutterstock
Ovchinnkov Vladimir / Shutterstock
Capa: adaptada do projeto original de Damon Za Design
Adaptação de capa: Beatriz Borges

Essa edição foi publicada originalmente em acordo com
Amazon Publishing, www.apub.com.

CIP-BRASIL. CATALOGAÇÃO NA PUBLICAÇÃO
ANGÉLICA ILACQUA CRB-8/7057

Hutchison, Dot
    O Jardim das Borboletas / Dot Hutchison; tradução de Débora
Isidoro, Carolina Caires Coelho. – 2. ed. – São Paulo: Planeta do
Brasil, 2022.
    304 p.

    ISBN 978-65-5535-721-9

    Título original: The butterfly garden

    1. Ficção norte-americana 2. Ficção policial norte-americana
I. Título II. Isidoro, Débora III. Coelho, Carolina Caires

22-1418   CDD: 813

MISTO
Papel | Apoiando o manejo
florestal responsável
FSC® C005648

Ao escolher este livro, você está apoiando o
manejo responsável das florestas do mundo e
outras fontes controladas

2025
Todos os direitos desta edição reservados à
EDITORA PLANETA DO BRASIL LTDA.
Rua Bela Cintra, 986 – 4º andar
01415-002 – Consolação – São Paulo-SP
www.planetadelivros.com.br
faleconosco@editoraplaneta.com.br

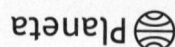

O JARDIM DAS BORBOLETAS

DOT HUTCHISON

Tradução
Débora Isidoro e
Carolina Caires Coelho

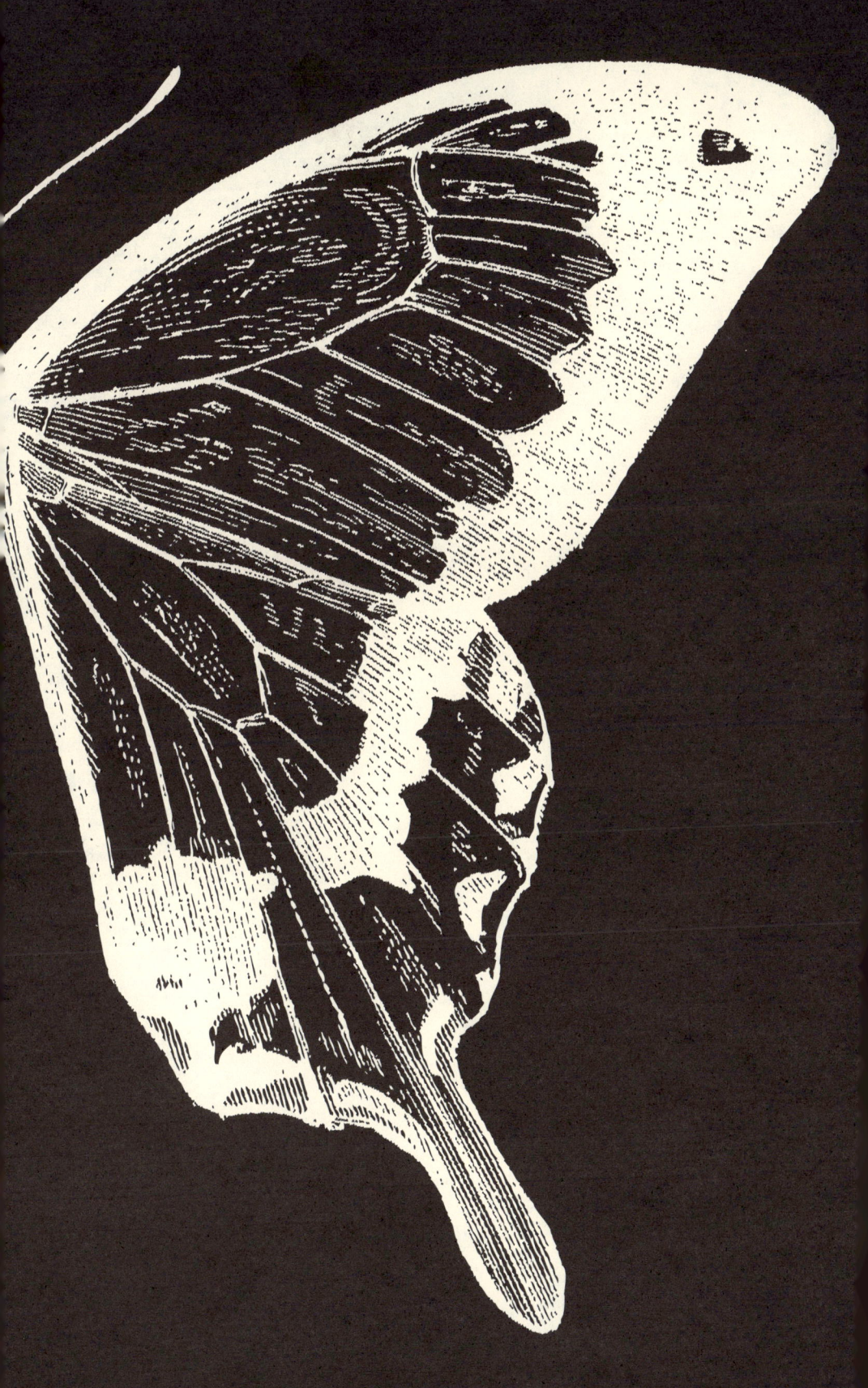

I

Os peritos informam que a menina do outro lado do vidro não disse uma palavra sequer desde que chegou. A princípio, isso não o surpreende, não depois do trauma pelo qual ela passou, mas ao observá-la agora, por trás do espelho falso, ele começa a questionar essa avaliação. Ela está sentada na cadeira de metal, apoiando o queixo em uma das mãos enfaixadas enquanto a outra traça rabiscos sem sentido na superfície da mesa de aço fundido. Seus olhos estão semicerrados, as olheiras são profundas, e os cabelos pretos estão opacos e sujos, presos em um coque bagunçado. É evidente que ela está exausta.

Mas ele não diria que ela está traumatizada.

Bebericando seu café, Victor Hanoverian, agente especial do FBI, observa a garota e aguarda a chegada de sua equipe. Bem, pelo menos de seu parceiro, já que o terceiro membro principal da equipe está no hospital com as outras garotas, tentando conseguir notícias sobre o estado delas e, se possível, seus nomes e impressões digitais. Há outros agentes e peritos na propriedade, e, mesmo com o pouco de informação que teve até agora, Victor teve vontade de ligar para casa e falar com as filhas, apenas para ter certeza de que elas estavam bem.

Ele leva jeito para lidar com as pessoas, principalmente com crianças traumatizadas, por isso a atitude mais sensata é continuar ali, esperando o momento de conversar com aquela vítima em especial.

Ele consegue ver as linhas rosadas deixadas pela máscara de oxigênio ao redor do nariz e da boca da garota, as manchas de poeira e cinzas no rosto e nas roupas largas dela. As mãos e o braço esquerdo estão enfaixados, e Victor consegue ver o volume de mais curativos por baixo da camiseta fina que alguém no hospital deu para ela vestir. Sob uma calça verde surrada e desbotada, as pernas encolhidas tremem sobre a cadeira, na intenção de manter os pés descalços longe do chão frio. Ela não reclama.

Ele nem sequer sabe o nome dela.

Aliás, não sabe o nome da maioria das garotas que resgataram, nem das que eles demoraram muito, tempo demais, para salvar. Aquela garota não conversou com ninguém além das outras meninas, e mesmo nesse momento eles não foram capazes de descobrir seus nomes ou qualquer outra informação. A única fala... bem, não se pode dizer que foi reconfortante: "Pode ser que vocês morram, ou não, mas fiquem tranquilas para que os médicos possam trabalhar". No entanto, as outras garotas pareceram, de certa forma, se acalmar com essas palavras.

Ela se ajeita na cadeira, esticando os braços devagar acima da cabeça até as costas se curvarem como um arco. Os microfones captam o estalar dolorido das vértebras. Balançando a cabeça, volta a se curvar sobre a mesa, com o rosto pressionado contra o metal e as mãos espalmadas no tampo. Está de costas para o vidro, desviando o olhar dele e de todos os que ela sabe que estão ali. O ângulo em que ela está revela também outro ponto de interesse: os desenhos.

O hospital já havia fornecido uma foto deles; Victor consegue ver as extremidades dos traços de cores fortes na parte de trás do ombro da menina. O restante do desenho é mais difícil de ver, mas a camiseta não é grossa o bastante para escondê-lo totalmente. Ele tira a foto do bolso e a segura contra o vidro, olhando para o papel brilhante e para aquilo que consegue ver do desenho nas costas da garota. Não chamaria a atenção se não fosse comum a todas as meninas, menos uma. Cores diferentes, desenhos diferentes, mas seguindo, de certa forma, um padrão.

— Acha que ele fez isso com elas, senhor? — pergunta um dos peritos, observando a garota no monitor. A câmera para a qual ele olha está posicionada do outro lado da sala de interrogatório e mostra uma imagem ampliada do rosto dela, os olhos fechados, a respiração lenta e profunda.

— Vamos ter de descobrir. — Ele não gosta de fazer suposições, principalmente em situações como essa, em que se sabe muito pouco. Esse é um dos pouquíssimos casos de sua carreira em que os fatos são muito piores do que poderiam ter imaginado. E ele está acostumado a pensar no pior. Quando uma criança desaparece, eles se dedicam intensamente, mas nunca criam a expectativa de encontrar a pobrezinha viva no final. Talvez torçam para encontrar, mas não contam com isso. Ele já viu corpos tão pequenos que se surpreendia ao pensar no tamanho dos caixões adequados para eles, já viu crianças estupradas antes mesmo de saberem o sentido dessa palavra, mas o caso que tem em mãos agora é tão inesperado que Victor não sabe bem como agir.

Ele nem sequer sabe quantos anos ela tem. Os médicos estimaram entre dezesseis e vinte e dois, mas isso não ajuda muito. Se tiver só dezesseis, provavelmente deveria haver uma assistente social para acompanhá-la, mas eles já lotaram o hospital e dificultaram as coisas. Eles lá têm serviços valiosos e necessários a oferecer, mas isso não faz com que deixem de atrapalhar. Victor tenta pensar nas filhas, no que elas fariam se estivessem trancadas em uma sala como aquela garota, mas nenhuma delas estaria tão controlada. Será que isso quer dizer que a garota é mais velha? Ou que simplesmente tem mais prática em parecer não abalada?

— Quem mandou mais notícias até agora: Eddison ou Ramirez? — ele pergunta aos peritos, sem tirar os olhos da garota.

— Eddison está vindo para cá. Ramirez ainda está no hospital com os pais da menina mais nova — diz uma mulher. Yvonne não olha para a menina dentro da sala, nem mesmo para os monitores. Ela tem uma filha pequena em casa. Victor pensa se não é melhor tirá-la desse caso, já que é o primeiro dia dela de volta ao trabalho depois da licença-maternidade, mas ele conclui que ela vai avisar se não estiver aguentando o tranco.

— Foi por ela que começamos a busca?

— Ficou desaparecida por dois dias. Sumiu do shopping enquanto fazia compras com as amigas. Disseram que ela saiu dos provadores para trocar o tamanho de uma peça e não voltou mais.

Bem, uma pessoa a menos para encontrar.

Eles tinham tirado fotos, no hospital, de todas as meninas – até mesmo daquelas que morreram no caminho ou logo depois de chegarem – e as estavam checando na base de dados de pessoas desaparecidas. Mas os resultados não apareceriam tão rapidamente. Quando os agentes ou os médicos perguntavam às meninas em melhores condições como elas se chamavam, elas olhavam para uma das garotas, claramente uma espécie de líder entre elas, e a maioria não dizia nada. Algumas pareciam pensar antes de cair em prantos, um choro tão intenso que fazia com que as enfermeiras saíssem correndo para socorrê-las.

Mas não aquela garota da sala de interrogatório. Quando lhe fizeram perguntas, ela simplesmente se virou de costas. Na opinião de todos, ela não tinha a menor intenção de ser encontrada.

E essa constatação fez com que alguns deles se questionassem se ela era mesmo uma vítima.

Victor suspira e bebe o resto do café, amassando o copo antes de jogá-lo dentro do cesto de lixo perto da porta. Ele preferiria esperar por Ramirez; um olhar feminino sempre ajudava em circunstâncias como aquela. Mas será que pode esperar por ela? Não se sabe por quanto tempo ela ficará com os pais, ou ainda se outros aparecerão no hospital quando as fotos forem liberadas à imprensa. *Se forem liberadas à imprensa*, ele pensa, franzindo a testa. Ele detesta essa parte, detesta mostrar fotos de vítimas nas telas de TV e nos jornais, fazendo com que elas nunca se esqueçam do que lhes aconteceu. Pelo menos, nesse caso, eles poderiam esperar até conseguirem os dados das desaparecidas.

A porta se abre e se fecha com uma batida, quando um homem entra. A sala é à prova de som, mas o vidro treme levemente e a menina se endireita depressa, com os olhos apertados voltados para o espelho. E, provavelmente, para as pessoas que ela sabe que estão atrás dele.

Victor nem se mexe; ele sabe quem acabou de entrar. Ninguém bate a porta como Brandon Eddison.

— Alguma novidade?

— Eles cruzaram alguns relatórios bem recentes, e os pais já estão a caminho. Até o momento, todas as que foram identificadas são da Costa Leste.

Victor guarda a foto de volta no bolso de sua jaqueta.

— Descobriu mais alguma coisa sobre a nossa garota?

— Depois que a trouxemos para cá, algumas das outras a chamaram de Maya. Mas não temos o sobrenome.

— Será que é o nome verdadeiro?

Eddison bufa.

— Duvido. — Ele se esforça para subir o zíper da jaqueta por cima da camiseta dos Redskins. Quando a equipe de resgate encontrou as sobreviventes, a equipe de Victor teve sua folga interrompida para lidar com o caso. Levando em conta o gosto duvidoso de Eddison, Victor ficou aliviado por não haver mulheres nuas na camiseta do parceiro. — Temos uma equipe vasculhando a casa para ver se o desgraçado deixou alguma coisa pessoal.

— Bem, acho que podemos concordar que ele deixou umas coisas bem pessoais.

Provavelmente por se lembrar do que viu na propriedade, Eddison não discute.

— Mas por que essa? — ele pergunta a Victor. — Ramirez disse que as outras não estão muito feridas. Estão mais assustadas, isso é fato, mas talvez mais dispostas a falar. Mas essa aí me parece bem alterada.

— As outras meninas confiam muito nela. Quero saber por quê. Acredito que todas estão desesperadas para ir para casa, então por que olham para essa daí e decidem não responder às perguntas?

— Acha que ela pode estar envolvida nisso?

— É isso que precisamos descobrir. — Pegando a garrafa de água do balcão, Victor respira fundo. — Certo. Vamos conversar com a Maya.

Ela se recosta na cadeira quando eles entram na sala de interrogatório, os dedos enfaixados apoiados sobre a barriga. Não é uma postura tão defensiva quanto ele esperava, e fica claro, pela cara franzida de seu parceiro, que ele também se surpreendeu um pouco. Ela os observa, assimilando detalhes e afastando pensamentos que não ficam evidentes na expressão de seu rosto.

— Obrigado por ter nos acompanhado — Victor a cumprimenta, ignorando o fato de ela não ter tido escolha. — Este é o agente especial Brandon Eddison, e eu sou Victor Hanoverian, agente especial sênior e responsável por esse caso.

Os lábios dela se movem ligeiramente, uma reação que não pode ser considerada como um sorriso.

— Agente especial sênior Victor Hanoverian — ela repete com a voz rouca de fumante. — Bastante longo.

— Prefere me chamar de Victor?

— Não tenho preferência, mas agradeço a preocupação.

Ele tira a tampa e entrega a ela uma garrafa de água, usando o momento para ajustar sua estratégia. Com certeza, ela não está traumatizada, muito menos é tímida.

— Normalmente, as apresentações contam com uma segunda parte.

— Os detalhes úteis? — pergunta ela. — Você gosta de fazer tricô e nadar grandes distâncias, e Eddison gosta de andar pelas ruas de minissaia e salto alto?

Eddison resmunga e bate o punho na mesa.

— Vamos lá, como você se chama?

— Não seja grosseiro.

Victor morde o lábio para conter a vontade de sorrir. Isso não ajudaria em nada na situação – certamente não colaboraria para melhorar o estado de espírito de seu parceiro –, mas a tentação do riso persiste.

— Por favor, pode nos dizer seu nome?

— Obrigada pela delicadeza, mas não. Não quero dizer.

— Algumas das meninas chamaram você de Maya.

— Então por que se deu ao trabalho de perguntar?

Ele ouve Eddison segurar o riso, mas o ignora.

— Gostaríamos de saber quem você é, como veio parar aqui. E também gostaríamos de ajudá-la a voltar para casa.

— E se eu dissesse que não preciso da ajuda de vocês para ir para casa?

— Eu me perguntaria por que você não foi para casa antes.

Ela faz um movimento com a boca que, de novo, não é bem um sorriso, e mexe a sobrancelha no que pode ser um gesto de aprovação. É uma garota bonita, com pele bronzeada e olhos castanho-claros, quase cor de mel, mas tem um temperamento forte. Um sorriso terá que ser duramente conquistado.

— Acho que nós dois sabemos a resposta para isso. Mas não estou mais lá, certo? Então, posso ir para casa daqui.

— E onde fica sua casa?

— Não sei mais se ela existe.

— Não estamos brincando — diz Eddison, de repente.

A garota o observa friamente.

— Não, claro que não. Pessoas morreram, vidas foram destruídas, e tenho certeza de que foi um grande inconveniente para você deixar seu jogo de futebol de lado para cuidar disso.

Eddison fica corado, tentando fechar ainda mais o zíper do casaco para esconder totalmente a camiseta.

— Você não me parece muito nervosa — Victor observa.

Ela dá de ombros e toma um gole da água, segurando a garrafa tranquilamente com as mãos enfaixadas.

— Eu deveria estar?

— A maioria das pessoas fica quando fala com o FBI.

— Não é tão diferente de falar com... — Ela morde o lábio inferior rachado e faz uma careta quando sente o sangue escapar pela pele ressecada. Toma outro gole de água.

— Com? — pergunta ele delicadamente.

— Com ele — responde ela. — Com o Jardineiro.

— Ah, sim, o homem que sequestrou você... Você conversou com o jardineiro dele?

Ela balança a cabeça, negando.

— *Ele* era o Jardineiro.

É preciso ficar claro que eu não dei esse nome a ele nem por medo nem respeito, tampouco por um sentimento distorcido de posse. Aliás, não fui eu quem dei a ele esse nome, e ponto-final. Como qualquer outra coisa naquele lugar, foi algo inventado do alto de nossa ignorância. O que não era sabido foi criado, o que não foi criado acabou deixando de ter importância. É uma forma de pragmatismo, acho eu. Pessoas carinhosas e amorosas que precisam desesperadamente da aprovação dos outros acabam sendo vítimas da síndrome de Estocolmo, já o resto de nós se rende ao pragmatismo. Por já ter vivenciado as duas possibilidades, sou a favor do pragmatismo.

Ouvi o nome no meu primeiro dia no Jardim.

Recobrei a consciência com uma dor de cabeça horrorosa, mil vezes pior do que qualquer ressaca que já tive. No começo, nem conseguia abrir os olhos. A dor tomava meu crânio a cada inspiração e ficava ainda mais forte quando eu me mexia. Devo ter emitido um som, porque de repente senti um pano frio e úmido sobre minha testa e meus olhos, e ouvi uma voz jurando que era só água.

Eu não sabia bem o que me deixava mais nervosa: o fato de ela se preocupar em me dizer aquilo ou o fato de ser uma *mulher*. Não havia mulher nenhuma na dupla que me sequestrou, disso eu tinha certeza.

Um braço passou por trás de meus ombros, puxando-me delicadamente para cima, e uma mão pressionou um copo contra meus lábios.

— É só água, eu juro — ela repetiu.

Bebi. Não importava se era "só água" ou não.

— Acha que consegue engolir comprimidos?

— Sim — sussurrei, e até mesmo o som tão baixo da minha voz me deu a sensação de que um prego estava sendo martelado em meu crânio.

— Então abra a boca. — Quando obedeci, ela colocou dois comprimidos chatos na minha língua e levou o copo de água aos meus lábios de novo. Engoli sem resistir e tentei não vomitar quando ela cuidadosamente me acomodou em um colchão firme, sobre um lençol frio. Ela não disse mais nada por um bom tempo, até as luzes coloridas pararem de dançar dentro das minhas pálpebras e eu começar a retomar a consciência dos meus movimentos. Então, ela tirou o pano de meu rosto e protegeu meus olhos da luz do teto até eu parar de piscar.

— Bem, parece que você já fez isso algumas vezes — eu disse com a voz rouca.

Ela me entregou o copo de água.

Mesmo encolhida em um banquinho ao lado da cama, foi fácil perceber que ela era alta. Alta e esguia, com pernas compridas e músculos muito bem definidos como uma amazona. Ou, pensando melhor, como uma leoa, porque, assim como os gatos, ela parecia não ter ossos. Os cabelos ruivos estavam presos no topo da cabeça, num penteado esquisito, revelando um rosto de estrutura forte e olhos castanhos profundos com pontos da cor de mel. Ela usava um vestido preto de seda, com a parte de cima amarrada no pescoço.

Ela aceitou o meu olhar curioso com alívio. Acho que foi melhor me controlar do que ter um ataque histérico, com o que provavelmente ela havia lidado antes.

— Me chamam de Lyonette — disse ela depois de eu voltar os olhos para o meu copo d'água. — Não se preocupe em me dizer o seu nome, porque eu não vou conseguir usá-lo. É até melhor esquecê-lo, se puder.

— Onde estamos?

— No Jardim.

— Jardim?

Ela deu de ombros, e mesmo aquele gesto foi fluido; ela tinha algo de gracioso, nada de deselegante.

— É um nome como qualquer outro. Quer conhecer o espaço?

— Você não sabe de nenhuma maneira de sair daqui?

Ela ficou me olhando.

Certo. Joguei as pernas para fora da cama, firmei os punhos no colchão e percebi que estava praticamente nua.

— Roupas?

— Aqui estão. — Ela me deu uma peça preta de couro, que acabei descobrindo ser um vestido justo frente única, que descia até os joelhos e tinha um decote profundo nas costas. Bem profundo mesmo. Se eu tivesse aquelas covinhas antes da bunda, ela as estaria vendo. Ela me ajudou a amarrar uma faixa grossa ao redor do quadril e então me empurrou com delicadeza em direção à porta.

O quarto era simples, muito simples, com nada além de uma cama, um vaso sanitário pequeno e uma pia em um canto. No outro canto, havia o que parecia ser um pequeno chuveiro. As paredes eram de um vidro denso, com uma abertura sem porta, e havia um trilho de cada lado do vidro.

Lyonette me viu olhando para os trilhos e adotou uma expressão séria.

— Por ali descem as cortinas que nos mantêm escondidas em nossos quartos — ela explicou.

— Isso acontece com frequência?

— Às vezes.

A abertura revelou um corredor estreito e comprido à minha direita, e outro mais curto à minha esquerda, que dobrava um pouco mais adiante. Quase na frente da porta do quarto havia outra entrada, que também possuía aquele trilho – levava para dentro de uma caverna, úmida e fria. Uma abertura arqueada na extremidade oposta da caverna deixava o vento passar pelo espaço escuro de pedra, a pouca iluminação reluzindo uma queda-d'água abundante e barulhenta do lado de fora. Lyonette, então, me guiou até a parte exterior. Saímos por trás da cortina de água direto para um jardim tão lindo que quase doía os olhos. Flores brilhantes de todas as cores imagináveis surgiam numa profusão intensa de folhas e árvores, com nuvens de borboletas voando entre elas. Um penhasco artificial se erguia logo acima de onde estávamos, com ainda mais vegetação em seu topo, e as extremidades das árvores roçavam as laterais do teto de vidro que se estendia muito, muito além. Eu conseguia ver grandes paredes pretas através da vegetação do nível mais baixo – grandes demais para avistar o que havia além delas –, e via pequenos espaços abertos cercados por vinhas. Pensei que podiam ser portas para corredores como aquele que tínhamos acabado de atravessar.

O átrio era enorme, e só pelo tamanho já era assustador, sem contar a confusão de cores. A queda-d'água formava um riacho estreito que descia para um lago pequeno decorado por vitórias-régias, com caminhos de areia branca atravessando a vegetação até as outras portas.

A luz que atravessava o teto era de um forte tom de lavanda, e cindia aquele começo de noite cor-de-rosa e anil. Era meio da tarde quando fui levada, mas, sem saber explicar bem por quê, eu não conseguia acreditar que ainda estávamos no mesmo dia. Eu me virei lentamente, tentando assimilar tudo, mas era pedir demais. Meus olhos não conseguiam ver metade do que havia ali, e meu cérebro não conseguia processar metade do que meus olhos enxergavam.

— Mas que merda é essa?

Lyonette soltou uma risada, um som forte que ela logo interrompeu, como se temesse que alguém pudesse ouvi-la.

— Nós o chamamos de Jardineiro — disse ela de modo seco. — Adequado, não?

— O que é este lugar?

— Bem-vinda ao Jardim das Borboletas.

Eu me virei para perguntar a ela o que aquilo significava, mas então eu enxerguei.

Ela toma mais um gole demorado de água, rolando a garrafa pelas palmas das mãos.

Como a garota não dá sinal de que vai dizer qualquer outra coisa, Victor bate suavemente na mesa para lhe chamar a atenção.

— Isso? — pergunta ele.

Ela não responde.

Victor tira a foto do bolso de sua jaqueta, colocando-a na mesa entre eles.

— É isso? — pergunta ele de novo.

— Olha, me fazer perguntas cujas respostas você já sabe não vai fazer com que eu confie em você. — Seus ombros relaxam e ela se recosta no assento.

— Nós somos o FBI. Normalmente, as pessoas acham que somos bonzinhos.

— E por acaso Hitler se achava um homem mau?

Eddison se senta na beirada da cadeira.

— Você está comparando o FBI a Hitler?

— Não. Estou dando início a uma discussão sobre perspectiva e relatividade moral.

Quando receberam o telefonema, Ramirez foi direto para o hospital e Victor se encarregou de coordenar a enxurrada de informações que chegava. Foi Eddison quem percorreu a propriedade; ele costuma reagir a situações de horror com bastante tranquilidade. E, pensando nisso, Victor olha para a garota do outro lado da mesa.

— Doeu?

— Pra caramba — responde ela, traçando os contornos na foto.

— Disseram no hospital que isso já tem alguns anos?

— E por que você diz isso como se fosse uma pergunta?

— Na realidade é uma afirmação à procura de uma confirmação — ele explica, e dessa vez o sorriso aparece.

Eddison faz cara feia para ele.

— Hospitais são muitas coisas. Mas totalmente incompetentes eles não costumam ser.

— E o que isso quer dizer? — pergunta Eddison.

— Sim, isso tem alguns anos.

Ele reconhece os padrões dos anos em que passou perguntando às filhas sobre boletins, provas e namorados. Ele deixa o silêncio perdurar por um minuto, depois outro, e observa a garota virar a foto com cuidado. Os psicólogos da equipe provavelmente teriam umas coisinhas a dizer sobre isso.

— E quem ele mandou fazer isso?

— A única pessoa no mundo em quem ele conseguia confiar totalmente.

— Homem de vários talentos.

— Vic...

Sem desviar o olhar da garota, Victor chuta a perna da cadeira de seu parceiro, que se assusta, mas logo é recompensado com aquele esboço de sorriso. Não é um sorriso de fato, nem de longe, mas lembra.

A garota tenta espiar por dentro da gaze enrolada em cada um de seus dedos.

— As agulhas fazem um puta barulho, não é? Quando não é o que queremos ouvir. Mas é uma escolha, porque sempre *existe* alternativa.

— A morte? — Victor tenta adivinhar.

— Pior.

— Pior do que a morte?

Eddison empalidece e a menina nota, mas, em vez de rir dele por isso, ela apenas assente com seriedade.

— Ele sabe. Mas você não esteve lá, certo? Ler a respeito não é a mesma coisa.

— O que pode ser pior do que a morte, Maya?

Ela passa a unha embaixo de uma das casquinhas recém-formadas em seu dedo indicador, levantando-a de modo a fazer com que gotas de sangue apareçam sob a gaze.

— Você se surpreenderia se soubesse como é fácil conseguir comprar equipamento para fazer uma tatuagem.

Na primeira semana, colocaram algo em meu jantar todas as noites com o intuito de me deixar mais boazinha. Lyonette permanecia comigo durante os dias, mas as outras garotas – que aparentemente estavam ali em maior número do que pensei – mantinham-se afastadas. Quando eu comentei sobre o assunto durante o almoço, ela me disse que isso era normal.

— O lance do choro deixa todo mundo estressado — disse ela com a boca cheia de salada. Independentemente do que pudesse ser dito a respeito do misterioso Jardineiro, ele oferecia refeições excelentes. — A maioria prefere ficar de fora do assunto até entendermos como a nova garota vai se adaptar.

— Menos você.

— Alguém tem que assumir esse trabalho. Eu consigo aguentar o choro, se for preciso.

— Então deve se sentir grata por eu não ter caído aos prantos.

— Mais ou menos isso. — Lyonette espetou uma tira de frango grelhado e virou o garfo. — Você não chorou em nenhum momento?

— E chorar adiantaria de alguma coisa?

— Ainda não sei se vou amar ou odiar você.

— Vá me mantendo informada, assim eu tento me comportar de acordo.

Ela lançou a mim um sorriso largo, mostrando todos os dentes.

— Mantenha essa atitude, mas não com ele.

— Por que ele quer que eu durma à noite?

— Medidas de precaução. Afinal, tem um penhasco logo ali.

Essas palavras me fizeram imaginar quantas garotas já tinham se jogado dali antes de ele implementar essas medidas de precaução. Tentei mensurar a altura daquela monstruosidade. Sete metros, talvez nove? Será que era alto o bastante para alguém morrer pelo impacto?

Eu tinha me acostumado a acordar naquela sala vazia, depois do efeito das drogas, e ver Lyonette sentada em um banquinho ao lado da cama. Mas no fim da primeira semana acordei de bruços em um banco com estofado duro, sentindo o cheiro forte de antisséptico no ar. Era uma sala diferente, maior, e com paredes de metal, não de vidro.

E havia mais alguém ali dentro.

A princípio, não consegui ver quem era, já que o sono pesado ainda mantinha meus olhos fechados, mas senti a presença de mais alguém perto de mim. Continuei respirando de modo contido e constante, fazendo um esforço para ouvir, mas logo uma mão segurou minha panturrilha nua.

— Sei que você está acordada.

A voz parecia ser a de um homem de meia-idade e com um sotaque nova-iorquino. A voz era agradável. A mão subiu por minha perna, pelo meu traseiro, e então pelas curvas das minhas costas. O arrepio vinha seguindo o toque, apesar do calor da sala.

— É melhor você ficar bem paradinha, caso contrário nós dois teremos motivos para nos arrepender. — Quando tentei virar a cabeça em direção à voz, sua mão travou a parte de trás de minha cabeça, impedindo qualquer movimento. — Preferiria não ter que amarrar você; isso arruinaria o trabalho. Se sentir que não vai conseguir ficar imóvel, posso lhe dar algo que a force a isso. Mas repito que prefiro não ter de tomar qualquer uma dessas medidas. Você é capaz de ficar parada?

— Mas para quê? — perguntei, quase sussurrando.

Ele enfiou um papel de superfície brilhosa em minha mão.

Tentei abrir os olhos, mas os remédios para dormir sempre os deixavam mais cheios de ramela do que o normal pela manhã.

— Se você não for começar *nesse exato instante*, posso me sentar um pouco, por favor?

A mão acariciou meus cabelos, as unhas raspando de leve meu couro cabeludo.

— Pode — disse ele, parecendo assustado. E então me ajudou a me sentar no banco. Esfreguei as ramelas dos olhos e olhei para a foto que eu tinha em mãos, consciente de que ele continuava a acariciar meus cabelos. Pensei em Lyonette, nas outras garotas que eu tinha visto de longe, e não pude dizer que fiquei surpresa.

Assustada, sim, mas não surpresa.

Ele estava atrás de mim, e o ar ao redor dele estava tomado pelo cheiro de um perfume bastante forte. Nem era preciso dizer que era caro. À minha frente, vi equipamentos para tatuagem e tintas organizadas em uma bandeja. — Não farei o desenho todo hoje.

— Por que você nos marca?

— Porque um jardim precisa de borboletas.

— Podemos deixar essa metáfora de lado?

Ele riu, e o riso saiu fácil e forte. Aquele era um homem que amava rir, mas que não via tanta razão para isso quanto gostaria. Então, sempre ficava feliz com uma oportunidade. Aprendemos as coisas com o tempo, e essa foi uma das coisas mais importantes que aprendi a respeito dele. Ele queria encontrar mais alegria na vida do que normalmente encontrava.

— Não é de surpreender que minha Lyonette goste de você. Você é forte, bem parecida com ela.

Não tive como responder àquilo, não encontrei nada para dizer que fizesse algum sentido.

Ele passou os dedos cuidadosamente por meus cabelos, afastando-os de meus ombros, e pegou uma escova. Ele desembaraçou os fios até não sobrar nem um nó e continuou escovando mesmo depois. Acho que ele gostou daquilo tanto quanto qualquer outra coisa, na verdade. É um prazer simples poder escovar os cabelos de alguém. Por fim, ele os prendeu com um elástico em um rabo de cavalo e então os enrolou em um coque pesado que prendeu com uma presilha e grampos com pontas de borracha.

— Volte a se deitar de bruços, por favor.

Obedeci e, quando ele se afastou, vi de relance que vestia calças cáqui e uma camisa de botões. Ele virou minha cabeça para que eu não o observasse, pressionando meu rosto contra o couro escuro, e deixou meus braços posicionados ao lado do corpo. Não era uma posição muito cômoda, mas também não era insuportável. Quando percebeu que meu corpo estava enrijecido, ele deu um tapinha em meu traseiro.

— Relaxe. Se você ficar tensa, vai doer mais e vai demorar mais para cicatrizar.

Respirei fundo e forcei meus músculos a se descontraírem. Fechei e abri os dedos e, a cada movimento, eu soltava um pouco mais da tensão de minhas costas. Sophia tinha me ensinado isso, principalmente para evitar que Whitney tivesse seus acessos constantes, e...

— Sophia? Whitney? Essas são algumas das meninas? — Eddison interrompe.

— Elas são meninas, sim. Bem, Sophia provavelmente conta como mulher. — A garota toma mais um gole e observa a quantidade de água que resta na garrafa. — Na verdade, Whitney também. Então podemos considerar que elas são mulheres.

— Como elas são? Podemos relacionar o nome delas a...

— Elas não são do Jardim. — É difícil interpretar o olhar que ela lança ao agente mais jovem: uma mistura de pena, diversão e escárnio. — Eu tinha vida antes, sabe? Minha vida não começou no Jardim. Bem, ao menos não no Jardim do qual estamos falando.

Victor vira a foto, tentando calcular o tempo que aquilo deve ter demorado. O desenho era tão grande, tão cheio de detalhes.

— Não foi de uma só vez — diz a garota, direcionando o olhar para o desenho. — Ele começou com os contornos. E somente depois de duas semanas é que acrescentou todas as cores e detalhes. E, quando terminou, eu era apenas mais uma das Borboletas no Jardim dele. Era como Deus criando seu mundinho próprio.

— Conte-nos sobre Sophia e Whitney — diz Victor, feliz por deixar a tatuagem de lado por um tempo. Ele tem uma vaga ideia daquilo que acontecia quando a tatuagem era finalizada, e não se importaria de se admitir covarde se pudesse adiar um pouco essa informação.

— Elas moravam comigo.

Eddison tira o moleskine do bolso.

— Onde?

— Em nosso apartamento.

— Você precisa...

Victor o interrompe.

— Conte-nos sobre esse apartamento.

— Vic — Eddison protesta. — Ela não vai nos dizer nada!

— Vai, sim — responde ele. — Quando estiver pronta.

A garota os observa sem abrir a boca, jogando a garrafa de uma mão para a outra.

— Conte-nos sobre o apartamento — diz ele de novo.

Éramos oito, todas trabalhávamos no mesmo restaurante. Era um apartamento enorme do tipo loft, um único cômodo, com camas e armários organizados como num quartel. Cada cama tinha um suporte para pendurar roupas de um lado e varões para as cortinas do outro. Não havia muita privacidade, mas funcionava bem o suficiente. Em circunstâncias normais, o aluguel seria um inferno, mas, como aquela era uma vizinhança ruim e o apartamento era muito cheio, era possível tirar o valor do aluguel em uma ou duas noites de trabalho e usar o dinheiro do resto do mês para gastar com qualquer outra coisa.

Algumas até faziam isso.

Éramos uma mistura esquisita: estudantes, garotas assanhadas e até mesmo uma prostituta aposentada. Algumas queriam a liberdade para poder ser quem quisessem; outras queriam a liberdade para ficarem sozinhas e em paz. As únicas coisas que tínhamos em comum era o trabalho no restaurante e o fato de morarmos juntas.

E, sinceramente, aquilo era mais ou menos como o paraíso.

Claro, não era sempre um mar de rosas, havia discussões, brigas e umas besteiras de vez em quando, mas, na maior parte do tempo, essas coisas eram rapidamente superadas. Alguém sempre estava disposto a emprestar um vestido, um par de sapatos ou um livro. Havia a responsabilidade do trabalho, e também das aulas para quem as assistiam, mas tínhamos dinheiro e uma cidade toda a nossos pés. Até mesmo para mim, que cresci meio solta na vida, esse tipo de liberdade era maravilhoso.

A geladeira era abastecida com pães, bebidas alcoólicas e água mineral, e sempre havia preservativos e aspirina nos armários. Às vezes, encontrávamos uns restos de comida na geladeira e, sempre que a assistente social visitava Sophia para ver como ela estava vivendo, saíamos em disparada para esconder o álcool e as camisinhas. Na maior parte do tempo, comíamos fora ou comprávamos comida pronta. Por trabalharmos em um restaurante, normalmente evitávamos a cozinha do apartamento como o diabo foge da cruz.

Ah, também tinha o bêbado. Nunca soubemos ao certo se ele morava no prédio ou não, mas toda tarde nós o víamos bebendo na rua, e toda noite ele caía inconsciente na frente da nossa porta. Não na porta do prédio... na porta do nosso apartamento. Ele era um maldito pervertido também, então quando voltávamos depois de escurecer – o que acontecia praticamente toda noite – subíamos até a cobertura e então descíamos um andar pela escada de emergência para podermos entrar pela janela. O proprietário do apartamento chegou a instalar uma fechadura especial para nós porque Sophia se sentia mal pelo tarado beberrão e não queria entregá-lo à polícia. Devido à situação dela – prostituta, aposentada e na tentativa de se livrar de seus vícios para reaver a guarda dos filhos –, nós não pressionávamos.

As meninas do apartamento foram minhas primeiras amigas. Acho que já tinha encontrado pessoas como elas antes, mas era diferente. Eu conseguia me manter longe das pessoas, e era o que eu geralmente fazia. Mas eu trabalhava e morava com elas, por isso foi... diferente.

Sophia era como uma mãe para todas nós e já estava limpa havia mais de um ano quando a conheci, e isso depois de passar dois anos tentando e fracassando. Ela tinha duas filhas lindinhas, que haviam ficado juntas no mesmo lar temporário. E o bom era que os pais temporários davam a maior força ao objetivo de Sophia de reaver a guarda das duas. Eles permitiam que ela fosse ver as meninas sempre que queria. Quando as coisas se complicavam, sempre que ela tinha uma recaída, uma de nós a enfiava num táxi para ir ao encontro de suas filhas para que, assim, ela se lembrasse por que estava se esforçando tanto.

Também tinha a Hope, sempre junto de sua marionete, Jessica. Hope era cheia de ideias e cheia de vida, e Jessica concordava com tudo o que ela dizia ou fazia. Hope enchia o apartamento com risadas e sexo, e se Jessica usava o sexo como uma maneira de se sentir melhor, pelo menos havia aprendido com Hope como aquilo podia ser divertido. As duas eram as caçulas, tinham só dezesseis e dezessete anos quando me mudei para lá.

Amber também tinha dezessete anos, mas, diferentemente das outras duas, tinha um objetivo na vida. Ela conseguiu se emancipar para poder sair do sistema de lar temporário, prestou vestibular e estava fazendo aulas em uma faculdade comunitária para conseguir um diploma de ensino universitário até decidir qual carreira seguir. Havia também Kathryn, alguns anos mais velha, que nunca, nunca mesmo, falava sobre a sua vida anterior à mudança para o apartamento. Na verdade, ela não falava sobre nada. Às vezes conseguíamos convencer Kathryn a fazer alguma coisa conosco, mas ela nunca fazia nada sozinha. Se alguém colocasse nós oito contra a parede e perguntasse quem estava fugindo de alguma coisa ou de alguém, sempre diríamos que era Kathryn. Mas nós também não perguntávamos nada a ela. Uma das regras básicas do apartamento era não insistirmos em saber das histórias pessoais umas das outras. Todas tínhamos bagagem.

Whitney, que eu já mencionei, tinha crises constantes. Ela era estudante de Psicologia, mas era nervosa pra caralho. Não era nada ruim, mas ela não conseguia reagir bem a situações de estresse. Nas férias ela era incrível, mas na época das aulas nós nos revezávamos para tentar fazer com que ela se divertisse. Noémie também era estudante e se formou no curso mais inútil de todos. Sério, acho que ela só fez faculdade porque ganhou uma bolsa de estudo. Bem, e se formar em Letras dava a ela uma desculpa para ler *pra caramba*. Felizmente, ela era muito generosa e compartilhava seus livros.

Noémie foi quem me contou do apartamento na minha segunda semana no restaurante. Era minha terceira semana na cidade e eu ainda estava morando em um albergue, levando os meus reles pertences comigo todos os dias para o trabalho. Estávamos na minúscula sala de funcionários, depois do expediente, trocando de roupa. Eu sempre deixava o meu uniforme no restaurante, porque, caso as minhas coisas fossem roubadas enquanto eu estivesse dormindo, ao menos eu conseguiria trabalhar. As outras pessoas se trocavam ali porque o uniforme – vestido social e salto alto – não era o tipo de coisa que elas usavam para voltar para casa.

— Então... hum... você é bem confiável, certo? — disse, sem muita enrolação. — Bom, você não perturba os assistentes nem os atendentes, nunca pegou nada de ninguém da sala de uso comum e também nunca fede a drogas ou algo do tipo.

— E o que tem isso? — Fechei o meu sutiã nas costas e arrumei os meus peitos dentro dele. Morar em um albergue nos deixava mais despudoradas, o que era reforçado pela pequena sala de uso comum do restaurante e pelo número de funcionários que se trocavam ali.

— Rebekah disse que você está num albergue aqui perto. Você sabe que várias de nós moramos juntas, não é? Então, temos uma cama vaga no nosso apartamento.

— Ela está falando sério — disse Whitney, ajeitando os cabelos ruivos no coque com trança. — Tem uma cama sobrando.

— E um armário. — Hope riu.

— A gente andou falando sobre isso e queremos saber se você gostaria de morar com a gente. O aluguel sai trezentos por mês, com as contas inclusas.

Eu tinha praticamente acabado de chegar à cidade, mas já sabia que aquilo era impossível.

— Trezentos? Que merda de lugar vocês conseguem alugar por trezentos?

— O aluguel é dois mil — Sophia corrigiu. — Dividindo é que dá trezentos para cada uma. E tem um extra para cobrir as contas, claro.

Aquilo me pareceu justo, mas...

— Em quantas vocês são?

— Com você, seríamos oito.

O que, no final das contas, não tornaria as coisas muito diferentes da vida no albergue.

— Posso dormir lá hoje para ver como é e decidir amanhã?

— Claro! — Hope me entregou uma saia jeans tão curta que quase não cobriria minha roupa íntima.

— Essa saia não é minha.

— Eu sei, mas acho que ficaria muito bem em você. — Ela já estava enfiando uma perna dentro da minha calça larga de veludo, então, em vez de começar uma discussão, vesti a saia e decidi ser muito cuidadosa ao me abaixar. Hope era cheia de curvas, posso até dizer que meio cheinha, por isso eu consegui descer a saia para cobrir um pouco mais.

Os olhos do dono brilharam quando ele me viu saindo *com* as meninas.

— Você mora com elas agora, certo? Está segura? — perguntou o dono do restaurante com um sotaque italiano.

— Os clientes já foram, pode voltar a falar normalmente, Guilian.

Ele deixou de lado o sotaque forçado e me deu um tapinha no ombro.

— Elas são boas meninas. Fico feliz por saber que você ficará com elas.

A opinião dele me deixou um tanto aliviada. Minha primeira impressão de Guilian foi de que era uma pessoa difícil, mas justa, e ele provou que eu estava certa quando ofereceu uma semana de teste a uma garota que chegara para a entrevista com uma mochila nas costas e arrastando uma mala. Ele fingia ser italiano nativo porque isso fazia os clientes pensarem que a comida era melhor, mas ele era um americano loiro, alto, gordo, quase careca e com um bigode que já havia coberto todo seu lábio superior e agora estava prestes a devorar o resto de seu rosto. Acreditava que o trabalho de uma pessoa mostrava mais do que as palavras dela e sabia como fazer um elogio. No fim de minha primeira semana, ele simplesmente me deu os horários da semana seguinte.

Eram três da madrugada quando saímos. Memorizei as ruas e os trens e não estava nem de longe tão nervosa como deveria estar quando chegamos à vizinhança delas. Com os pés doloridos depois de horas usando salto alto, subimos com dificuldade os muitos lances de escada até a cobertura, passamos por diversos móveis de jardim, grelhas cobertas e o que parecia ser uma pequena plantação de maconha em um canto, e então descemos um lance pela escada de emergência e entramos pelas grandes janelas. Sophia fechava os vidros enquanto Hope ria sem parar tentando explicar sobre o pervertido bêbado do corredor.

Havia alguns tipos como esse no albergue.

O apartamento era enorme e organizado, com quatro camas, uma em cada parede, e um conjunto de sofás unidos em um quadrado no meio. A cozinha era separada do resto da sala por um balcão e havia uma porta que levava ao enorme banheiro, que contava com dez duchas, sem divisórias, cada uma virada em uma direção.

— Não fazemos perguntas a respeito das pessoas que moraram aqui antes — disse Noémie delicadamente quando o mostrou a mim.

— Mas isso é só um banheiro, não uma zona.

— E você é capaz de convencer o pessoal da manutenção disso?

— Ah, não, nós transamos com eles o tempo todo. Faz parte da diversão.

Sorri, apesar de tudo. Era divertido trabalhar com elas, que estavam sempre fazendo piadas, xingando e elogiando umas às outras pela cozinha, falando mal de clientes irritantes ou paquerando os cozinheiros e lavadores de pratos. Eu tinha sorrido mais nas duas últimas semanas do que me lembrava ter sorrido em toda a vida. Todas elas jogaram as bolsas e malas nos armários e vestiram seus pijamas ou o que quer que fosse que usavam para dormir, mas ainda demoraria muito para caírem no sono. Whitney apanhou seu livro de psicologia enquanto Amber pegou vários shots e os encheu com tequila. Estiquei a mão para pegar um, mas Noémie me ofereceu uma dose de vodca.

— A tequila é para os estudos.

Então, eu me sentei em um dos sofás e observei Kathryn lendo o simulado de Amber. Era um shot para cada pergunta. Se Amber errasse a resposta, tinha que beber. Se acertava, podia fazer outra pessoa beber. Na primeira resposta errada, eu fui a escolhida e tentei não engasgar com a mistura nojenta de tequila e vodca.

Ainda estávamos acordadas quando amanheceu, e Noémie, Amber e Whitney foram se arrastando para a aula enquanto nós, que sobramos, finalmente caímos no sono.

Quando acordamos no início da tarde, assinei o contrato de aluguel e paguei meu primeiro mês com as gorjetas das duas noites anteriores.

E foi assim que, de repente, deixei de ser uma sem-teto.

— Você disse que isso aconteceu na sua terceira semana na cidade, certo? — pergunta Victor, repassando uma lista de cidades às quais ela podia se referir. A voz dela não tem sotaque forte de nenhum lugar, sem regionalismos que poderiam ajudar a identificar sua origem. Ele tem quase certeza de que a garota faz isso de propósito.

— Isso mesmo.

— Onde você estava antes disso?

Ela termina de beber a água em vez de responder. Colocando com cuidado a garrafa vazia no canto da mesa, ela se recosta na cadeira e corre lentamente as mãos com ataduras pelos braços.

Victor fica de pé e tira a jaqueta, dando a volta na mesa para colocá-lo sobre os ombros da garota. Ela fica tensa quando o agente se aproxima, mas ele toma o cuidado de não deixar sua pele tocar na dela. Quando Victor volta para seu lado na mesa, ela relaxa o suficiente para enfiar os braços nas mangas. A peça é grande para ela, mas suas mãos saem confortavelmente pelos punhos.

Nova York, ele conclui. O apartamento era um loft, o restaurante ficava aberto até tarde da noite. Além disso, ela disse trens em vez de metrô – isso quer dizer alguma coisa, não? Ele pensa que precisa entrar em contato com o escritório de Nova York para ver se eles conseguem encontrar algo sobre a garota.

— Você estava na faculdade?

— Não. Trabalhando.

Ouve-se uma batidinha na janela e Eddison logo deixa a sala. A garota o observa sair com certa satisfação e então volta a olhar para Victor com uma expressão neutra.

— Por que você resolveu ir para a cidade? — pergunta ele. — Pelo que entendi você não tinha conhecidos ali e nem tinha planos para depois da sua chegada. Por que então tomou essa decisão?

— Por que não? É algo novo, certo? Algo diferente.

— Algo distante?

Ela ergue uma sobrancelha.

— Como você se chama? — Victor insiste.

— O Jardineiro me chamava de Maya.

— Mas esse não era o seu nome.

— Às vezes é mais fácil esquecer, sabe? — Ela mexe na manga da jaqueta, enrolando-as e desenrolando-as em movimentos rápidos. Provavelmente isso não é muito diferente de enrolar conjuntos de talheres em guardanapos no fim das contas. — Eu estava lá dentro, sem chance de escapar, sem ter como voltar à vida que conhecia, então por que me apegaria a isso? Por que causar a mim mesma mais dor lembrando-me daquilo que não possuía mais?

— Você está dizendo que se esqueceu de seu nome?

— Estou dizendo que ele me chamava de Maya.

Até a minha tatuagem ser finalizada, fiquei, na maior parte do tempo, isolada das outras meninas. A única exceção era Lyonette, que ainda vinha todos os dias falar comigo e passar pomada em minhas costas machucadas. Ela me deixou observar sua marca sem sinal nenhum de vergonha ou nojo. Fazia parte dela agora, como a respiração e a graça inconsciente de seus movimentos. A minúcia dos detalhes era incrível, e eu ficava pensando quão mais complexo era quando o desenho tinha de ser retocado. Mas algo me impediu de perguntar. Uma boa tatuagem levava anos para desbotar o suficiente a ponto de precisar de algum retoque; eu não queria pensar no que significaria ficar no Jardim por tanto tempo.

Ou pior, o que poderia significar não ficar no Jardim por tanto tempo.

As drogas ainda faziam parte de meu jantar, que Lyonette trazia até mim em uma bandeja junto com o dela. De tempos em tempos, eu não acordava na cama, mas sim no banco de couro duro, com o Jardineiro passando as mãos pelas áreas já tatuadas para ver se estavam cicatrizando bem ou se ainda estavam muito sensíveis. Ele nunca me deixava vê-lo, e diferentemente de meu quarto com vidro semirreflexivo por todos os lados, as paredes de metal sem graça não me deixavam ver nada.

Ele cantarolava enquanto trabalhava, um som que por si só era adorável, mas que contrastava terrivelmente com o barulho mecânico das agulhas. Na maior parte das vezes eram sucessos antigos: Elvis, Sinatra, Martin, Crosby, até mesmo um pouco de Andrews Sisters.

Era um tipo esquisito de dor escolher ficar sob as agulhas e deixar que ele rabiscasse minha pele. Mas eu não acreditava ter muitas alternativas. Lyonette dizia que ficava com todas as garotas até as asas ficarem prontas. Eu ainda não podia explorar o Jardim, não podia procurar uma saída. Eu ainda não sabia ao certo se Lyonette sabia que não havia escapatória ou se ela simplesmente não se importava mais com isso. Então, deixei que ele colocasse aquelas malditas asas em mim. Não perguntei o que aconteceria se eu relutasse, se me recusasse.

Certa vez, quase perguntei, mas Lyonette percebeu e empalideceu, então mudei logo de assunto.

Pensei que aquilo tinha algo a ver com o fato de ela nunca me levar aos corredores, só ao Jardim, sempre pela caverna atrás da queda-d'água. Independentemente do que ela não quisesse que eu visse – ou não quisesse me mostrar, o que não é a mesma coisa –, eu podia esperar. De modo covarde. Ou pragmático.

Eu estava completando três semanas no Jardim quando ele terminou. Durante toda a manhã, ele trabalhou de forma mais intensa, mais focada, fazendo intervalos cada vez menos frequentes e mais curtos.

Ele começou, no primeiro dia, tatuando ao longo de minha coluna e fazendo o contorno principal das asas. Depois disso, com o passar dos dias foi acrescentando os detalhes internos a partir das pontas das asas, seguindo na direção de minha espinha e revezando-se entre os quatro quadrantes de minhas costas para impedir que alguma área ficasse excessivamente sensível, impedindo a continuação do trabalho. Ele era extremamente meticuloso.

Ao final da última sessão, seu murmúrio foi interrompido e sua respiração ficou curta e rápida, conforme ele limpava o sangue e o excesso de tinta. Suas mãos tremiam depois de tanto tempo movimentando-se com absoluta exatidão. A pomada fria e oleosa vinha em seguida, esfregada com cuidado em cada pedaço de minha pele.

— Você ficou primorosa — disse ele com a voz rouca. — Absolutamente impecável. Uma adição realmente valiosa ao meu jardim. E agora... agora você deve ganhar um nome.

Ele passou os polegares pelas minhas costas, no local em que o desenho já estava quase todo cicatrizado, subindo até minha nuca e emaranhando os dedos em meus cabelos presos. Havia pomada oleosa em suas mãos, deixando meus cabelos emplastrados e pesados depois de seu toque. Sem qualquer aviso, ele tirou as minhas pernas da maca e meus pés se apoiaram no chão, com a parte de cima do corpo ainda encostada no couro. Eu o ouvi mexendo no cinto e no zíper e fechei meus olhos com força.

— Maya — ele gemeu, passando as mãos pelas laterais de meu corpo. — Você é Maya agora. E minha.

Uma batida forte na porta a impede de descrever o que aconteceu em seguida, e ela parece, ao mesmo tempo, assustada e agradecida.

Victor solta um palavrão em voz baixa e vai em direção à porta. Eddison faz um gesto para que ele saia da sala e vá até o corredor.

— O que está acontecendo com você, porra? — esbraveja ele. — Ela finalmente estava abrindo a boca.

— A equipe que está vasculhando o escritório do suspeito encontrou isto. — Ele levanta um saco de provas grande cheio de carteiras de habilitação e identidades. — Parece que ele guardou todas elas. De todas as que tinham um documento, pelo menos.

Victor pega o saco, com mais documentos do que ele gostaria de imaginar, e o chacoalha um pouco para ver além da primeira camada de nomes e fotos.

— Você encontrou os dela?

Eddison então entrega a ele um saco bem menor, dentro do qual há só um documento. É uma identidade de Nova York, e ele a reconhece imediatamente. O rosto um pouco mais jovem e delicado, apesar de a expressão ser tão dura quanto a atual.

— Inara Morrissey — ele lê, mas Eddison balança a cabeça, negando.

— Eles estão verificando todas elas, mas colocaram essa daí na frente. Inara Morrissey não existia até quatro anos atrás. O número do seguro social bate com o de uma menina de dois anos que morreu nos anos 1970. O escritório de Nova York está mandando alguém ao último lugar em que a suposta Morrissey trabalhou, um restaurante chamado Evening Star. O endereço que temos registrado é de um prédio interditado, mas telefonamos para o restaurante e conseguimos outro. O agente com quem conversei assoviou quando me entregou o endereço; parece que o bairro é barra pesada.

— Sim, ela nos contou isso — diz Victor, distraidamente.

— Ah, claro, com certeza dá para confiar na garota.

Victor não responde na hora, concentrado em analisar a identidade. Ele confia quando seu parceiro diz que o documento é falso, mas, caramba, é impecável. Ele tem de admitir que, em circunstâncias comuns, seria facilmente enganado.

— Quando ela parou de trabalhar?

— Há dois anos, de acordo com o chefe dela. Os impostos confirmam isso.

— Dois anos... — Ele devolve a Eddison o saco maior e fica com a identidade de Inara Morrissey, envolvendo-a novamente no saco plástico e colocando-a em seu bolso de trás. — Peça que analisem esses documentos o mais rápido possível. Se conseguirem, chamem peritos de outras equipes. Identificar as garotas do hospital é a nossa prioridade agora. Depois disso, consiga alguns fones de ouvido, para que os peritos do escritório de Nova York possam passar as atualizações com mais rapidez.

— Entendi. — Ele faz uma careta para a porta fechada. — Ela estava começando a falar mesmo?

— Bem, falar não tem sido exatamente o problema dela. — Ele ri. — Case-se, Eddison. Ou melhor, tenha filhas e espere até que elas sejam adolescentes. Ela é melhor do que a média, mas, no final das contas, não muda muita coisa. É preciso filtrar a informação para pegar o que é significativo. Temos de ouvir o que não está sendo dito.

— Pois é. Existe um motivo para eu preferir falar com os suspeitos a falar com as vítimas. — Eddison entra na sala dos peritos sem esperar resposta.

Uma vez que já está fora da sala, Victor pode muito bem aproveitar e fazer um intervalo. Ele caminha depressa pelo corredor e entra na sala principal de trabalho, passa pelas mesas e segue até o canto que serve de cozinha e de área de descanso. Ele puxa a jarra da cafeteira e pondera: *não está quente, mas também não está com cheiro de velho*. Enche duas canecas que parecem limpas e as enfia no micro-ondas. Enquanto o café esquenta, ele procura na geladeira qualquer coisa que não esteja vencida.

Um bolo de aniversário não era exatamente o que ele procurava, mas vai ter de servir. Pouco tempo depois, ele deixa a copa e volta para a sala técnica com duas fatias grossas de bolo, cada uma em um prato, vários sachês de açúcar e duas canecas de café requentado.

Eddison faz uma carranca, mas segura os pratos para que o companheiro possa colocar as escutas no ouvido. Victor não tenta escondê-las; a garota é esperta demais para isso. Depois que ele ajeita os equipamentos de modo confortável, pega os pratos de volta e retorna à sala de interrogatório.

Ele a assusta com o bolo e disfarça um sorriso ao deslizar um prato e uma caneca pela superfície de aço fundido.

— Pensei que você pudesse estar com fome. Não sei como gosta de tomar seu café.

— Não estou, mas obrigada. — Ela beberica o café puro e faz uma careta, mas logo engole e come um pedaço de bolo.

Ele espera até que a boca dela esteja cheia.

— Conte para mim sobre o Evening Star, Inara.

Ela não engasga, não se retrai, mas faz uma leve pausa, um momento de total imobilidade que passa tão rápido que Victor não seria capaz de notar se não estivesse esperando atentamente por isso. Ela engole o que tem na boca e lambe a cobertura de seus lábios, deixando-os marcados por um vermelho brilhante.

— É um restaurante, você sabe disso.

Ele tira o saco com a identidade do bolso, coloca-o sobre a mesa e bate com o dedo na foto dela.

— Ele ficou com as identidades? — ela pergunta, sem acreditar.

— Isso me parece...

— Idiota?

— Claro. — Ela faz uma careta e fica pensativa. Estica os dedos para tirar o documento de sua vista. — Todas elas?

— Até onde sabemos, sim.

Ela remexe o café na caneca, olhando para o pequeno redemoinho.

— Mas Inara, assim como Maya, é uma invenção, certo? — ele pergunta delicadamente. — Seu nome, sua idade, nada disso é real.

— É real o bastante — ela o corrige com cuidado. — Real para o que precisa ser.

— Real o bastante para conseguir um emprego e um lugar para morar. Mas o que veio antes disso?

Uma das coisas mais bacanas em Nova York era que ninguém fazia perguntas a ninguém. É só um daqueles lugares aos quais as pessoas vão, sabe? É um sonho, é um objetivo, um lugar onde você pode desaparecer em meio a milhões de outras pessoas que estão fazendo a mesma coisa. Ninguém quer saber de onde você veio e nem por qual motivo foi embora, uma vez que todo mundo está muito concentrado em sua própria vida. Nova York tem muita história, mas todo mundo ali só quer saber o que o futuro lhe reserva. Mesmo para aqueles que nasceram em Nova York, é possível se esconder e nunca ser encontrado.

No meu caso, coloquei tudo o que eu tinha em uma mochila e em uma mala e peguei um ônibus para Nova York. Chegando lá, encontrei um local onde eram servidas refeições à população carente e me ofereci para ajudar, em troca de um lugar para dormir na clínica que ficava no andar de cima. Um dos outros voluntários me contou que tinha acabado de conseguir uma documentação falsa para sua esposa, que era venezuelana e estava ali em situação ilegal. Telefonei para o contato que ele me passara e, no dia seguinte, eu estava em uma biblioteca, sentada embaixo de uma estátua de um leão e esperando um desconhecido se aproximar de mim.

O cara apareceu uma hora e meia depois do combinado, e ele não inspirava muita confiança. Era de estatura mediana e bem magro e tinha as roupas cheias de manchas que eu nem queria saber do que eram. Seus cabelos estavam tão embaraçados que já quase formavam dreads, e ele fungava o tempo todo, com os olhos agitados sempre passava a manga da blusa no nariz vermelho. A não ser que ele fosse um gênio do disfarce, não era difícil adivinhar para onde ia seu dinheiro.

Ele não me perguntou como eu me chamava, só o nome que eu queria usar. Data de nascimento, endereço, carteira de habilitação ou identidade e se eu queria ser doadora de órgãos. Enquanto conversávamos, entramos na biblioteca para termos uma desculpa para ficarmos em silêncio, e, quando nos aproximamos de um banner com uma parte branca, ele logo me empurrou e tirou uma foto minha. Eu havia tomado cuidado extra antes de ir até a biblioteca para encontrá-lo, até tinha comprado umas maquiagens para sair na foto com cara de dezenove anos. O segredo está nos olhos. Quando a pessoa já viu bastante coisa na vida, ela parece mais velha.

Ele me pediu para encontrá-lo em um determinado carrinho de cachorro-quente naquela mesma noite, pois já teria o meu documento pronto. Quando nos reencontramos – depois de um novo atraso –, ele segurava um envelope. Um cartãozinho pequeno, mas importante o suficiente para mudar uma vida. Ele me disse que custaria mil, mas diminuiria para quinhentos se eu dormisse com ele.

Paguei os mil.

Ele se afastou em uma direção e eu segui na outra e, quando voltei ao albergue no qual pretendia passar a noite – bem longe do local onde eram servidas as refeições e de qualquer pessoa que pudesse se lembrar de uma garota em busca de informações sobre documentos ilegais –, abri o envelope e dei uma boa primeira olhada em Inara Morrissey.

— Por que você não queria ser encontrada? — Victor pergunta, usando uma caneta para mexer seu café.

— Não estava preocupada em ser encontrada. Para uma pessoa ser encontrada ela tem de ter alguém à sua procura.

— Por que ninguém estaria procurando por você?

— Sinto saudade de Nova York. Lá ninguém me fazia esse tipo de pergunta.

Ele ouve um som de estática quando um dos peritos abre uma linha.

— O pessoal de Nova York disse que ela prestou vestibular há três anos. Passou com folga, mas não se inscreveu na faculdade nem solicitou o histórico escolar em colégio nenhum.

— Você largou o ensino médio? — pergunta ele.

— Agora que você tem um nome, fica muito mais fácil escavar minha vida, não é? — Ela termina de comer o bolo e deixa o garfo de plástico atravessado sobre o prato, com os dentes voltados para baixo. Ela então abre um dos sachês de açúcar e o despeja sobre o prato, lambe a ponta do único dedo que não está totalmente enfaixado, pressiona-a contra o açúcar e enfia na boca. — Bem, mas isso só lhe dá informações da época que passei em Nova York.

— Eu sei. É por isso que preciso que você me conte sobre o que aconteceu antes.

— Eu gostava de ser Inara.

— Mas essa não é você — ele diz de maneira delicada, mas não consegue evitar que a raiva tome os olhos dela, desaparecendo a seguir com a mesma rapidez de seus quase sorrisos. De todo modo, foi possível notá-la.

— Então, se uma rosa for chamada de qualquer outro nome ela deixa de ser uma rosa?

— Isso é linguagem, não identidade. A pessoa que você é não se resume em um nome, mas sim em uma história, e eu preciso conhecer a sua.

— Por quê? Minha história não tem nada a ver com o Jardineiro, e não é isso o que importa? O Jardineiro, seu Jardim e todas as Borboletas dele?

— Se ele sobreviver para chegar ao julgamento, precisamos providenciar o júri com testemunhas de confiança. Uma jovem que nem sequer fala seu nome verdadeiro não resolve.

— É só um nome sem importância.
— Não se for o seu.
Aquele quase sorriso toma seus lábios brevemente.
— A Bliss dizia isso.
— Bliss?

Lyonette permaneceu na frente da sala de tatuagem como sempre, desviando o olhar educadamente até que eu pudesse me enfiar no vestido preto justo que tinha se tornado minha única peça de roupa.

— Feche os olhos — ela pede a mim. — Vamos enfrentar isso por etapas.

Eu havia mantido os olhos fechados por tanto tempo naquela sala que pensar em ficar mais uma vez voluntariamente sem enxergar nada me deixava arrepiada. Mas Lyonette até então tinha sido boa para mim e claramente já tinha feito aquilo antes para outras garotas. Tomei a decisão de confiar nela um pouco mais. Assim que fechei os olhos, ela pegou minha mão e me levou pelo corredor na direção oposta à que costumávamos tomar. Era um corredor comprido, e nós viramos à esquerda no fim dele. Mantive minha mão direita apoiada nas paredes de vidro, notando as portas abertas sempre que meus braços encontravam o vazio.

Então, ela me levou por uma das passagens e me posicionou onde ela queria apoiando as mãos delicadas em meus braços. A seguir, eu a senti dar um passo para trás.

— Abra os olhos.

Ela estava bem na minha frente, e nós nos encontrávamos em um quarto praticamente idêntico ao meu. Aquele tinha pequenos toques pessoais: origamis em uma prateleira acima da cama, lençóis, cobertores, travesseiros e uma cortina cor de laranja escondendo o vaso e o chuveiro. A ponta de um livro aparecia embaixo do travesseiro maior e havia gavetas debaixo da cama.

— Qual nome ele deu a você?

— Maya. — Eu me desvencilhei do tremor que senti ao dizer esse nome em voz alta pela primeira vez, tentando afastar a lembrança do Jardineiro reproduzindo-o sem parar enquanto...

— Maya — ela repetiu, oferecendo-me outro som ao qual me apegar. — Dê uma olhada em si mesma agora, Maya. — Ela segurou um espelho, posicionando-o para que eu o pudesse usar para enxergar o que refletia um espelho posicionado atrás de mim.

Boa parte de minhas costas ainda estava ferida e inchada ao redor da tinta recém-aplicada, que eu sabia estar mais forte do que ficaria quando as casquinhas caíssem. Dava para ver impressões digitais marcadas nas laterais de meu corpo, mas não havia nada que estragasse o desenho. Era feio, horroroso.

E adorável.

As asas de cima eram marrom-amareladas, castanhas como os cabelos e os olhos de Lyonette, com manchinhas pretas, brancas e bronze. As asas de baixo tinham tons rosados e arroxeados, também marcadas por manchas brancas e pretas. A riqueza de detalhes era incrível, pequenas variações de cor dando a impressão de serem escamas individuais. As cores eram fortes, quase saturadas, e as asas tomavam quase minhas costas inteiras, desde os meus ombros até um pouco abaixo da curva de meu quadril. Elas eram altas e estreitas, e as bordas quase acompanhavam as curvas laterais de meu corpo.

A arte não passava despercebida. O Jardineiro podia ser o que fosse, mas era talentoso.

Eu detestava aquilo, mas admitia que estava *lindo*.

Uma cabeça apareceu na porta, rapidamente seguida pelo resto do corpo de uma pequena garota. Ela não devia ter mais de um metro e meio de altura, mas ainda assim ninguém conseguiria olhar para aquelas curvas e vê-la como criança. Tinha pele impecável e alva e enormes olhos azul-violeta, emoldurados por abundantes cachos pretos. Tinha contrastes surpreendentes, com um nariz pequeno que não se podia dizer que ela lindo, mas ainda assim, como todas as garotas que eu já tinha visto no Jardim, ela não era nada menos do que deslumbrante.

A beleza perde o sentido quando nos cerca em grande abundância.

— Então esta é a nova garota. — Ela se sentou na cama, abraçando um pequeno travesseiro contra o peito. — Qual nome o desgraçado deu para você?

— Ele pode estar ouvindo — Lyonette cochichou, mas a garota na cama deu de ombros.

— Que ouça. Ele nunca pediu para que nós o amássemos. Qual nome ele deu a você?

— Maya — falei juntamente com Lyonette, e a palavra foi um pouco menos difícil de ouvir. Fiquei me perguntando se as coisas continuariam assim, se com o tempo aquele nome deixaria de machucar, ou se era uma pedrinha que sempre me incomodaria, como uma farpa que não se consegue pegar com pinça.

— Hum, não é tão ruim. O desgraçado me deu o nome de Bliss. — Ela revirou os olhos e resmungou. — E Bliss, em inglês, significa alegria! Eu, por acaso, pareço uma pessoa alegre? Bem, deixe-me ver. — Bliss fez um movimento com os dedos, pedindo que eu me virasse, e, naquele momento, ela me fez lembrar um pouco de Hope. Pensando nisso, eu me virei lentamente, mostrando minhas costas para ela. — Nada mau. Ao menos as cores te favorecem. Vamos ter que pesquisar de que tipo ela é.

— É uma *Incialia eryphon*, a Pequena Ocidental — Lyonette suspirou. Ela deu de ombros quando eu a olhei de soslaio. — Temos de identificar as borboletas. Talvez isso torne as coisas menos terríveis para você. Eu sou uma *Lycaena cuprea*, a Cobre Cintilante.

— E eu sou uma *Myscelia ethusa*, a Mexicana da Asa Azul — acrescentou Bliss. — Até que acho minhas asas bonitas. É terrível, claro, mas ao menos não preciso olhar para elas a todo momento. Bem, e sobre a questão do nome... Ele poderia nos chamar de A, B ou Três, isso não faz a menor diferença. Atenda por Maya, mas não encarne a personagem. É menos confuso assim.

— *Menos* confuso?

— Sim, claro! Lembre-se sempre de quem você verdadeiramente é, e quando preciso interprete seu papel. A crise de identidade vem quando você começa a se confundir com sua personagem. A crise de identidade costuma causar um colapso, e ter um colapso aqui leva você a...

— Bliss.

— O quê? Ela parece aguentar bem. Ela nem chorou ainda, e todas nós sabemos o que ele faz quando a tatuagem termina.

Sim, ela era como Hope, mas muito mais esperta.

— O que acontece depois de um colapso?

— Observe os corredores, mas não faça isso depois de comer.

— Você tinha acabado de passar pelos corredores — Victor a lembra.

— Com meus olhos fechados.

— Então, o que havia no corredor?

Ela remexe o resto do café na caneca e, em vez de responder, olha como se dissesse que ele já deveria saber a resposta.

Ele ouve o barulho da estática de novo.

— Ramirez acabou de ligar do hospital — diz Eddison. — Ela vai mandar fotos das garotas que os médicos acreditam que sobreviverão. O departamento de Desaparecidos teve sorte. Entre essas e as outras que chegaram ao necrotério, eles identificaram cerca de metade das garotas. E temos um problema.

— Que tipo de problema?

A garota lança um olhar incisivo para ele.

— Uma das garotas identificadas é de uma família importante. Ela insiste que seu nome é Ravenna, mas suas impressões digitais bateram com as de Patrice Kingsley.

— Patrice, a filha desaparecida da senadora Kingsley?

Inara se recosta na cadeira, com uma expressão entretida. Victor não sabe bem que graça ela acha em um fato que promete ser uma enorme complicação.

— Já informaram a senadora? — ele pergunta.

— Ainda não — Eddison responde. — Ramirez quis nos dar um resumo da situação primeiro. A senadora Kingsley está desesperada para encontrar a filha, Vic. Não existe a menor chance de ela não pedir uma investigação.

E, quando isso acontecer, lá se vai a chance de oferecer qualquer privacidade a essas garotas. A cara delas estará estampada em todos os portais de notícias, do país inteiro. E Inara... Victor coça exaustivamente os olhos. Se a senadora souber que eles suspeitam daquela jovem excessivamente contida, ela não vai descansar enquanto as acusações não forem apresentadas.

— Peça para Ramirez segurar o máximo que puder — disse Victor, por fim. — Precisamos de tempo.

— Entendido.

— Há quanto tempo ela está desaparecida mesmo?

— Quatro anos e meio.

— Quatro *anos* e meio?

— Ravenna — Inara murmura, e Victor a encara. — Ninguém se esquece de quanto tempo estivemos lá.

— Por que não?

— Isso muda as coisas, não? Ter uma senadora envolvida na história.

— Muda as coisas para você também.

— Claro que muda. Como não mudaria?

Ela sabe, e ele percebe com certo incômodo. Apesar de não conhecer os detalhes, ela sabe que eles suspeitam que ela tem algum tipo de envolvimento. Ele analisa o prazer em seus olhos, a contração cínica de seus lábios. Ela está um pouco confortável demais com essa nova informação.

Hora de mudar de assunto, então, antes que ele perca o poder na sala.

— Você disse que as garotas do apartamento foram suas primeiras amigas.

Ela se remexe levemente na cadeira.

— Isso mesmo — responde, com desconfiança.

— E por quê?

— Porque não tive nenhuma antes.

— Inara.

Ela reage àquele tom de voz da mesma maneira que as filhas dele reagiriam: de modo instintivo, relutante, antes de perceber segundos depois, um pouco emburrada.

— Você é bom nisso. Tem filhos?

— Três meninas.

— E mesmo assim faz carreira lidando com crianças problemáticas.

— Tentando salvar crianças problemáticas — ele a corrige. — Tentando conseguir justiça para essas crianças.

— Você acha mesmo que crianças assim se importam com justiça?

— Você não se importaria?

— Nunca me importei, não. A justiça é algo falho, que na maior parte do tempo não resolve nada.

— Você diria isso se tivesse obtido justiça na infância?

Aquele quase sorriso, amargo e que desaparecia rápido demais.

— E para que eu teria precisado de justiça?

— Uma carreira toda dedicada a isso, e você acha mesmo que eu não consigo reconhecer uma criança com problemas quando ela se senta na minha frente?

Ela inclina a cabeça para analisar o que ele disse e então morde o lábio e franze o cenho.

— Não é bem assim. Digamos que eu seja mais uma criança esquecida e negligenciada do que problemática. Sou o ursinho de pelúcia acumulando poeira embaixo da cama, não o soldado de uma perna só.

Ele dá um sorrisinho e toma um gole do café que está esfriando. *Ela voltou a dançar.* Por mais desconcertante que Eddison possa achar isso, para Victor esse é um território familiar.

— Como assim?

Às vezes, é possível olhar para um casamento e perceber, com certa resignação, que qualquer criança nascida dentro dele inevitavelmente será fodida e estragada. É fato e menos um pressentimento do que uma aceitação triste de que aquelas duas pessoas não deveriam – mas com certeza irão – se reproduzir.

Como meus pais.

Minha mãe tinha vinte e dois anos quando se casou com meu pai; foi seu terceiro casamento. O primeiro foi quando ela tinha dezessete anos e se casou com o irmão do padrasto dela, na época. Ele morreu em menos de um ano devido a um ataque cardíaco enquanto transavam. Ele a deixou em uma boa situação financeira e então, alguns meses depois, ela se casou com um homem nada mais nada menos que quinze anos mais velho, e, quando eles se divorciaram, um ano depois, ela acabou ficando ainda melhor de vida. E então veio meu pai, e se ela não tivesse engravidado dele duvido que o casamento teria acontecido. Ele era bonito, mas não tinha dinheiro, não tinha perspectivas e era só dois anos mais velho, o que para a minha mãe era uma série insuperável de obstáculos.

Por isso, podemos agradecer à mãe dela, que teve nove maridos antes que uma menopausa precoce a fizesse decidir que estava seca demais para se casar de novo. E cada um deles morreu, um mais rápido do que o outro. Nenhum jogo sujo. Simplesmente... morreram. Quase todos eles já eram velhos, claro, e todos deixaram para ela uma bela quantia em dinheiro; minha mãe foi criada com certos padrões, e seu terceiro marido não satisfazia nenhum deles.

Mas uma coisa eu digo para defender os dois: eles tentaram. Nos primeiros anos, nós moramos perto da família dele, com primos, tias e tios, e eu posso quase me lembrar de ter brincado com outras crianças; então nós nos mudamos, e os laços foram cortados seja de um lado ou de outro, e então ficamos apenas eu, meus pais e seus vários casos. Eles estavam sempre visitando seus mais novos amantes ou trancados no quarto, e por conta disso eu me tornei uma criança bem autossuficiente. Aprendi a usar o micro-ondas, memorizei os horários dos ônibus para poder ir ao mercado e marcava os dias da semana nos quais meus pais provavelmente tinham dinheiro na carteira para poder comprar coisas na mercearia.

Pode ser que isso parecesse estranho, certo? Mas, sempre que alguém na loja perguntava – alguma mulher preocupada, um caixa –, eu dizia que minha mãe estava lá fora, no carro, tomando um ar e cuidando do bebê. Mesmo no inverno as pessoas acreditavam nisso e ainda sorriam, dizendo-me como eu era uma ótima filha e irmã.

Então, além de ser autossuficiente, eu passei a subestimar a inteligência da maioria das pessoas.

Eu tinha seis anos quando meus pais decidiram fazer terapia de casal. Não era para tentar, era para fazer. Alguém no escritório do meu pai disse para ele que o seguro cobria esse tipo de terapia, e isso daria uma aparência melhor para o juiz na hora de acelerar o divórcio. Uma das coisas que o terapeuta aconselhou que eles fizessem era uma viagem em família, só nós três, para algum lugar divertido e especial. Um parque temático, talvez.

Chegamos ao parque perto das dez da manhã, e nas primeiras duas horas tudo ocorreu bem. E aí veio o carrossel. Eu odeio pra caralho essas merdas. Meu pai ficou na saída me esperando, minha mãe ficou na entrada para me ajudar a subir, e os dois ficaram ali, em lados completamente opostos me observando rodar e rodar sem parar naquela coisa. Eu era pequena demais para alcançar os freios de ferro, e o cavalo no qual eu estava era tão largo que fazia meus quadris doerem, mas mesmo assim fui rodando e rodando e observei meu pai se afastar com uma pequena mulher latina. Na volta seguinte, vi minha mãe se afastar com um ruivo alto e risonho com uma espécie de saia escocesa com bolsos largos.

Um menino mais velho e gentil me ajudou a descer do cavalo depois de ajudar sua irmãzinha e segurou minha mão enquanto caminhávamos para a saída. Eu queria ficar com aquela família, queria ser a irmã mais nova de alguém que vá no carrossel comigo e segure minha mão enquanto andamos, alguém que sorria para mim e pergunte se eu me diverti. Mas saímos do carrossel e eu agradeci a ele, acenando para uma mulher que estava com os olhos grudados no celular para que o garoto pensasse que eu tinha encontrado minha mãe, e eu observei ele e a irmã voltarem para seus pais, que pareciam felizes em vê-los.

Passei o resto do dia andando pelo parque, tentando não ser percebida pelos seguranças, mas o pôr do sol veio, o parque fechou e eu ainda não tinha encontrado nenhum dos meus pais. Os seguranças perceberam e me carregaram para a Sala da Vergonha. Bom, eles chamavam o lugar de Sala das Crianças Perdidas. Anunciavam os nomes algumas vezes pelo sistema de som, para pedir aos pais que perderam seus filhos irem buscá-los. Havia outras ali também, outras crianças que tinham sido esquecidas, que se afastaram ou que estavam se escondendo.

Então, ouvi um dos adultos mencionar a Assistência Social. Especificamente, ela falava sobre chamar a assistente social para qualquer criança que não fosse procurada até as dez da noite. Meus vizinhos eram voluntários como pais adotivos temporários, e a ideia de morar com pessoas como eles era assustadora. Felizmente, uma das crianças menores fez xixi na calça e começou um escândalo tão grande que todos os adultos começaram a dar atenção a ela, tentando acalmá-la, e então eu consegui sair pela porta e voltar ao parque.

Precisei procurar durante um tempo, mas por fim encontrei a entrada e saí sem ser vista, e então me enfiei em um grupo escolar que tinha ficado preso por um tempo em uma das atrações e assim fui para o estacionamento. Dali, demorei mais de uma hora para passar por todos os estacionamentos até chegar a um posto de gasolina que ainda estava muito bem iluminado por aqueles que voltavam para casa. Como eu ainda estava com a maior parte do dinheiro do lanche que meu pai tinha enfiado no meu bolso antes do carrossel, liguei para o celular deles, e depois liguei para o telefone de casa, e depois, por não conseguir pensar no que fazer, telefonei para meu vizinho. Eram quase dez da noite, mas ele entrou no carro e dirigiu por duas horas para me buscar, e mais duas para me levar de volta, e não havia luz nenhuma acesa na minha casa.

🦋

— Esse era o vizinho que era pai adotivo? — Victor pergunta quando ela faz uma pausa para passar a língua pelos lábios rachados. Ele pega a garrafa de água vazia e a levanta em direção ao espelho, e só volta a abaixá-la quando um dos peritos diz que Eddison está vindo.

— Sim.

— Se ele levou você para casa em segurança, por que a ideia de morar com ele era tão horrorosa?

— Quando paramos na frente da casa dele, ele me disse que eu precisaria agradecer pela carona chupando seu pirulito.

A garrafa de plástico deu um estalo em protesto ao ser amassada por ele.

— Jesus.

— Quando ele puxou minha cabeça em direção ao colo, enfiei um dedo na garganta e me forcei a vomitar em cima dele. Fiz questão de apertar a buzina também para que a esposa dele saísse. — Ela abre outro sachê de açúcar e vira metade dele na boca. — Ele foi preso por abuso cerca de um mês depois, e ela se mudou.

A porta se abre bruscamente e Eddison joga uma nova garrafa de água para a garota. A convenção seria que ele tirasse a tampa para ela – perigo de sufocamento –, mas a outra mão dele está ocupada com um maço de fotos que ele larga em cima da mesa, juntamente com a sacola de identidades que ele carregava embaixo do braço.

— Por não nos contar a verdade — diz ele —, você está protegendo o homem que fez isso.

Inara tinha razão; uma coisa é ver, outra coisa é ler a respeito. Victor suspira lentamente, aproveitando para diminuir o asco instintivo. Ele tira a primeira foto da pilha, depois a segunda, a terceira, a quarta, todas mostrando partes dos corredores no jardim destruído.

Ela o interrompe na sétima, pegando o papel para poder observá-lo mais de perto. Quando volta a colocá-lo por cima, seu dedo toca a curva amarelada quase no meio da imagem.

— Esta é Lyonette.

— Sua amiga?

O dedo enfaixado se move gentilmente pelo contorno da foto.

— É — sussurra. — Era.

Aniversários, assim como os nomes, eram esquecidos no Jardim. Quando conheci melhor as outras garotas, pude perceber que todas eram bem novas, mas idade não era algo que era perguntado. Não era necessário. Em algum momento todas iríamos morrer, e os corredores eram como lembretes diários disso; então, para que aumentar a tragédia?

Até que chegou a vez de Lyonette.

Eu estava no Jardim havia seis meses e, embora tivesse feito amizade com a maioria das meninas, era mais próxima de Lyonette e Bliss. Elas eram as mais parecidas comigo, as que realmente não se entregavam ao drama de choramingar ou lamentar nossos inevitáveis destinos trágicos. Não nos acovardávamos diante do Jardineiro, não o bajulávamos como se virar favoritas dele fosse de alguma forma mudar nossa sorte. Éramos aquelas que enfrentavam o que tinham que enfrentar e, caso contrário, seguíamos vivendo.

O Jardineiro nos adorava.

Com exceção das refeições, que eram servidas em horários específicos, não havia um lugar onde tivéssemos que estar; por isso, a maioria das garotas ficava no quarto para ter algum conforto. Quando o Jardineiro queria alguma de nós, simplesmente verificava as câmeras e encontrava. Quando Lyonette pediu para mim e Bliss passarmos a noite no quarto dela, não dei muita importância. Era algo que fazíamos o tempo todo. Eu devia ter percebido o desespero na voz dela, em suas palavras, mas isso era outra coisa que o Jardineiro desenvolvia em nós. Ali, além da beleza, desespero e medo eram tão comuns quanto respirar.

Nós recebíamos as roupas que usávamos durante o dia – sempre pretas e com as costas à mostra para deixar ver as asas –, mas não tínhamos nada para usar na hora de dormir. Muitas de nós dormiam de calcinha, sentindo falta de usar um sutiã. Ao menos o albergue e o apartamento foram um bom treino para mim, já que eu tinha menos pudor que a maioria das meninas demonstravam ao chegar ao Jardim; uma humilhação a menos para me derrubar. Nós três deitamos juntas no colchão e esperamos as luzes serem apagadas, e aos poucos fomos percebendo que Lyonette estava tremendo. Não era como uma convulsão ou algo assim; era somente um tremor que se movia por baixo da pele e eletrizava cada parte dela com o movimento. Sentei, segurei sua mão e entrelacei nossos dedos.

— Que foi?

Lágrimas cintilavam em seus olhos de reflexos dourados, o que me fez sentir um enjoo repentino. Nunca tinha visto Lyonette chorar. Ela odiava lágrimas em todo mundo, especialmente em si mesma.

— Amanhã faço vinte e um anos — sussurrou.

Bliss gemeu e abraçou nossa amiga, enterrando o rosto no ombro de Lyonette.

— Porra, Lyon, eu sinto muito!

— Temos uma data de validade, então? — perguntei em voz baixa. — Vinte e um?

Lyonette agarrou a gente com uma força desesperadora.

— Eu... não consigo decidir se devo ou não lutar. Vou morrer de qualquer jeito e quero fazê-lo se esforçar por isso, mas e se resistir tornar tudo ainda mais doloroso? Merda, me sinto uma covarde, mas, se tenho que morrer, não quero ter que sentir dor!

Ela começou a soluçar, e eu desejei que esse fosse um daqueles momentos em que paredes sólidas descessem na frente do vidro, pois assim ficaríamos presas nesse pequeno espaço e o choro de Lyonette não seria ouvido por todo mundo no corredor. Ela era conhecida entre as meninas pela força, e eu não queria que depois de sua morte começassem a pensar que ela era fraca. Mas, de maneira geral, as paredes só desciam duas manhãs por semana – o que passamos a chamar de fim de semana, mesmo que não fosse de fato – para que os verdadeiros jardineiros pudessem cuidar da manutenção do jardim em torno da nossa bela prisão. Os empregados nunca nos viam, e os diversos conjuntos de portas fechadas entre nós e eles garantiam que também não nos ouvissem.

Não, calma. As paredes também desciam quando uma garota nova chegava. Ou quando uma morria.

Não gostávamos quando as paredes desciam. Desejar que isso acontecesse era, de certa forma, extraordinário.

Passamos a noite inteira com Lyonette, muito tempo depois de ela chorar até dormir e acordar só para começar a chorar de novo. Por volta das quatro horas, ela se encorajou o suficiente para entrar no banho, e nós a ajudamos a lavar o cabelo, escová-lo e prendê-lo em uma altiva coroa trançada. Tinha um vestido novo no armário dela, feito de seda, de coloração laranja e com contas douradas nas costas que, em contraste com o preto, brilhavam como fogo. A cor fazia suas asas cintilarem sobre a pele morena, asas alaranjadas com reflexos dourados e amarelos perto das partes pretas, e com franjas brancas nas extremidades. As asas abertas de uma *Lycaena cuprea*, a Cobre Cintilante.

O Jardineiro chegou pouco antes do amanhecer.

Ele era um homem de porte elegante, estatura talvez um pouco acima da média, atlético. O tipo de homem que sempre aparentava ser ao menos uns dez ou quinze anos mais jovem. Cabelo loiro-escuro, sempre perfeitamente penteado e aparado, olhos verdes como o mar. Era bonito, isso não se pode negar, mesmo que ainda fizesse meu estômago revirar quando o via. Nunca o tinha visto inteiramente vestido de preto antes. Ele estava parado na porta com os polegares enfiados nos bolsos, olhando para nós.

Lyonette respirou fundo, abraçou Bliss bem apertado, sussurrou algo em seu ouvido e deu um beijo de despedida nela. Depois, virando-se para mim, apertou seus braços dolorosamente em volta de minhas costelas.

— Meu nome é Cassidy Lawrence — murmurou, tão baixo que eu quase não consegui escutar. — Por favor, não me esqueça. Não deixe que ele seja o único a se lembrar de mim. — Ela me beijou, fechou os olhos e deixou o Jardineiro levá-la para longe.

Bliss e eu passamos o resto da manhã no quarto de Lyonette, analisando os poucos objetos pessoais que ela havia conseguido acumular ao longo dos últimos cinco anos. Ela passou cinco *anos* ali. Tiramos as cortinas de privacidade, dobramos junto com a roupa de cama e deixamos tudo empilhado em um canto do colchão descoberto. O livro que ela mantinha embaixo dos travesseiros era a Bíblia, com cinco anos de raiva, desespero e esperança rabiscados em torno dos versículos. Também achamos animais de origami em quantidade suficiente para todas as garotas do Jardim e mais algumas, e passamos a tarde distribuindo-os, juntamente com as roupas pretas. Quando sentamos para jantar, não restava nada de Lyonette no quarto.

Naquela noite as paredes desceram. Bliss e eu ficamos encolhidas na minha cama, que agora tinha mais roupa de cama do que um simples lençol em retalhos. Quando não criávamos problemas e não tentávamos nos matar, adquiríamos o direito a alguns toques pessoais, e por isso agora eu tinha lençóis e cobertores, tudo nos mesmos tons de rosa e roxo das asas em minhas costas. Bliss chorou e xingou quando as paredes desceram e nos prenderam no quarto. Elas subiram depois de algumas horas e, antes mesmo de terem se erguido a meio metro do chão, ela agarrou minha mão e nos espremos pela abertura para irmos olhar os corredores.

Mas só pudemos dar alguns passos.

Lá estava o Jardineiro, apoiado na parede do jardim, estudando a garota no vidro. A cabeça dela estava abaixada, quase encostada no peito, e pequenos arreios sob as axilas a mantinham ereta. Uma resina transparente preenchia o resto do espaço, e seu vestido dançava no líquido como se ela estivesse embaixo d'água. Podíamos ver praticamente todos os detalhes das asas brilhantes em suas costas, quase pressionadas contra o vidro. Tudo que era Lyonette – o sorriso impetuoso, os olhos –, tudo estava escondido, de forma que as asas fossem o único foco.

Ele se virou para nós e passou a mão nos meus cabelos embaraçados, desfazendo delicadamente os nós que encontrava.

— Esqueceu de prender o cabelo, Maya. Não consigo ver suas asas.

Comecei a juntar as mechas em um coque desleixado, mas ele me segurou pelo pulso e me puxou.

Entramos no meu quarto.

Bliss falou um palavrão e se afastou correndo, mas não antes de eu ver suas lágrimas.

O Jardineiro sentou na minha cama e escovou meus cabelos até eles brilharem como seda, passando seus dedos pelas mechas muitas vezes. Depois as mãos dele se moveram para outro lugar, e também a boca, e eu fechei os olhos e recitei em silêncio "O Vale da Inquietude".

— Calma, como é? — Eddison interrompe com uma expressão enojada.

Ela desvia os olhos da imagem e olha para ele com ar divertido.

— "O Vale da inquietude" — repete. — É um poema de Edgar Allan Poe. *"Eles foram às guerras, confiando nas estrelas, todas as noites, de suas azuladas torres, para vigiar as flores..."* Gosto de Poe. Tem alguma coisa refrescante em um homem que é tão abertamente rabugento.

— Mas o que...

— Era o que eu fazia sempre que o Jardineiro entrava no meu quarto — ela anuncia com ousadia. — Não ia lutar, porque não queria morrer, mas também não ia fazer parte daquilo. Então eu o deixava fazer tudo o que ele queria e, para manter minha mente ocupada, recitava os poemas de Poe.

— O dia em que ele terminou sua tatuagem, aquela foi a primeira vez que, ah... a primeira vez...

— Que eu recitei Poe? — ela conclui a frase para ele, levantando uma das sobrancelhas de um jeito debochado. Victor fica vermelho, mas assente. — Não, graças a Deus. Eu tive curiosidade sobre sexo alguns meses antes, e então Hope me emprestou um dos garotos dela. Mais ou menos isso.

Eddison parece engasgar, e Victor apenas consegue se sentir grato por suas filhas terem esse tipo de conversa com a sua esposa e não com ele.

Em outro cenário, provavelmente teríamos chamado Hope de prostituta, mas Sophia – que havia sido realmente uma prostituta até ter suas filhas levadas pela polícia – era meio sensível com palavras desse tipo. Além do mais, Hope só fazia isso pela diversão, não pelo dinheiro. Mas podia ter ganhado uma fortuna, de verdade. Homem, mulher, duplas, trios ou grupos, Hope encarava qualquer coisa.

Realmente não havia nenhum tipo de privacidade no apartamento, afinal, com exceção do banheiro, era tudo um cômodo só, e as cortinas entre as camas não eram grossas o bastante para esconder muita coisa, além de não ter nenhuma cobertura. Com certeza elas não eram nem um pouco à prova de som. Hope e Jessica não eram as únicas que levavam gente para casa, mas eram as que levavam com mais frequência, às vezes mais de uma vez por dia.

Ser exposta – sem nenhum trocadilho intencional – tão cedo a pedófilos me deixou sem nenhum interesse por sexo. Além disso, havia meus pais. Parecia uma coisa horrível, algo de que eu não ia querer fazer parte. Mas morar com as meninas foi mudando isso aos poucos. Quando não estavam fazendo, elas estavam falando sobre, e mesmo rindo de mim elas respondiam às minhas perguntas bobas sobre o tema – Hope, no caso, decidiu demonstrar como se masturbar – e por isso a curiosidade acabou superando o desgosto, e eu decidi experimentar. Bem, decidi pensar em experimentar. Recuei diante de muitas oportunidades, porque ainda não tinha certeza.

Então, uma tarde em que eu não precisava ir trabalhar, Hope chegou em casa seguida por dois garotos. Jason era nosso colega de trabalho, um dos poucos rapazes em uma equipe formada basicamente por garçonetes, e Topher era amigo dele, uma presença constante no apartamento. Eles apareciam sempre, mesmo quando Hope não estava em casa. Eram uma companhia divertida. Às vezes levavam comida. Os três mal tinham entrado em casa, e Hope já começou a tirar a roupa de Jason, e os dois estavam completamente nus quando passaram rindo pelas cortinas em direção à cama dela.

Topher ao menos teve a elegância de ficar vermelho e chutar as roupas para mais perto da cama.

Eu estava no sofá com um livro. Uma das primeiras coisas que fiz quando passei a ter um endereço foi pedir um cartão na biblioteca, aonde ia algumas vezes por semana. Ler era uma espécie de fuga quando eu era mais nova e, embora agora não tivesse mais nada do que fugir, ainda era uma atividade que eu amava. Quando as roupas foram de certa forma amontoadas em um canto, Topher serviu suco de laranja em dois copos – agentes do serviço social tinham aparecido dois dias antes, por isso a geladeira estava cheia – e me deu um deles ao se sentar perto de mim no sofá.

— Qual é, não vai participar da festinha? — provoquei, e ele ficou ainda mais vermelho.

— Não é nenhum segredo que ficar com a Hope é de certa forma compartilhar, mas não divido na mesma hora — ele resmungou, e eu ri. Hope realmente gostava de *partilhar* e se orgulhava disso.

Topher era modelo, devia ter uns dezenove anos e às vezes ajudava Guilian com as entregas para ganhar um dinheiro extra. Ele era bonito daquele jeito sem graça dos modelos, o tipo de beleza que parece maravilhosa, mas deixa de ser interessante porque é esfregada na sua cara o tempo todo. Mas era um cara decente. Falamos sobre a matinê a que tínhamos ido na semana anterior com uma galera, sobre um breve trabalho como múmia viva que ele tinha feito para uma exposição temporária no museu, sobre um de nossos conhecidos em comum que ia se casar e sobre se aquilo ia ou não durar, e enquanto isso Hope e Jason gritavam e riam.

Basicamente uma tarde normal.

Em algum momento, porém, a diversão deles teria que acabar.

— São quase quatro horas! — gritei em meio aos gemidos. — Vocês dois têm que ir trabalhar!

— Tudo bem, vou acabar com ele!

E, de fato, Hope fez Jason gemer mais alto menos de trinta segundos depois, e dez minutos mais tarde os dois tomaram uma ducha rápida e foram trabalhar. A maioria das meninas ia trabalhar naquela noite, menos Noémie e Amber, que tinham aula toda quarta-feira à noite e só voltariam lá pelas dez horas. Topher saiu, mas voltou pouco depois com comida do Taki's, que ficava na esquina.

Eu sabia que Hope geralmente seduzia alguém beijando-o e enfiando a mão na calça dele ou dela, mas eu não era Hope.

— Ei, Topher.
— Oi?
— Quer me ensinar sobre sexo?

Eu era um tipo diferente de direta.

Qualquer outro teria ficado chocado, mas Topher era amigo de Hope. Além do mais, ele havia participado de algumas de nossas conversas. Ele se limitou a sorrir, e me senti tranquila por não ser um sorriso sarcástico.

— Mas é claro, se você acha que está preparada para isso.
— Eu acho que sim. De qualquer modo, a gente sempre pode parar.
— Claro. Se você se sentir desconfortável me diga, ok?
— Ok.

Ele pegou o que restava do nosso jantar e jogou tudo na lata de lixo já lotada ao lado da porta. Hope deveria ter tirado o lixo quando saiu para ir trabalhar. Quando voltou para o sofá, ele se ajeitou sobre uma almofada e, delicadamente, me puxou para perto dele.

— Vamos com calma — disse. E me beijou.

Não chegamos a transar de fato naquela noite. Ele chamou a experiência de Tudo Menos. Mas foi confortável, divertido, e nós rimos tanto quanto riríamos de qualquer outra coisa, o que teria sido bem estranho um ano antes, quando me mudei para o apartamento. Nos vestimos depois que Noémie e Amber chegaram da aula, mas ele passou a noite comigo na minha cama estreita e brincamos mais embaixo dos lençóis, até que Noémie – que dormia na cama ao lado – começou a rir e disse que, se a gente não calasse a boca, ela ia entrar na festa. Só tivemos privacidade para ir até o fim alguns dias depois e, na primeira vez, eu não entendi bem o motivo de tanta comoção.

Depois repetimos a dose, e dessa vez eu consegui entender.

Passamos as semanas seguintes transando, até que ele conheceu uma garota na igreja com quem ele gostaria de ter algo mais sério.

De qualquer modo, voltamos a ser só amigos com a mesma rapidez com que nos tornamos amigos coloridos, sem nenhum desconforto ou ressentimento. Nenhum de nós se apaixonou pelo outro, nenhum de nós se entregou mais do que o outro. Eu adorava quando ele ia ao apartamento, mas não porque esperava sexo depois que ele começou a namorar com a menina da igreja. Topher era só um cara legal, alguém que todas nós adorávamos.

Mas ainda assim não conseguia entender a fascinação que meus pais tinham por sexo e que os fazia excluir todo o resto.

Ela tira a tampa da garrafa e toma um grande gole d'água, massageando a garganta machucada enquanto engole. Encarando a mesa, Victor se sente grato pelo silêncio e pensa que Eddison também deve estar. Sendo um trauma algo complicado por si só, Victor não conseguia se lembrar de outra entrevista com uma vítima em que o sexo tenha sido abordado com tanta franqueza.

Ele pigarreia, virando as fotos para baixo para não ter que ver os corredores repletos de garotas mortas dentro de vidro e resina.

— Você disse que seu vizinho de infância era pedófilo, mas quando foi que você teve contato com outros?

— O cara que aparava a grama na casa da minha avó. — Ela para, pisca algumas vezes os olhos e olha fixamente para a garrafa de água, e Victor tem a impressão de que a menina não queria ter tido aquilo. Talvez a exaustão esteja pesando um pouco mais agora do que antes. Ele decide afastar aquele pensamento por ora, mas com a intenção de retomá-lo em outra oportunidade.

— Costumava ver sua avó com frequência?

Ela suspira e cutuca uma casquinha em um dos dedos.

— Eu morava com ela — responde, relutantemente.

— Quando foi isso?

Meus pais finalmente se divorciaram quando eu tinha oito anos. Em uma simples reunião eles resolveram todas as questões financeiras, sobre a casa, os carros e todas as outras *coisas*. Os oito meses seguintes foram dedicados a discutirem qual deles deveria carregar o fardo de ficar comigo.

Não é fantástico isso? Toda criança deveria ser forçada a passar oito meses ouvindo os pais brigarem porque nenhum deles a quer.

No fim, ficou decidido que eu iria morar com minha avó, mãe da minha mãe, e ambos meus pais pagariam uma pensão para ela. Quando chegou o dia de eu ir embora, sentei na escada da frente de casa com três malas, duas caixas e um urso de pelúcia, tudo o que eu tinha. Meus pais não estavam em casa.

Um ano antes, os vizinhos novos haviam se mudado para a casa do outro lado da rua, um casal relativamente jovem que tinha acabado de ter o primeiro filho. Eu adorava ir lá ver o bebê, um menininho lindo que ainda não havia sido fodido nem estragado de nenhuma forma. Talvez ele nunca fosse, graças aos pais que tinha. Ela sempre me dava biscoitos e um copo de leite, e ele me ensinou a jogar pôquer e 21. Foram eles que me levaram à rodoviária, me ajudaram a comprar a passagem com o dinheiro que meus pais me deixaram em cima do criado-mudo no dia anterior, me ajudaram a colocar todos os meus pertences no bagageiro do ônibus, me apresentaram ao motorista e me ajudaram a encontrar um lugar para sentar. Ela até mesmo me deu uma marmita com almoço para que eu levasse na viagem e ainda acrescentou nela biscoitos de aveia e passas recém-saídos do forno. Eles eram outra família da qual eu desejava poder fazer parte, mas não fazia. Mesmo assim, acenei para eles quando o ônibus começou a se afastar, e eles ficaram parados na calçada com o bebê e acenaram até nos perdermos de vista.

Quando cheguei à cidade em que minha avó morava, tive que pegar um táxi da rodoviária até a casa dela. O motorista foi o caminho todo xingando, revoltado com pessoas que não deveriam ter filhos, e quando perguntei o que algumas daquelas palavras significavam, ele até chegou a me ensinar como usá-las em frases. Minha avó morava em uma casa grande, velha e malcuidada em um bairro que foi chique sessenta anos atrás, mas que rapidamente se degenerou, e, quando o motorista me ajudou a levar toda a bagagem para a varanda pequenina, eu paguei pela corrida e desejei a ele um dia bom pra caralho.

Ele riu e puxou minha trança, dizendo que era para eu me cuidar.

A menopausa teve efeitos estranhos em minha avó. Ela foi uma noiva – e viúva – em série quando era mais nova, mas Aquele Fatídico Momento a convenceu de que estava seca e a meio caminho do túmulo, e por conta disso ela se trancou em casa e começou a encher todos os quartos e corredores com coisas mortas.

Não, é sério, *com coisas mortas*. Até os taxidermistas achavam que ela era meio maluca, e a pessoa tem que estar bem mal para merecer um título desses. Ela comprava bichos empalhados, como animais de caça ou exóticos, basicamente incomuns em cidades, como ursos e leões da montanha. Ela tinha aves diversas e tatus e, o que eu odiava acima de tudo, uma coleção de gatos e cachorros da vizinhança, mortos das mais variadas maneiras ao longo dos anos, e que ela pegava para empalhar. Estavam em todos os lugares, até nos banheiros e na cozinha, e ocupavam todos os cômodos.

Quando entrei arrastando minhas coisas, não pude vê-la, mas certamente a ouvi.

— Se você é um estuprador, sou toda seca, não perca seu tempo! Se é um ladrão, não tenho nada de valor para ser roubado e, se é um assassino, que vergonha!

Segui o som da voz dela e a encontrei em uma saleta com passagens que se tornaram estreitas perante à quantidade de animais empalhados. Minha avó estava sentada em uma espreguiçadeira, vestindo um macacão de estampa de tigre e um casaco de pele marrom, fumando um cigarro atrás do outro enquanto assistia a *Qual é o preço?* em uma televisão de sete polegadas, cuja imagem oscilava e perdia a cor constantemente.

Ela nem mesmo olhou para mim até o intervalo comercial.

— Ah, você chegou. Lá em cima, terceira porta à direita. Seja uma menina boazinha e me traga a garrafa de uísque que está em cima do balcão antes de subir.

Peguei a garrafa para ela – afinal de contas, por que não? – e observei espantada enquanto minha avó despejava todo o líquido em pequenos pratos e tigelas na frente dos gatos e cachorros mortos, enfileirados em cima de um sofá que mesmo em seus tempos áureos teria sido considerado horroroso.

— Bebam, minhas belezinhas, estar morto não é um presente, vocês fizeram por merecer.

O cheiro de uísque invadiu a sala rapidamente, juntando-se ao aroma embolorado de pelo de animais e ao odor de fumaça velha de cigarro.

A terceira porta à direita do andar superior dava em um quarto tão empilhado de animais empalhados que eles caíram quando abri a porta. Passei o resto daquele dia e a noite toda levando os bichos para fora e procurando lugares onde enfiá-los para que eu enfim pudesse levar minhas coisas para o quarto. Dormi encolhida em cima da mala maior, porque os lençóis estavam nojentos. Passei o dia seguinte limpando o quarto de cima a baixo, tirando a poeira e o cocô de rato – assim como os cadáveres deles – do colchão, e por fim coloquei na cama os lençóis que havia trazido comigo. Quando arrumei tudo do jeito mais próximo possível de como era em casa, voltei lá para baixo.

A única indicação de que minha avó tinha minimamente se mexido era o macacão, agora de um tom brilhante de roxo.

Esperei o intervalo comercial e então pigarreei para chamar sua atenção.

— Limpei o quarto todinho — avisei. — Se você colocar mais alguma coisa morta lá dentro enquanto eu estiver morando aqui, ponho fogo na casa.

Ela riu e me deu um tapa.

— Boa menina. Gosto da sua presença de espírito.

E isso foi morar com a minha avó.

O cenário tinha mudado, mas a vida não. Ela recebia as compras em casa uma vez por semana, e o entregador, um garoto que parecia sempre inquieto, recebia uma gorjeta quase tão grande quanto o valor da compra, porque era o único modo de convencê-lo a entregar as compras no nosso bairro. Era fácil telefonar para o mercado e acrescentar coisas à lista de compras. Fui matriculada em uma escola que não ensinava absolutamente nada; os professores nem mesmo faziam a chamada, porque não queriam que a reprovação por faltas os obrigasse a passar mais um ano com aquelas crianças. Dizia-se que havia professores muito bons na escola, mas eram poucos e suas aulas eram esporádicas, e eu nunca estive na turma de nenhum deles. Os outros estavam sempre exaustos e não se importavam com mais nada, contanto que recebessem seus salários em dia.

Os alunos certamente incentivavam esse tipo de conduta. Os traficantes agiam até mesmo dentro das salas de aula, inclusive no ensino fundamental, em nome dos irmãos mais velhos. Quando cheguei à segunda metade do fundamental, foram instalados detectores de metal em todas as portas externas, mas ninguém dava a mínima e não acontecia nenhum tipo de investigação quando um dos alarmes disparava, o que acontecia frequentemente. Ninguém notava se você estava ou não na sala de aula, ninguém ligava para a casa dos alunos que faltavam vários dias seguidos.

A fim de testar isso, uma vez eu passei uma semana inteira em casa. Não me deram nem tarefas de compensação quando eu voltei. Só voltei porque fiquei entediada. Triste, na verdade. Eu não incomodava ninguém, e ninguém me incomodava. Eu nunca saía de casa depois do entardecer, e todas as noites era embalada por uma sinfonia e tiros e sirenes até cair no sono. Quando o homem que aparava a grama aparecia, o que acontecia duas vezes ao mês, eu me escondia embaixo da cama, caso ele entrasse na casa.

Ele devia estar quase na faixa dos trinta anos e vestia sempre uma calça jeans muito justa e muito baixa, tentando realçar ao máximo um volume que, mesmo naquela idade, eu já não achava muito impressionante. Gostava de me chamar de *menininha bonita* e, se estava lá quando eu chegava em casa da escola, tentava me tocar e pedia para eu ir buscar coisas. Uma vez eu o chutei bem nas bolas, e ele me xingou e me perseguiu até em casa, mas tropeçou em um bicho empalhado na entrada principal, e vovó se enfureceu e gritou com ele por fazer muito barulho na hora da novela.

Depois disso, comecei a fazer hora no posto de gasolina a alguns quarteirões de casa até ver a caminhonete dele passar.

— E seus pais nunca quiseram saber de você? — Ele sabe que é uma pergunta idiota, mas escapou de sua boca, e ele acena com a cabeça enquanto ela comprime os lábios.

— Meus pais nunca foram me ver, nunca telefonaram, nunca mandaram nada, nem mesmo cartões ou presentes. Minha mãe enviou o cheque durante os três primeiros meses, meu pai, nos primeiros cinco, e depois disso também parou. Depois que fui para a casa da minha avó, nunca mais vi meus pais ou tive notícias deles. Eu honestamente nem ao menos sei se eles estão vivos ou mortos.

Estavam nessa entrevista o dia todo, e o bolo de aniversário havia sido a primeira coisa que ele comera desde o jantar da noite anterior. Sentindo seu estômago reclamar, ele sabe que ela deve estar com tanta fome quanto ele. Fazia quase vinte e quatro horas que o FBI tinha invadido o Jardim. Os dois estavam acordados havia mais tempo que isso.

— Inara, estou disposto a deixar você contar as coisas do seu jeito, mas eu preciso de uma resposta direta para uma pergunta: preciso chamar o Conselho Tutelar?

— Não — ela diz imediatamente. — E estou dizendo a verdade.

— Quão próxima está essa verdade de uma mentira?

Dessa vez ele sorri um sorriso verdadeiro, embora meio torto e apenas um pouco sarcástico, mas o suficiente para abrandá-la.

— Fiz dezoito anos ontem. Parabéns para mim.

— Você tinha *catorze* anos quando chegou a Nova York? — Eddison pergunta.

— Isso.

— Mas que caralho?

— Minha avó morreu. — Ela dá de ombros e pega a garrafa de água. — Cheguei em casa depois da escola e lá estava ela na cadeira, morta, com os dedos queimados do cigarro que havia se queimado inteiro. É de surpreender que a casa toda não tenha queimado com o vapor de uísque. Acho que o coração dela parou, ou alguma coisa assim.

— Você chamou a polícia?

— Não. O cara que corta a grama ou o menino do mercado a encontrariam quando fossem lá para receber o pagamento, e eu não queria ninguém discutindo o que fazer comigo. Muito provavelmente tentariam localizar meus pais e me obrigariam a ir morar com um deles, me jogariam em um abrigo ou procurariam um tio ou tia do lado do meu pai e me empurrariam para mais um parente que não me queria. Nenhuma dessas opções me agradava nem um pouco.

— E o que você fez então?

— Peguei uma das malas e uma valise e então ataquei o esconderijo secreto da minha avó.

Victor não sabia se ia se arrepender ao ouvir a resposta, mas tinha que perguntar.

— Esconderijo?

— De dinheiro. Minha avó não confiava muito nos bancos e, por isso, cada vez que recebia um cheque, ela o descontava e escondia metade do dinheiro na bunda do pastor alemão. O rabo tinha uma espécie dobradiça em que se podia enfiar a mão por baixo para pegar o dinheiro. — Ela bebe um pouco de água e depois aperta o gargalo da garrafa contra seus lábios comprimidos, fazendo com que a água encharque as rachaduras. — Tinha quase dez mil lá — continua quando afasta a garrafa da boca. — Escondi tudo na mala e na valise e passei a noite na casa. Acordei pela manhã e, em vez de ir para a escola, fui para a rodoviária e comprei uma passagem para Nova York.

— Passou a noite na casa com sua avó morta.

— Tirando o fato de ela ainda não estar empalhada, qual seria a diferença entre essa e qualquer uma das outras noites?

Ele agradeceu pela estática no ouvido.

— Pedimos comida para vocês três — Yvonne avisa da sala de observação. — Chega em dois minutos. Ramirez telefonou. Algumas das meninas começaram a falar. Não muito ainda. Parecem estar mais preocupadas com as meninas mortas do que com elas mesmas. A senadora Kingsley está a caminho, vindo de Massachusetts.

Bem, tinha começado com uma boa notícia. Provavelmente, pensar que a senadora pode ter que fazer um pouso forçado em algum lugar por causa do mau tempo é ter esperança demais.

Victor balança a cabeça e se recosta na cadeira. A senadora ainda não estava lá; lidariam com ela quando chegasse.

— Vamos fazer um intervalo para comer, mas antes disso quero fazer mais uma pergunta.

— Só uma?

— Quero saber como você foi parar no Jardim.

— Isso não é uma pergunta.

Eddison bate na coxa impacientemente, mas é Victor quem continua falando.

— Como você foi parar no Jardim?

— Fui raptada.

Com três filhas adolescentes, ele praticamente conseguiu ouvir o "dã" implícito no fim da frase.

— Inara.

— Você *realmente* é bom nisso.

— Por favor.

Ela suspira e coloca os pés na beirada da cadeira, segurando os tornozelos com as mãos enfaixadas.

🦋

O Evening Star era um belo restaurante. Só atendia com reserva, a menos que fosse uma noite de pouco movimento, mas os preços eram tão altos que dificilmente alguém viria de um passeio para simplesmente comer ali. Nas noites normais, os garçons vestiam fraque e as garçonetes usavam um vestido preto tomara que caia com gola e punhos destacados, imitando um fraque. Tínhamos até gravatas-borboleta – que davam bastante trabalho para arrumar – e não éramos autorizados a usar as com clipe.

Guilian sabia como atender os estupidamente ricos, e era possível alugar o restaurante inteiro para ocasiões especiais e fantasiar os funcionários. Havia algumas regras. básicas, – ele não admitia indecência –, mas entre uma ampla variedade de opções, o cliente podia fornecer as fantasias, e nós as usávamos no evento e depois ficávamos com elas. Ele sempre nos avisava sobre as fantasias para podermos trocar de turno, se alguma coisa nos incomodasse.

Duas semanas antes do meu aniversário de dezesseis anos – ou, como as meninas achavam, de vinte e um – o restaurante foi alugado por alguém que faria um evento para angariar fundos para um dos teatros. Seu primeiro espetáculo seria uma produção de *Madame Butterfly*, por isso tivemos que nos vestir de acordo. Dessa vez só as garotas poderiam trabalhar, a pedido do cliente, e todas nós recebemos vestidos pretos e curtos e um par de asas de arame e seda, que eram coladas com cola de figurino e látex – porra, que trabalho deu aquilo – e todas tínhamos que usar o cabelo completamente preso.

Todas concordamos que aquilo era melhor que as fantasias-fetiche de pastora ou o jantar de ensaio de casamento com tema da Guerra Civil, para o qual fomos obrigadas a usar saias com armação que foram finalmente transformadas em lustres de Natal quando nos cansamos delas ocupando um canto inteiro do apartamento. Apesar de ter que ir trabalhar horas antes para poder colar as porcarias das asas, o resto não era tão ruim, e ainda poderíamos usar o vestido de novo. O problema foi que tentar servir as mesas com aquelas asas enormes nas costas era um verdadeiro caos, e quando o prato principal foi servido e pudemos finalmente ir para a cozinha e ficar lá durante a apresentação do programa para angariar fundos, a maioria não sabia se ria ou praguejava. Muitas faziam as duas coisas.

Rebekah, nossa recepcionista sênior, suspirou e sentou em uma banqueta, apoiando os pés em cima de um caixote virado de lado. A gravidez finalmente a impossibilitava de usar salto alto e também a poupava de passar pela humilhação das asas.

— Essa coisa tem que sair de mim agora — ela disse.

Eu me espremi por trás da banqueta o máximo que consegui com aquelas asas e comecei a massagear seus ombros e costas, tão tensos.

Hope espiou por uma fresta da porta.

— Mais alguém acha que o cara no comando é super fodível para um velho?

— Ele não é tão velho, e modera o vocabulário — respondeu Whitney. Tinha certas palavras que Guilian preferia que a gente não usasse no local de trabalho, mesmo quando estávamos na cozinha, e *foda* era uma delas.

— Bom, o filho dele parece mais velho que eu; então ele é velho.

— Então paquera o filho.

— Não, obrigada. Ele é gato, mas tem alguma coisa de errado com ele.

— Por que, ele não está olhando para você?

— Está olhando é muito, e para muitas de nós. Ele é muito estranho. Prefiro paquerar o velho.

Ficamos na cozinha conversando e fazendo fofoca sobre os convidados até o intervalo da apresentação, quando circulamos com mais garrafas de vinho e bandejas de sobremesa. Quando passei pela mesa do anfitrião, dei uma boa olhada no velho da Hope e no filho dele, e pude entender imediatamente o que Hope tinha falado sobre o filho. Ele era *realmente* bonito, musculoso e com traços harmoniosos, com olhos castanhos e o cabelo loiro escuro do pai, que ficava ótimo com a pele bronzeada.

Mesmo que o bronzeado parecesse um pouco artificial.

Era algo mais profundo que isso, porém, que causava a estranheza em relação à ele. Havia uma crueldade que aparecia por trás do sorriso encantador, do jeito como ele olhava para todas nós enquanto circulávamos pela sala. Ao lado dele, o pai era simplesmente charmoso, com um sorriso fácil que expressava gratidão por todo nosso empenho. Ele me deteve tocando meu pulso com dois dedos, sem muita intimidade, sem ser ameaçador.

— Linda tatuagem, minha cara.

Olhei para baixo pela fenda da saia. Todas as moradoras do apartamento, até Kathryn, havíamos ido juntas fazer tatuagens iguais alguns meses antes, uma coisa que até agora achamos absurda e difícil de achar uma explicação plausível, exceto pelo fato de que a maioria de nós estávamos um pouco bêbadas e Hope nos atormentou até concordarmos. Ficava do lado de fora do meu tornozelo direito, logo acima do osso, e era um desenho elegante de linhas pretas e curvas. Hope havia escolhido. Sophia, a outra que estava sóbria, reclamou da borboleta, porque era exagerada e muito comum, mas Hope não cedeu. Quando queria, ela podia ser bem maluca e obcecada, e chamou o desenho de borboleta tribal. Normalmente, tínhamos que esconder a tatuagem com a roupa ou maquiagem quando estávamos trabalhando, mas por causa do tema do evento, Guilian disse que podíamos deixá-la à mostra.

— Obrigada. — Servi o vinho espumante em sua taça.

— Gosta de borboletas?

Na realidade não muito, mas essa não parecia ser uma resposta muito inteligente, considerando o tema da festa.

— São bonitas.

— Sim, mas como a maioria das criaturas belas, têm vida muito curta. — Seus olhos verdes viajaram da tatuagem no tornozelo por todo meu corpo até encontrarem meus olhos. — Não é só a tatuagem que é adorável.

Eu tinha que lembrar de dizer a Hope que o velho era tão pavoroso quanto o filho.

— Obrigada, senhor.

— Parece jovem para estar trabalhando em um restaurante como este aqui.

Uma coisa que eu jamais havia escutado antes era alguém me dizer que eu parecia jovem demais para alguma coisa. Eu o encarei por um longo momento, e pude ver um tipo de satisfação cintilar em seus olhos claros.

— Algumas de nós somos mais velhas do que a nossa verdadeira idade — finalmente respondi, mas logo em seguida já me arrependi. A última coisa de que eu precisava era de um cliente rico convencendo Guilian de que eu havia mentido sobre minha idade.

Ele não falou nada quando passei à taça seguinte, mas senti seus olhos me acompanhando enquanto eu voltava para a cozinha.

Durante a segunda metade da apresentação, corri até o vestiário para pegar um absorvente na bolsa, mas, quando virei para ir ao banheiro, o filho dele estava parado na porta. Ele devia ter vinte e poucos anos, mas estar sozinha com ele em um quarto pequeno com certeza lhe conferia uma vibração mais experiente e ameaçadora. Geralmente, não considerava Hope uma pessoa muito perceptiva, mas ela estava certa: havia alguma coisa muito errada com esse cara.

— Desculpa, mas essa é uma área exclusiva para os funcionários.

Ele ignorou o comentário e, ainda bloqueando a porta, estendeu uma das mãos para tocar a ponta de uma asa.

— Meu pai tem um gosto exótico, não acha?

— Senhor, você precisa se retirar. Esta não é uma área aberta aos clientes.

— Eu sei que você é obrigada a dizer isso.

— E eu digo a mesma coisa. — Kegs, um dos ajudantes que limpava as mesas, o empurrou com um dos ombros. — Sei que o proprietário lamentaria ter que expulsá-lo do restaurante, mas ele com certeza o fará se você não voltar para a sua festa.

O estranho o olhou de cima a baixo, mas Kegs era alto, forte e perfeitamente capaz de carregar pessoas como se fossem barris de cerveja, motivo pelo qual ganhou esse apelido. Em inglês, Kegs significa barris. O estranho franziu a testa, mas assentiu e saiu.

Kegs o seguiu com os olhos até ele virar a esquina no fim do corredor em direção ao salão principal.

— Tudo bem, lindinha? — ele me perguntou.

— Tudo, obrigada.

Nós o chamávamos de "nosso" ajudante, porque Guilian sempre o designava para as nossas áreas e ele nos considerava basicamente suas meninas. Mesmo nas noites em que não trabalhava, Kegs sempre acompanhava as meninas do último turno até o metrô e as colocava em segurança no trem. Ele era a única pessoa no restaurante inteiro que inexplicavelmente ignorava as regras de Guilian sobre tatuagens e piercings. É verdade que ele era um ajudante e não um garçom e, por isso, não interagia com os clientes, mas ainda assim era visto por eles. Guilian nunca teceu nenhum comentário sobre as orelhas com alargador, os piercings na sobrancelha, no lábio e na língua, ou sobre as pesadas tatuagens tribais que cobriam seus braços de preto e quase brilhavam por baixo da camisa social branca. Elas transbordavam dos punhos para o dorso das mãos e subiam pelo pescoço, podendo serem vistas quando não estavam escondidas pelo seu cabelo comprido; quando ele o prendia, era possível vê-las subindo até a nuca raspada.

Ele beijou meu rosto e me acompanhou até o banheiro, permaneceu do lado de fora enquanto eu fazia o que tinha que fazer e depois me escoltou até a cozinha.

— Tomem cuidado com o filho do anfitrião — anunciou para todas as garotas.

— Bem que eu falei — Hope comentou, rindo.

Naquela noite, Kegs nos levou até o apartamento. No dia seguinte, Guilian ouviu com ar preocupado o que havia acontecido na noite anterior e depois nos disse para não nos preocuparmos muito com aquilo, uma vez que os clientes haviam retornado a Maryland. Ao menos era o que achávamos.

Duas semanas depois, Noémie e eu saíamos da biblioteca à tarde quando encontramos dois colegas de turma dela. Eu a deixei com eles e disse que podia voltar para casa sozinha.

Tinha percorrido três quarteirões quando alguém me apunhalou e, antes mesmo que eu pudesse gritar, minhas pernas perderam a força e o mundo escureceu.

— À tarde, nas ruas de Nova York? — Eddison pergunta ceticamente.

— Como eu disse, a maioria das pessoas em Nova York prefere não fazer muitas perguntas, e tanto o pai quanto o filho sabem ser encantadores quando querem. Muito provavelmente eles falaram alguma coisa que fez sentido para as pessoas em volta.

— E você acordou no Jardim?

— Sim.

A porta se abre e revela a analista técnica com seu quadril ainda encostado na maçaneta, ambas as mãos carregando copos e embalagens de comida. Ela quase derruba tudo na mesa e agradece quando Victor a ajuda a equilibrar a base de papelão onde os copos estão encaixados.

— Temos cachorro-quente, hambúrguer e fritas — Yvonne anuncia. — Não sabia do que você gostava, então pedi para mandarem os condimentos à parte.

A garota leva um certo tempo para entender que a recém-chegada está falando com ela e então agradece.

— Alguma novidade da Ramirez? — Eddison pergunta.

Ela dá de ombros.

— Nada importante. Conseguiram identificar outra menina, e algumas delas forneceram nome e endereço, ou ao menos um endereço parcial. A família de uma das garotas se mudou para Paris, coitadinha.

Enquanto divide a comida, Victor observa Inara analisando a mulher. Ele consegue perceber dúvidas em seu semblante, embora não consiga deduzir quais sejam. Depois de um tempo, ela balança a cabeça e pega uma embalagem de ketchup.

— E a senadora? — pergunta Eddison.

— Ainda voando. Tiveram que desviar de uma tempestade.

Bom, Victor quase conseguiu o que desejara.

— Obrigado, Yvonne.

A analista bate na orelha.

— Manterei vocês informados se souber de algo que possa interessar. — Ela acena com a cabeça para Inara e sai da sala. Alguns segundos depois, o espelho treme levemente quando a porta da sala de observação é fechada.

Victor olha para Inara enquanto espalha mostarda e molho no cachorro-quente. Ele não sabe se deve fazer a pergunta. Ele nunca havia se sentido inseguro com relação à dinâmica de poder em uma sala, ao menos não com uma vítima; mas ela não era uma vítima como as outras, não é? Esse era metade do problema, ao menos. Ele franze o cenho para o sanduíche, tentando não deixar a garota perceber que sua carranca fora causada por ela.

Eddison percebeu.

Mas não tem jeito, ele precisa saber.

— Você não se surpreendeu com a notícia da senadora Kingsley.

— Deveria ter me surpreendido?

— Então todas vocês sabem os verdadeiros nomes das outras.

— Não. — Ela espalha ketchup sobre o hambúrguer e as fritas, depois põe uma batata na boca.

— Então, como...

— Algumas não conseguem parar de falar sobre a família. Acho que elas têm medo de esquecer, embora não citem nomes. Ravenna disse que a mãe era senadora. Isso era tudo que sabíamos.

— O nome verdadeiro dela é Patrice — diz Eddison.

Inara dá de ombros.

— Que nome você daria a uma Borboleta na metade do caminho entre o Jardim e o Exterior?

— Bem, que nome você daria?

— Acho que depende se a mãe dela é ou não uma senadora. Que estrago pode causar se ela for obrigada a virar Patrice antes de estar preparada para deixar de ser Ravenna? — Ela dá uma mordida no hambúrguer e mastiga devagar, fechando os olhos. Um gemido baixinho escapa de sua boca, e seu rosto se suaviza de prazer.

— Faz tempo que não come porcarias? — Eddison pergunta com um sorriso relutante.

Ela assente.

— Lorraine recebia instruções rigorosas para fazer comida saudável.

— Lorraine? — Eddison pega o bloco de anotações e vira várias páginas rapidamente. — Os paramédicos atenderam uma mulher chamada Lorraine. Ela disse que era funcionária. Está dizendo que ela sabia sobre o Jardim?

— Ela mora lá.

Victor a encara, vagamente consciente do molho que pinga do cachorro-quente no papel-alumínio. Inara come devagar e não volta a falar até devorar a última batata frita.

— Acredito ter mencionado que algumas meninas tentavam dar uma de puxa-saco...

Lorraine de vez em quando era uma dessas meninas, alguém tão desesperada para agradar o Jardineiro que se dispunha a ajudá-lo a fazer tudo que quisesse com outras pessoas, desde que fosse amada por ele. Talvez fosse uma pessoa bem problemática antes de ser raptada. Normalmente, garotas como ela recebiam outra marca, um par de asas no rosto, para mostrar para todas o quanto amavam ser uma das Borboletas. Mas o Jardineiro inventou um plano diferente para Lorraine, e ele de fato a deixou sair do Jardim.

Ele a mandou para a escola de enfermagem e para aulas de culinária, e ela estava tão destruída pela submissão aos interesses do homem, tão absolutamente apaixonada por ele, que nunca nem ao menos tentou fugir ou contar para alguém sobre o Jardineiro, sobre as Borboletas mortas ou sobre as vivas que ainda podiam ter *alguma* esperança. Ela ia às aulas e, quando voltava ao Jardim, estudava e praticava, e em seu aniversário de vinte e um anos ele pegou de volta todos aqueles lindos vestidos pretos de costas abertas e deu a ela um uniforme cinza e comum que a cobria completamente, e assim ela se tornou a cozinheira e enfermeira do Jardim.

Ele nunca mais a tocou e nunca mais falou com ela sobre nada além de suas obrigações. Foi então que, finalmente, ela começou a odiá-lo.

Não o suficiente, acho, porque nem assim ela contou a alguém.

Nos dias em que eu me sentia mais amável – e eles eram poucos –, eu quase conseguia sentir pena dela. Quantos anos ela deveria ter agora, quarenta e poucos? Ela foi uma das primeiras Borboletas, e o tempo de Jardim era duas vezes maior do que o tempo em que conhecera qualquer outra coisa. Em algum momento imagino que você *tenha* que desabar. Seu jeito a manteve fora do vidro, pelo menos, por mais que ela tenha se arrependido disso.

Era nossa cozinheira-enfermeira, e nós a odiávamos. Até mesmo as mais puxa-sacos a odiavam, porque mesmo elas teriam fugido se conseguissem e teriam tentado chamar a polícia pelo bem de todas as outras. Era o que diziam a si mesmas, pelo menos. Se a oportunidade surgisse, porém... não sei. Havia histórias sobre uma menina que tinha fugido.

— Alguém escapou? — Eddison pergunta.

Ela sorri meio de canto de boca.

— Havia boatos, mas ninguém tinha certeza. Não na nossa geração nem na de Lyonette. Parecia mais duvidoso do que qualquer outra coisa, algo em que a maioria acreditava simplesmente porque precisávamos acreditar que era possível fugir, não por acharmos que era real. Era difícil acreditar em fuga quando Lorraine tinha escolhido ficar, apesar de tudo o que acontecia ali.

— Você teria tentado? — pergunta Victor. — Fugir?

Ela o encara com ar pensativo.

Talvez fôssemos diferentes das garotas que ali estiveram trinta anos antes. Bliss era a que mais adorava atormentar Lorraine, especialmente porque esta não conseguia reagir de jeito nenhum. O Jardineiro ficava furioso se ela sacaneava nossa comida ou nossas necessidades médicas. Ela não conseguia nos ofender, porque as palavras têm que ter significado para ferir.

Não achávamos que o pessoal da manutenção sabia sobre as Borboletas. Sempre que eles estavam na estufa nos escondiam e não éramos permitidas de ir aonde poderíamos ser vistas ou ouvidas. As paredes desciam, opacas e à prova de som. Nós não podíamos ouvi-los e eles também não podiam nos ouvir. Lorraine era a única que *sabíamos* que sabia sobre nós, mas era inútil tentar pedir para ela fazer alguma coisa ou mandar um recado para alguém. Não só ela se recusaria, como com certeza levaria a informação diretamente para o Jardineiro.

E então outra garota acabaria no corredor, dentro do vidro e da resina.

Às vezes Lorraine olhava para aquelas garotas expostas com uma inveja tão óbvia que era doloroso de ver. Patético e enfurecedor, é claro, porque, porra, ela invejava meninas que haviam sido assassinadas, mas o Jardineiro *amava* aquelas garotas no vidro. Ele as cumprimentava quando passava, ia até lá só para olhar para elas, lembrava o nome de cada uma e as chamava de suas. Às vezes penso que Lorraine esperava ansiosamente para se juntar a elas; ela sentia saudade de quando o Jardineiro a amava como amava a todas nós.

Não acho que ela conseguia perceber que isso jamais iria acontecer. As meninas no vidro foram todas preservadas no auge de sua beleza, com brilhantes e coloridas asas que contrastavam com suas peles jovens e perfeitas. O Jardineiro nunca se incomodaria em preservar uma mulher de mais de quarenta anos – ou qualquer que fosse sua idade quando morresse – cuja beleza havia esvanecido décadas antes.

Coisas bonitas têm vida curta, ele havia me falado na primeira vez que nos encontramos.

Ele se encarregava de que fosse assim e depois se empenhava em dar a suas Borboletas um tipo estranho de imortalidade.

Victor e Eddison ficaram sem reação.

Ninguém pede para ser encarregado do setor de crimes contra menores por estar entediado. Sempre tem um motivo. Victor sempre fez questão de saber os motivos de quem trabalhava para ele. Eddison olha para os próprios punhos fechados em cima da mesa, e Victor sabe que ele está pensando na irmãzinha que desapareceu quando tinha oito anos e nunca mais foi encontrada. Casos que eram encerrados sem uma solução sempre o abalavam, qualquer coisa que envolvesse famílias esperando respostas que talvez nunca chegassem.

Victor pensa em suas meninas, não porque alguma coisa tenha acontecido com elas, mas por saber que enlouqueceria se algo acontecesse.

Mas por serem levados a esse setor por motivos pessoais, passionais, os agentes na divisão de crimes contra menores são frequentemente os primeiros a sofrer colapsos e esgotamentos. Depois de três décadas na divisão, Victor tinha visto acontecer com muitos agentes, sendo eles bons ou maus. Quase havia acontecido com ele depois de um caso particularmente pesado, depois de ter que passar por muitos funerais com pequenos caixões guardando as crianças que eles não conseguiram salvar. As filhas o convenceram a ficar. Elas diziam que ele era o super-herói delas.

Essa garota nunca teve um super-herói. Ele se pergunta se algum dia ela talvez tenha desejado um.

Ela os observa sem expressar no rosto nenhum de seus pensamentos, e ele tem a incômoda sensação de que ela os entende melhor do que eles a entendem.

— Alguma vez o Jardineiro trouxe o filho quando veio procurar você? — ele pergunta, tentando recuperar parte do controle da sala.

— *Trouxe* o filho? Não. Mas Avery basicamente entrava e saía quando queria.

— Alguma vez ele... com você?

— Recitei Poe algumas vezes enquanto estive sob os cuidados dele — a menina responde dando de ombros. — Mas Avery não gostava de mim. Eu não podia dar o que ele queria.

— Que era?

— Medo.

▼

O Jardineiro só matava meninas por três motivos.

Primeiro, por estarem velhas demais. A data de validade era vinte e um anos, e depois disso, bom, digamos que a beleza seja uma coisa efêmera e fugaz, e ele tinha que capturá-la enquanto podia.

O segundo motivo tinha a ver com a saúde, ou seja, se ficavam muito doentes, muito machucadas, ou muito grávidas. Bom, grávidas, acho. Ficar *muito* grávida é meio como ficar *muito* morto, não é algo que se possa quantificar. Ele sempre se incomodou com gravidez. Lorraine aplicava injeções em todas nós quatro vezes por ano para impedir esse tipo de inconveniente, mas nenhum método anticoncepcional é completamente infalível.

A terceira razão era uma garota se mostrar totalmente incapaz de se adaptar ao Jardim; se depois das primeiras semanas ela não parava de chorar, tentava morrer de fome ou tentava suicídio mais que um certo número "permitido" de vezes. Matava as meninas que resistiam demais, as meninas que desmoronavam.

Avery as matava por diversão e, às vezes, por acidente. Sempre que isso acontecia, o pai o bania do Jardim por algum tempo, mas depois ele voltava.

Eu estava lá havia quase dois meses quando ele foi me procurar. Lyonette estava com uma garota que ainda não havia recebido um nome, e Bliss estava lidando com o Jardineiro. Então fui para o pequeno penhasco sobre a cachoeira com Poe, onde tentava decorar "A ilha da fada". A maioria das garotas não conseguia subir no penhasco sem querer se jogar de lá e, por isso, eu normalmente tinha o espaço só para mim. Era um lugar tranquilo. Quieto, embora o Jardim fosse sempre quieto. Mesmo quando algumas das meninas mais bem-adaptadas iam brincar de pega-pega ou esconde-esconde, nunca faziam barulho. Tudo era contido, e nenhuma de nós sabia se era assim que o Jardineiro preferia ou se era apenas instinto nosso. Como grupo, todos os nossos comportamentos foram aprendidos com outras Borboletas, que os aprenderam com outras Borboletas, porque fazia trinta anos que o Jardineiro pegava meninas.

Ele não raptava ninguém com menos de dezesseis anos e, quando não tinha certeza da idade, optava pelas mais velhas; por isso, a duração de vida de uma Borboleta era de no máximo cinco anos. Sem contar as sobreposições, eram mais de seis *gerações* de Borboletas.

Quando conheci Avery no restaurante, ele vestia um fraque, como o pai. Eu estava sentada com as costas escoradas em uma pedra, com o livro apoiado em meus joelhos e sentia o calor do sol através do teto de vidro quando sua sombra caiu sobre mim. Levantei a cabeça e o vi vestido com uma calça jeans e camisa social aberta. Havia arranhões em seu peito e o que parecia ser uma mordida no pescoço.

— Meu pai quer que você seja só dele — ele disse. — Não falou nada sobre você, nem seu nome. Não quer que eu me lembre de você.

Virei a página e olhei novamente para o livro.

Ele agarrou meu cabelo para me obrigar a erguer o rosto e com a outra mão desferiu uma dolorosa bofetada em meu rosto.

— Dessa vez não tem ajudante de cozinha aqui para salvar você. Dessa vez você terá o que está pedindo.

Continuei segurando o livro e não falei nada.

Ele me bateu de novo, e o sangue que jorrou do corte no meu lábio se espalhou sobre minha língua. Luzes coloridas dançavam diante dos meus olhos. Ele arrancou o livro da minha mão e jogou na correnteza; eu o observei desaparecer na cachoeira para não ter que olhar para ele.

— Você vem comigo.

Ele me levou pelos cabelos, que Bliss havia prendido em um elegante coque francês que logo se soltou sob a violência de suas mãos. Sempre que eu não me movia com a rapidez que ele julgava necessária, levava outra bofetada. Outras garotas desviaram o olhar quando passamos por elas, e uma delas até mesmo começou a chorar, mas foi rapidamente silenciada pelas demais meninas, caso Avery decidisse que poderia ter mais diversão com uma menina chorona.

Ele me levou para um quarto em que eu não havia estado antes, localizado bem na frente do Jardim e perto da sala de tatuagem. Aquele quarto ficava trancado com chave, a menos que ele quisesse brincar. Já havia uma garota lá dentro, e ela estava presa à parede por argolas pesadas em seus pulsos. O sangue que escorria de uma mordida horrível em um de seus seios cobria suas coxas e parte de seu rosto, e a cabeça pendia para a frente em um ângulo esquisito. Ela não levantou o rosto nem mesmo quando caí no chão, fazendo um estrondoso barulho.

Não estava respirando.

Avery afagou o cabelo ruivo da menina, enroscando os dedos nas mechas para puxar-lhe a cabeça para trás. Havia marcas de dedos em torno de seu pescoço e ossos salientes sob a pele de um dos lados.

— Ela não era forte como você.

Ele se jogou em cima de mim, claramente esperando que eu lutasse, mas não lutei. Não fiz nada.

Não, não é verdade.

Recitei Poe e, quando se acabaram os versos que eu conhecia de cor, pensei neles de novo e de novo, até que ele me jogou contra a parede com um rosnado contrariado e saiu do quarto com o jeans aberto. Acho que poderia se dizer que eu venci.

Naquele momento não me senti muito vitoriosa.

Quando a sala finalmente parou de rodar, levantei e fui procurar uma chave ou qualquer outra coisa com a qual pudesse tirar a garota daquelas algemas largas. Nada. Encontrei um armário fechado e, empurrando a porta o máximo que conseguia, visualizei através da fresta chicotes e porretes. Vi barras, grampos e coisas que fizeram minha mente tremer. Encontrei várias coisas, na verdade, mas nada que pudesse dar a ela alguma dignidade.

Então *encontrei* os restos do meu vestido e *encontrei* um jeito de cobri-la, pelo menos as partes mais importantes, e beijei sua bochecha e pedi desculpas com toda sinceridade, como nunca havia me desculpado com ninguém antes.

— Ele não pode te machucar de novo, Giselle — cochichei junto de seu rosto coberto de sangue.

E saí nua para o corredor.

Tudo em mim doía, e cada menina por quem eu passava bufava em solidariedade. Nenhuma se ofereceu para me ajudar. Deveríamos procurar Lorraine para isso, para que ela pudesse catalogar cada ferimento e informar o Jardineiro, mas eu não queria ver seu rosto duro ou sentir a pressão desnecessária sobre os hematomas que começavam a se formar. Recuperei os restos do livro de poesia do lago, onde ele havia caído, voltei ao meu quarto e me sentei no pequeno box do chuveiro. Ele só funcionava à noite. Cada uma de nós tinha um horário determinado para o banho, a exceção sendo depois de nossos encontros com o Jardineiro. As meninas que estavam lá há mais tempo podiam ligar a própria água, outro privilégio adquirido, mas eu ainda não tinha esse direito. Só o teria dentro de alguns meses.

Queria muito chorar. Tinha visto a maioria das garotas chorando de vez em quando, e algumas sempre pareciam se sentir melhor depois disso. Eu não chorava desde aquela merda daquele carrossel, quando tinha seis anos de idade, quando fiquei rodando e rodando presa naquele cavalo lindamente pintado, enquanto meus pais esqueciam que eu estava ali. E, como ficou comprovado, ficar sentada no box esperando a água que só chegaria em algumas horas não ia fazer o chuveiro funcionar.

Bliss apareceu ainda molhada do banho, com o cabelo enrolado em uma toalha azul, mesma cor das asas em suas costas.

— Maya, o qu... — Ela interrompeu a fala e ficou olhando para mim. — Puta que pariu, o que aconteceu?

Doía até para falar, o lábio inchado e a mandíbula sofrendo as consequências de muitos tapas, dentre outras coisas.

— Avery.

— Espera aqui.

Como se houvesse muitos outros lugares para onde eu pudesse ir.

Mas, quando voltou, trazia com ela o Jardineiro, que estava estranhamente desarrumado. Bliss não falou nada, só o levou para dentro do quarto, soltou sua mão e saiu.

As mãos dele tremiam.

Ele atravessou o quarto lentamente, a expressão demonstrando um horror crescente diante de cada ferimento visível, cada marca de mordida ou arranhão, cada hematoma ou marca de dedos. Porque o mais doente de tudo aquilo – e havia muita coisa doente para ser escolhida – era que ele realmente se importava com a gente, ou ao menos com o que pensava que éramos. Ele se ajoelhou na minha frente e me examinou com olhos preocupados e dedos gentis.

— Maya, eu... sinto muito. De verdade.

— Giselle morreu — cochichei. — Não consegui soltá-la.

Ele fechou os olhos em uma autêntica expressão de sofrimento.

— Ela pode esperar. Vamos cuidar de você.

Eu não sabia, até então, que ele mantinha uma suíte no Jardim. Quando passamos pela sala de tatuagem, ele gritou o nome de Lorraine. Ouvi seus passos apressados da enfermaria para a sala vizinha, imaginei o cabelo castanho e grisalho emoldurando o rosto, escapando do coque.

— Traga curativos, antisséptico e alguma coisa para diminuir o inchaço.

— O que acont...

— Vai logo! — ele se irritou, e a encarou até ela desaparecer, voltando alguns minutos depois com uma bolsinha cheia de material para primeiros socorros.

Ele digitou uma senha em um teclado na parede e um trecho dela deslizou e recuou, revelando um quarto decorado em cor de vinho, dourado e mogno. Consegui visualizar apenas um sofá que parecia confortável, uma espreguiçadeira embaixo de um abajur de leitura e uma televisão na parede, pois ele prontamente me levou através de outra porta para um banheiro com uma hidromassagem maior que minha cama. Ele me ajudou a sentar na beirada da banheira e abriu a torneira, molhando um pano que usou para limpar o grosso do sangue.

— Não vou deixá-lo fazer isso com você de novo — cochichou. — Meu filho é... meu filho não tem controle.

Entre outras coisas.

E do mesmo jeito que eu o deixava fazer outras coisas, deixei que se preocupasse comigo, que cuidasse de mim e que me acomodasse em sua cama, onde me deixou enquanto ia pegar uma bandeja das mãos de Lorraine. Eu não teria pensado que seria capaz de dormir, mas dormi, dormi a noite toda com ele respirando na minha nuca e afagando meu cabelo e as laterais do meu corpo.

Na tarde seguinte, quando eu descansava em minha cama na companhia de Bliss, Lorraine jogou um pacote para mim. Enquanto Bliss resmungava alguma coisa sobre vadias mal-humoradas que deviam enfiar a cabeça no forno, eu desembrulhei o pacote de papel pardo e simples e comecei a rir.

Era um livro de Poe.

— Quer dizer então que o Jardineiro não aprovou o que o filho fez?

— O Jardineiro nos tratava com afeto, e ele sinceramente lamentava quando tinha que matar uma de nós. Avery era só... — Ela balança a cabeça, cruzando as pernas em cima da cadeira. Depois se encolhe toda e, com uma das mãos, pressiona a barriga. — Me desculpem, mas eu preciso *muito* ir ao banheiro.

Um minuto depois, a analista técnica abre a porta. Inara levanta e caminha até ela e depois olha para trás, na direção de Victor, como se pedisse sua permissão. Ele assente, e as duas saem e fecham a porta.

Victor passa a olhar as fotos dos corredores, tentando contar os pares de asas.

— Acha que essas são todas as garotas que ele sequestrou? — Eddison pergunta.

— Não. — Victor suspira. — Queria poder dizer que sim, mas e se alguma menina se machucou tanto que de alguma forma danificou suas asas ou suas costas? Duvido que ele a exibisse. Todas essas estão em perfeitas condições.

— Estão mortas.

— Mas perfeitamente preservadas. — Ele levanta uma das fotos. — Ela falou que é vidro e resina. Os peritos que estiveram no local confirmaram essa informação?

— Vou descobrir. — Ele se afasta da mesa e tira o celular do bolso. Desde que se tornaram parceiros, Victor nunca o tinha visto conseguir ficar parado enquanto falava ao telefone e, assim que termina de discar os números, Eddison começa a andar para lá e para cá como um tigre enjaulado no pequeno espaço da sala.

Victor pega a caneta presa ao bloco de anotações de Eddison e rabisca suas iniciais na bolsa em que se encontravam todos os documentos, abrindo-a logo em seguida e fazendo com que os cartões plásticos se espalhem pela mesa, gesto que provoca um olhar curioso de Eddison, que Victor ignora enquanto continua examinando os cartões até achar um nome em especial. Cassidy Lawrence.

Lyonette.

Sua carteira de motorista havia sido tirada apenas três dias antes de ela ser levada, e a menina bonita da foto sorri com clara animação. É um rosto criado para sorrisos, para alegria, e ele tenta envelhecê-lo o suficiente para conseguir enxergar nele a garota de olhar firme que recebeu Inara no Jardim. Não consegue. Nem mesmo quando coloca o documento ao lado do cartão com a menina de asas cor de abóbora presa no vidro ele consegue aceitar a conexão entre ambas.

— Qual delas você acha que seja a tal Giselle? — Eddison pergunta enquanto guarda o telefone de volta no bolso.

— São muitas ruivas para tentar adivinhar, a menos que Inara consiga nos dizer qual era a borboleta dela.

— Como pode ser que ele fez isso durante trinta anos sem que a gente nem ao menos notasse?

— Se a polícia não houvesse recebido aquele telefonema e notado nossa sinalização em alguns daqueles nomes, quanto tempo mais você acha que ele ainda passaria despercebido?

— Que porra de pergunta horrorosa.

— O que os técnicos disseram?

— Estão mostrando o local para os guardas noturnos para poder encerrar a perícia por hoje. Disseram que vão tentar abrir os casos amanhã.

— Encerrando agora? — Ele vira o braço para olhar o relógio de pulso. Eram quase dez horas da noite. — Jesus amado.

— Vic... não podemos liberar a menina. Ela pode desaparecer de novo. Não estou convencido de que ela não seja parte de tudo isso.

— Eu sei.

— Então por que você não está sendo mais duro com ela?

— Porque essa menina é suficientemente esperta para fazer nosso tiro sair pela culatra e... — Ele ri. — Mais esperta ainda para se divertir fazendo isso. Vamos deixar que conte a história do jeito dela. Tudo que isso faz é tomar parte do nosso tempo, e esse é um dos poucos casos em que tempo *não* é um problema. — Ele se inclina para a frente, une as mãos sobre a mesa. — Os suspeitos não estão em boas condições; pode ser que nem passem desta noite. Essa menina é a nossa melhor chance de saber um pouco sobre o cenário geral do Jardim.

— Isso se ela estiver dizendo a verdade.

— Ela ainda não mentiu para nós.

— Não que a gente saiba. Normalmente, pessoas com identidade falsa não são inocentes, Vic.

— Ela pode ter dito a verdade quando explicou por que tem essa identidade.

— Mesmo assim isso é algo ilegal, e eu não confio nela.

— Dê um tempo para a menina. Assim *nós* também vamos ter tempo para que as outras garotas se recuperem o suficiente para conversar conosco. Quanto mais tempo a mantivermos aqui, melhores serão nossas chances de convencer as outras a falarem.

Eddison franze a testa, mas assente.

— Ela me irrita.

— Algumas pessoas desabam e nunca mais levantam. Outras recolhem os próprios cacos e os colam com as partes afiadas viradas para fora.

Eddison revira os olhos e passa a guardar as identidades de volta na bolsa de evidências. Ele arruma cada foto em uma pilha perfeita, alinhando os cantos com o canto da mesa.

— Estamos acordados há mais de trinta e seis horas. Precisamos dormir.

— Sim...

— E aí, o que fazemos com ela então? Não podemos deixar a menina sumir. Se a levarmos de volta ao hospital e a senadora ficar sabendo sobre ela...

— Ela ficará aqui. Nós forneceremos alguns cobertores, um colchão, se conseguimos achar um, e de manhã recomeçamos tudo de novo.

— Acha mesmo que é uma boa ideia?

— Melhor que deixar a garota ir embora. Se a mantivermos aqui, em vez de transferirmos para uma cela, ainda será como uma sessão de interrogatório em andamento. Nem a senadora Kingsley iria interromper um interrogatório em andamento.

— Vamos de fato contar com isso? — Ele recolhe o lixo do jantar, enfia tudo dentro de um saco até o papel rasgar e se dirige à porta. — Vou procurar um colchão. — Ele abre a porta e encontra Inara e Yvonne, que voltavam para a sala de interrogatório e, franzindo a testa para ambas, se retira. Yvonne acena com a cabeça para Victor e volta à sala de observação.

— Que homem agradável — Inara comenta com tom seco e se acomoda de volta em sua cadeira do outro lado da mesa. As marcas de sujeira e fuligem desapareceram de seu rosto, e o cabelo está arrumado em um coque bem torcido.

— Ele tem suas utilidades.

— Por favor, diga-me que conversar com crianças traumatizadas não é uma delas.

— Ele é melhor com suspeitos — Victor reconhece e provoca nela um esboço de sorriso. Queria alguma coisa com que ocupar as mãos, mas a mania de organização de Eddison deixou a mesa limpa e arrumada. — Fale sobre como era estar no Jardim.

— Como assim?

— O dia a dia, quando nada de incomum estava acontecendo. Como era?

— Chato pra cacete — ela responde de um jeito sucinto.

Victor belisca a parte de cima do nariz.

🦋

Não, sério, era chato demais.

Normalmente havia entre vinte a vinte e cinco garotas no Jardim, sem contar Lorraine, claro, afinal por que alguém incluiria aquela mulher? A não ser pelos momentos em que não estava na cidade, o Jardineiro "visitava" ao menos uma de nós por dia, às vezes duas ou três, se não tivesse que trabalhar ou passar algum tempo com a família ou amigos, o que significava que não ficava com todas nós na mesma semana. Depois do que fez comigo e Giselle, Avery só podia entrar no Jardim uma vez por semana e ainda assim sob a supervisão do pai, embora ele desafiasse essa ordem frequentemente por achar que poderia escapar sem nenhuma consequência. E a restrição não durou muito tempo, de qualquer maneira.

O café era servido na cozinha às sete e meia, e tínhamos que comer até as oito para que Lorraine pudesse limpar tudo. Ninguém conseguia pular refeições — ela nos observava enquanto comíamos e informava o Jardineiro —, mas dava para "estar com pouca fome" uma vez por dia. Se você passasse duas refeições com pouco apetite, ela aparecia no quarto para fazer um check-up.

Depois do café – exceto nas manhãs de manutenção, quando ficávamos presas atrás das paredes – tínhamos o tempo livre até meio-dia, quando o almoço era servido em mais uma janela de meia hora. Metade das garotas voltava para a cama, achando que dormir o dia todo faria com que o tempo passasse mais depressa. Normalmente eu seguia o exemplo de Lyonette, mesmo depois de ela ter ido para o vidro, e deixava minhas manhãs livres para qualquer garota que precisasse conversar. A caverna embaixo da cachoeira virou uma espécie de escritório. Havia câmeras e microfones por todos os lados, mas o estrondo feito pela queda-d'água, mesmo ela sendo tão pequena, era suficiente para dificultar a compreensão da conversa.

🦋

— E ele permitia isso? — Victor pergunta, incrédulo.
— Depois que expliquei para ele, sim, é claro.
— Explicou para ele?

— Sim. Uma noite ele me levou para jantar em sua suíte para perguntar sobre isso, acredito que para ter certeza de que não planejávamos uma rebelião ou algo do tipo.

— E como você explicou isso?

—Aquelas meninas precisavam sentir uma sensação de privacidade para ter um mínimo de bem-estar mental e, se as conversas ajudavam a manter as Borboletas saudáveis e inteiras, por que caralho ele iria se importar? Bom, minha explicação para ele foi um pouco mais elegante do que isso. O Jardineiro gostava de elegância.

— Essas conversas com as meninas... como eram?

Algumas delas só desabafavam. Elas estavam todas agitadas, assustadas e revoltadas e, por isso, precisavam de alguém com quem desabafar para poder extravasar todos esses sentimentos. Elas geralmente andavam de um lado para o outro, explodindo de raiva e esmurrando as paredes, até que, por fim, mesmo com as mãos e o coração doloridos, pelo menos se sentiam um pouco mais longe do esgotamento. Essas garotas eram como a Bliss, mas não tinham a coragem dela.

Bliss falava o que queria sem importar quando e onde. Como ela disse quando a conheci, o Jardineiro nunca nos pediu para amá-lo. Imagino que ele gostaria que o amássemos, mas ele nunca de fato pediu nosso amor. Acredito que valorizava nossa honestidade, como passou a valorizar minha franqueza e minha objetividade.

Algumas meninas precisavam de conforto, coisa em que eu não era muito boa. Quer dizer, eu até tinha paciência com as lágrimas ocasionais ou com o choro do primeiro mês de Jardim, mas quando a choradeira continuava por semanas, meses e até mesmo anos... bom, geralmente era aí que eu perdia a paciência e dizia para elas superarem de uma vez.

Ou então, caso me sentisse especialmente nobre naquele dia, eu as mandava para Evita.

Evita era uma *Vanessa virginiensis*, a Mulher Americana; tinha as costas pintadas em tons desbotados de laranja e amarelo e as pontas das asas se desmembravam em complexos desenhos pretos. Apesar de ser uma pessoa amável, Evita não era muito inteligente. Não quero ser cruel dizendo isso, mas é a verdade. Tinha o nível de compreensão das coisas que uma criança de seis anos teria e, por isso, o Jardim era para ela uma fonte de fascinação diária. O Jardineiro só a procurava uma ou duas vezes por mês, porque ela sempre ficava com medo ou confusa com o que ele queria, e Avery era proibido de se aproximar dela. Cada vez que o Jardineiro a visitava, todas nós ficávamos com medo de Evita acabar no vidro, mas aparentemente ele apreciava aquela doçura simples.

Essa doçura que significava que, sempre que alguém a procurava chorando, ela ouvia nossos desabafos sem dizer uma palavra; apenas abraçava e afagava a garota e fazia barulhinhos bobos até que as lágrimas secassem. Para aquelas meninas, estar perto do sorriso ensolarado de Evita era sempre motivo de bem-estar.

Para mim, estar perto de Evita causava tristeza, mas ela sempre vinha até mim após o Jardineiro procurá-la, e ela era a única pessoa cujas lágrimas eu sempre conseguia perdoar.

— Temos que informar o hospital sobre alguma necessidade especial?
A menina balança a cabeça para dizer que não.
— Ela morreu há seis meses. Acidente.

O "escritório" fechava por volta das onze e quinze, e algumas de nós usávamos os corredores como uma espécie de circuito para corrermos. Lorraine olhava feio para nós sempre que estava presente, mas nunca dizia nada, porque aquele era o único exercício que fazíamos. O Jardineiro não nos dava pesos, esteiras ou nada do tipo por ter medo de que usássemos essas coisas para nos machucar. Depois do almoço, a tarde era nossa até a hora do jantar, às oito da noite.

E era aí que o tédio se instalava.

O penhasco se tornou meu cantinho, ainda mais do que a caverna da cachoeira, porque eu era uma das poucas que gostava de subir até lá e me esparramar perto do vidro que marcava o limite da nossa prisão. A maioria das garotas se sentia melhor fingindo que o céu não estava tão perto, fingindo que nosso mundo era maior do que realmente era e que não havia nada esperando no Exterior. Se fazia bem para elas, eu não ia desmenti-las. Mas eu adorava ficar lá em cima. Em alguns dias eu até subia nas árvores, me esticava toda e tocava o vidro. Gostava de lembrar que existia um mundo fora da minha gaiola, mesmo que eu nunca mais o visse de novo.

No começo, às vezes Lyonette, Bliss e eu deitávamos sob o sol da tarde e conversávamos ou líamos. Lyonette fazia seu origami, Bliss brincava com a argila que o Jardineiro tinha comprado para ela, e eu lia em voz alta trechos de peças, romances e poesias.

Mas às vezes íamos ao piso principal, onde o riacho atravessava a vegetação que era quase uma floresta, e passávamos um tempo com as outras meninas. Outras vezes só líamos ou falávamos sobre assuntos menos delicados juntas, mas quando o tédio era muito forte também fazíamos brincadeiras.

Esses eram os dias em que o Jardineiro parecia ficar mais feliz. Sabíamos que havia câmeras por todos os lados porque à noite dava para ver as luzes vermelhas piscando, mas nos dias em que brincávamos ele ia ao Jardim e ficava nos observando das pedras perto da cachoeira, o rosto iluminado por um sorriso suave, como se aquilo fosse tudo o que sempre havia sonhado.

Acho que a prova de que nosso tédio era imenso era o fato de não corrermos para os quartos e para nossas atividades solitárias quando o víamos nos observando.

Seis meses antes, estávamos brincando de esconde-esconde e uma das garotas, Danelle, tinha que nos procurar. Éramos cerca de dez meninas. Ela devia contar até cem ao lado do Jardineiro, porque aquele era o único lugar onde nenhuma de nós iria se esconder e, portanto, o único lugar onde ela não poderia ouvir nenhuma de nós se escondendo. Não sei se ele chegava a entender a lógica daquilo, mas parecia que participar do jogo o encantava, mesmo que indiretamente.

Eu quase sempre subia na árvore durante essas brincadeiras, principalmente porque, graças aos dois anos que passei usando a escada de incêndio do apartamento, conseguia subir mais alto e mais depressa que qualquer uma. Mesmo que elas me achassem com facilidade, não conseguiam me alcançar para tocar em mim e anunciar que eu tinha sido encontrada, o que era uma regra do jogo.

Evita tinha medo de altura, assim como de espaços fechados. Alguém sempre ficava com ela à noite para que não se aterrorizasse caso as paredes descessem e ela estivesse sozinha. Evita *nunca* subia em árvores. Aquele dia foi a exceção. Não sei por que ela quis subir, e todas nós pudemos facilmente perceber quão assustada ela estava quando chegou a meio metro do chão, mas mesmo depois de gritarmos que estava tudo bem, que ela poderia descer e ir se esconder em outro lugar, Evita continuou determinada.

— Eu posso ser corajosa — ela disse. — Posso ser valente como a Maya.

Ao lado de Danelle, o Jardineiro assistia a tudo com um olhar preocupado, como fazia sempre que uma de nós contrariava os próprios hábitos.

Danelle chegou em noventa e nove e parou, dando a Evita mais tempo para se esconder. Todas nós fazíamos isso de vez em quando, quando conseguíamos ouvi-la. Danelle continuou de costas, com as mãos sobre o rosto tatuado, esperando o silêncio.

Demorou por volta de dez minutos, mas Evita subiu na árvore centímetro a centímetro até estar a cerca de quatro metros e meio do chão, sentada em um galho. Com lágrimas escorrendo abundantemente por seu rosto, ela olhou para mim na árvore ao lado e sorriu um sorriso trêmulo.

— Eu posso ser corajosa — ela disse.

— Você é muito corajosa, Evita — eu respondi. — Mais do que todas nós.

Ela assentiu e olhou para baixo por entre os pés, para o chão que parecia tão longe.

— Não gosto daqui de cima.

— Quer que eu te ajude a descer?

Ela assentiu.

Fiquei em pé sobre o galho com todo o cuidado e me virei para iniciar o processo de descida, quando ouvi Ravenna gritar atrás de mim:

— Evita, não! Espere por Maya!

Olhei para trás e vi Evita girando os braços desesperadamente e balançando o galho, até que ele cedeu ao seu peso e quebrou. Gritando, Evita caiu. Todo mundo saiu correndo dos esconderijos para tentar ajudar, mas ela bateu a cabeça em um dos galhos mais baixos e ouviu-se um estalo aterrorizante; seus gritos silenciaram imediatamente.

Ela caiu no lago com um barulho alto e ficou imóvel.

Desci da árvore o mais depressa que pude, arranhando as pernas e os braços na casca do tronco, mas ninguém mais se moveu, nem mesmo o Jardineiro. Todos ficaram olhando para a menina no lago, para o sangue que se espalhava a partir de seus cabelos loiros, tão claros. Entrei na água, agarrei o tornozelo dela e a puxei para perto de mim.

Finalmente, o Jardineiro se aproximou correndo e, sem se importar com as roupas elegantes, me ajudou a tirá-la da água e levá-la para a terra. Os lindos olhos azuis de Evita estavam abertos e paralisados, mas não fazia sentido tentar fazê-la respirar.

O estalo havia sido o barulho do pescoço dela quebrando.

A morte era uma coisa estranha no Jardim, pois, apesar de ser uma ameaça onipresente, não era algo que realmente *víssemos*. As meninas simplesmente eram levadas e seus lugares tomados por um par de asas em uma redoma de vidro exposta nos corredores. Para a maioria das garotas, aquele fora o primeiro contato direto com a morte.

As mãos do Jardineiro tremiam quando ele afastou os cabelos molhados de Evita de seu rosto e segurou a parte de trás do crânio destroçado, a região que batera no galho. Depois disso, todas nós ficamos olhando para ele, não mais para Evita, porque ele estava *chorando*.

Segurando o corpo de Evita contra o peito, o Jardineiro se balançava para a frente e para trás, seu corpo inteiro se sacudindo pela força dos soluços e seus olhos fechados contra a inesperada dor. O sangue manchava sua manga e a água ensopava sua camisa e calça.

Era como se tivesse tomado até mesmo as nossas lágrimas de nós. Alertadas pelos gritos, as outras meninas saíram dos quartos, ou de onde estavam no Jardim, e correram para lá, e todas as vinte e duas garotas ficaram ali em silêncio e de olhos secos, enquanto o homem que nos mantinha presas chorava a morte da única que ele não havia matado.

Ela pega a pilha de fotos do corredor e vai passando os olhos nelas até encontrar a que procura.

— Ele arrumou o cabelo dela para esconder o estrago — conta a Victor, colocando a foto diante dele. — As paredes desceram e ele passou o resto daquele dia e a noite toda fazendo alguma coisa, em algum lugar onde não podíamos vê-lo. No dia seguinte ela estava no vidro, e ele dormia diante dela com os olhos vermelhos e inchados. Ele ficou lá o resto do dia, bem na frente dela. Até alguns dias atrás, ele tocava o vidro cada vez que passava por lá, dando a impressão de que nem mesmo percebia o que estava fazendo. Mesmo quando o vidro foi coberto, ele tocava a parede.

— Mas ela não foi a única que morreu acidentalmente, foi?

Ela balança a cabeça.

— Não, longe disso. Mas Evita era... ah, ela era doce, uma garota totalmente inocente e incapaz de compreender as coisas más. Quando alguma coisa ruim acontecia com ela, não chegava a afetá-la de fato e nem por muito tempo. De certa forma, acho que ela era a mais feliz de nós, simplesmente porque não conhecia outro jeito de ser.

Eddison entra na sala arrastando uma cama de armar que emitia um rangido de metal velho e carregando cobertores e travesseiros finos com o outro braço. Ele joga tudo no canto mais afastado e, ofegante, olha para o parceiro.

— Ramirez acabou de ligar. O filho está morto.
— Qual deles?

As palavras são ditas de forma tão leve, tão cheias de ar e de uma emoção indefinível que Victor não tem certeza nem de que realmente as ouviu. Ele olha para a garota, mas ela está olhando fixamente para Eddison, cutucando a ponta do curativo com a unha até o vermelho tingir seu dedo.

Eddison está igualmente surpreso. Ele olha para Victor, que dá de ombros.

— Avery — Eddison responde, atordoado.

Ela dobra o corpo para a frente, esconde o rosto entre os braços. Victor se pergunta se a menina estaria chorando, mas, quando ela levanta a cabeça cerca de um minuto depois, seus olhos estão secos. Atormentados de um jeito novo e inexplicável, mas secos.

Eddison olha para Victor com ar significativo, mas Victor não consegue nem ao menos imaginar o que se passa dentro da cabeça da garota. Ela não devia estar feliz com a notícia da morte do homem que a torturou? Ou aliviada, pelo menos? Talvez as emoções estejam lá, enterradas em sua complexidade, mas ela parece mais resignada que qualquer outra coisa.

— Inara?

Seus olhos castanhos-claros olham para a cama de armar, os dedos agora cutucam os curativos das duas mãos.

— Isso significa que posso dormir? — pergunta, com tom inexpressivo.

Victor levanta e faz um gesto para Eddison sair. Ele sai sem falar nada e leva com ele a bolsa com as evidências, e menos de um minuto depois Victor está sozinho com a enigmática menina que ele talvez nunca consiga entender. Sem falar nada, ele estende as pernas da cama e a monta no canto mais distante da porta, de modo que a mesa esteja entre a menina e qualquer pessoa que entre na sala, e cobre o colchão com um cobertor como se fosse um lençol. Ele coloca o outro cobertor ainda dobrado aos pés da cama, com os travesseiros empilhados do lado oposto, formando uma espécie de cabeceira.

Quando termina, ele escora um joelho na cadeira onde ela está sentada e apoia suavemente uma das mãos nas costas dela.

— Inara, sei que está cansada. Deixaremos você dormir e voltaremos de manhã com o café e mais perguntas, e espero poder trazer informações sobre as outras garotas. Mas, antes de ir...

— Tem que ser esta noite?

— O filho mais novo já sabia sobre o Jardim?

Ela morde o lábio até que o sangue escorre em seu queixo.

Com um suspiro profundo, ele entrega a ela um lenço que tira do bolso e se dirige à porta.

— Des.

Victor olha para trás, ainda com a mão na maçaneta, mas ela está de olhos fechados, com o rosto dominado por um sofrimento que ele não consegue nem começar a descrever.

— O que você disse?

— O nome dele é Des. Desmond. E, sim, ele sabia sobre o Jardim. Sobre nós.

Sua voz treme, e mesmo sabendo que um bom agente deveria tirar vantagem dessa vulnerabilidade, Victor vê nela a imagem das filhas sentadas, expressando a mesma dor, e não consegue seguir adiante com as perguntas.

— Terá alguém de plantão na sala de observação — ele avisa. — Se precisar de alguma coisa, essa pessoa vai te ajudar. Durma bem.

O som seco que ela emite podia ser uma risada, mas ele prefere não ouvir de novo.

Victor sai e fecha a porta vagarosamente, ouvindo o clique baixinho.

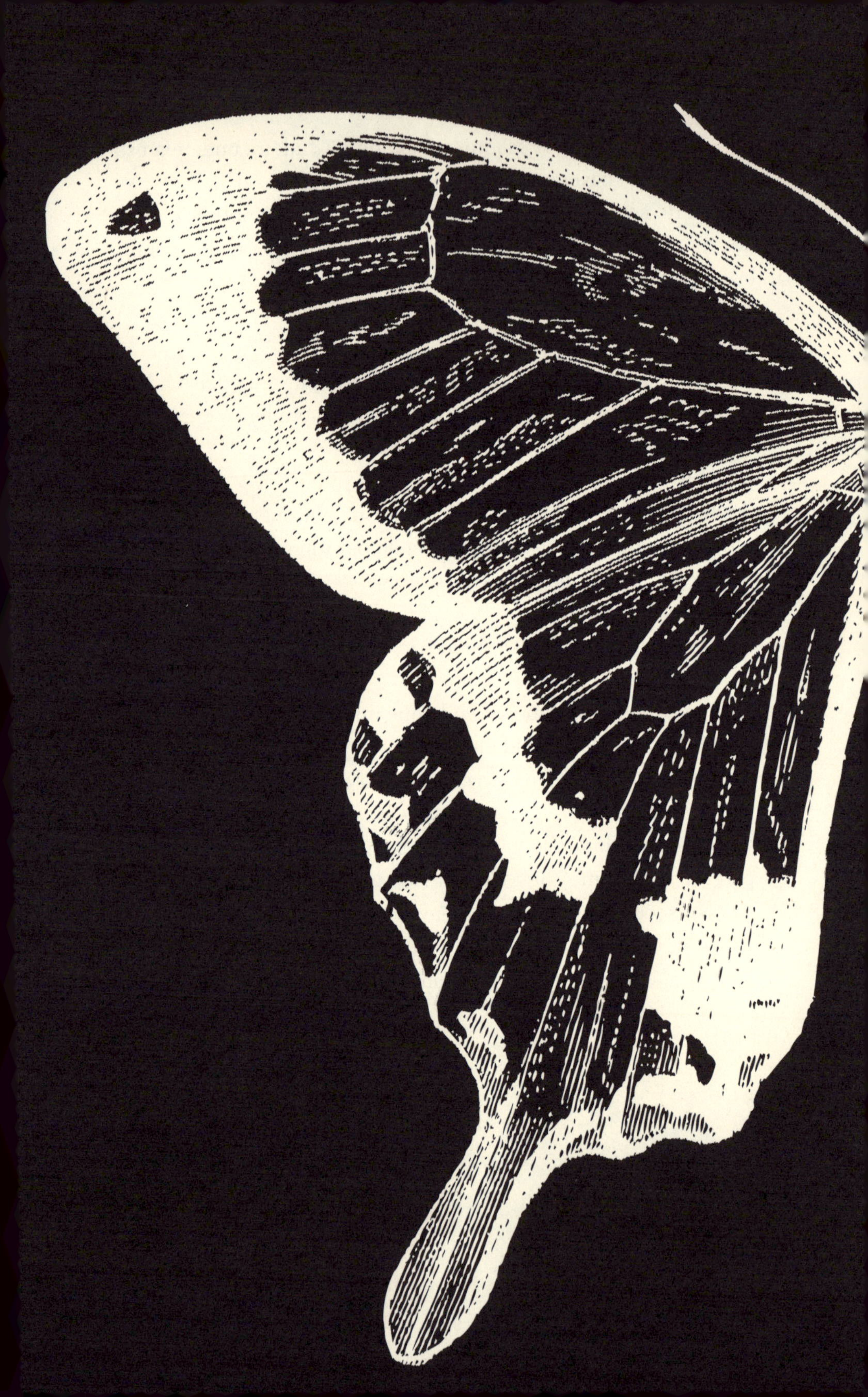

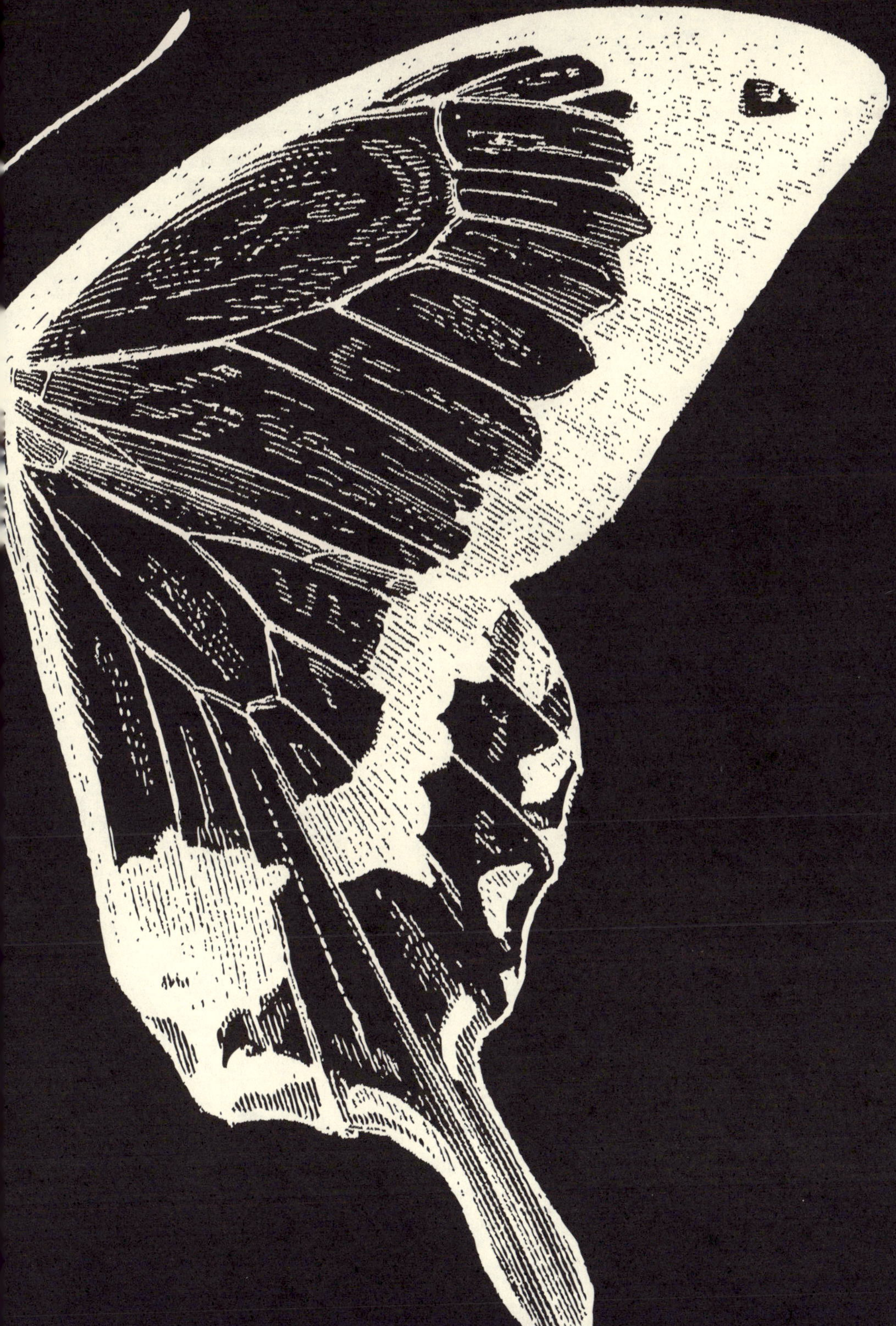

II

A menina – é estranho chamá-la de Inara sabendo que esse não é seu verdadeiro nome – ainda está dormindo com o rosto afundado na gola da jaqueta quando Victor chega e vai se atualizar sobre o caso com os analistas técnicos sonolentos do turno da noite. Um deles entrega a Victor uma pilha de recados: relatos do hospital que chegaram ao longo da madrugada, relatos dos agentes na propriedade, resultados das investigações sobre os envolvidos. O agente separa o material enquanto bebe o café que pegou na cafeteria, um pouco melhor que o questionável líquido engarrafado deixado na cozinha da equipe, e tenta associar os nomes às histórias das meninas.

São pouco mais de seis da manhã quando Yvonne entra, os olhos inchados pela noite não dormida.

— Bom dia, agente Hanoverian.

— Seu turno só começa às oito. Por que não está dormindo?

A analista técnica só balança a cabeça.

— Não consegui dormir. Passei a noite toda sentada no quarto da minha filha, balançando-me na cadeira e olhando para ela. Se algum dia alguém... — Ela balança a cabeça de novo, dessa vez com mais vigor, como que para afastar os maus pensamentos. — Saí de casa assim que minha sogra acordou e a deixei de olho no bebê.

Ele pensa em sugerir que Yvonne procure uma sala para tirar um cochilo, mas duvida de que qualquer um da equipe tenha dormido bem naquela noite. Ele mesmo não dormiu, atormentado pelas fotos do corredor e pelas lembranças distantes das filhas correndo pelo quintal com fantasias de borboleta. Os pensamentos ruins tomam a mente com mais facilidade quando você não tem nada para fazer.

Victor pega a bolsa de lona a seus pés.

— Posso te dar um pão doce fresquinho, se me fizer um favor — ele diz, e então a analista senta-se ereta, tomada por uma repentina energia. — Holly me deu umas roupas para trazer para Inara. Acha que pode levá-la ao vestiário para tomar uma ducha?

— Sua filha é um anjo. — Ela olha pelo vidro para a menina adormecida. — Mas não gostaria de ter que acordá-la.

— É melhor você que o Eddison.

Yvonne sai da sala dos técnicos sem dizer mais nada, e um momento depois a porta da sala de entrevistas se abre com um rangido baixo.

É o suficiente. A menina se senta na cama em meio a uma confusão de cobertor e cabelos, mantendo as costas voltadas para a parede até identificar Yvonne, que fica parada na porta com as mãos erguidas e abertas, como que se inocentando de qualquer acusação. As duas se encaram por alguns segundos e Yvonne, então, esboça um sorriso.

— Nossa, que sono leve! — diz a analista.

— Às vezes ele ficava parado na porta. E sempre parecia desapontado se não percebêssemos que ele estava lá. — A garota boceja e se espreguiça, suas juntas estalando e se encaixando depois da noite em uma cama tão desconfortável.

— Não quer tomar uma ducha? — Yvonne mostra a bolsa de lona. — Aqui tem sabonete e umas roupas que vão servir em você.

— Eu poderia beijar você, se eu jogasse no outro time. — A caminho da porta, a garota bate de leve no vidro. — Obrigada, "agente especial do WI no comando da operação" Victor Hanoverian.

Ele ri, mas não responde.

Quando as duas saem em direção ao vestiário, Victor entra na sala de entrevistas para continuar analisando as novas informações. Mais uma menina havia morrido durante a noite, mas a expectativa era de que as outras todas sobrevivessem. Contando Inara, elas somavam treze. Treze sobreviventes. Talvez catorze, dependendo do que ela falar sobre o menino. Se ele for filho do Jardineiro, será que participava do que o pai e o irmão faziam?

A garota ainda está no vestiário quando Eddison chega, agora vestindo um terno e de barba feita. Ele deixa uma caixa de rosquinhas em cima da mesa.

— Onde ela está?

— Yvonne a levou para tomar uma ducha.

— Você acha que ela vai falar alguma coisa hoje?

— Bem, vai falar à maneira dela.

Uma risada abafada expressa o que Eddison pensa disso.

— É, eu sei. — Victor entrega ao parceiro os papéis que já examinou, e durante um tempo tudo o que se escuta na sala são as páginas sendo viradas e um gole de café de vez em quando.

— Ramirez disse que a senadora Kingsley montou acampamento no saguão do hospital — Eddison comenta alguns minutos mais tarde.

— Sim, fiquei sabendo.

— Ela disse também que a filha não queria ver a senadora. A garota alegou não estar preparada.

— Também fiquei sabendo. — Victor deixa os papéis em cima da mesa e esfrega os olhos. — Mas também não dá para criticar a garota. Ela cresceu seguida por câmeras, tudo que fazia refletia na mãe. E ela sabe, provavelmente melhor do que ninguém, da tempestade midiática que as espera. O reencontro com a mãe vai ser o começo disso tudo.

— Alguma vez você se perguntou se nós realmente somos os bons moços da história?

— Não deixe que ela influencie você. — Ele sorri ao ver a expressão assustada do parceiro. — Temos um emprego perfeito? Não. Fazemos um trabalho perfeito? Não. Isso nem mesmo é possível. Mas fazemos o nosso trabalho e, no fim das contas, ajudamos muito mais do que prejudicamos. Inara é dissimulada, não deixe que essa menina mexa com você.

Eddison lê outro relatório antes de falar de novo.

— Patrice Kingsley, a Ravenna, disse a Ramirez que quer conversar com a Maya antes de tomar uma decisão sobre o reencontro com a mãe.

— Ela quer conselhos? Ou quer alguém que decida por ela?

— Não explicou. Vic...

Victor fica em silêncio e espera o parceiro continuar.

— Como podemos saber que ela não é como Lorraine? Será que também cuidava dessas meninas? Como podemos saber que não fazia isso para agradar o Jardineiro?

— Não podemos — Victor reconhece. — Pelo menos, ainda não. De um jeito ou de outro, nós vamos descobrir.

— Antes de morrermos de velhice?

Victor revira os olhos e volta a examinar os papéis.

A garota que volta com Yvonne está diferente, com cabelos penteados que escorrem lisos até o quadril. O jeans é um pouco justo para ela e os botões não chegam a fechar, mas as camadas de camisetas sobrepostas escondem tudo, e o suéter verde-musgo envolve suas curvas suaves. Os chinelos fazem barulho quando ela anda. E os curativos foram removidos. Victor fica arrepiado ao ver as queimaduras roxo-avermelhadas que envolvem as mãos da garota, além das marcas deixadas pelos cortes feitos por vidro e destroços durante a fuga.

Ela percebe que o agente olha para suas mãos e então se senta na cadeira do outro lado da mesa e as estende para facilitar a inspeção.

— A dor é mais intensa do que aparenta, mas os médicos disseram que, a menos que eu faça alguma bobagem, não vou sofrer nenhuma perda funcional.

— E o resto do corpo?

— Tenho alguns outros lindos hematomas e os pontos estão meio avermelhados e doloridos, mas não incharam. Acho que um médico vai ter que dar uma olhada neles em algum momento. Mas estou viva, o que é mais do que posso dizer sobre muita gente que conheço.

Ela está esperando que lhe façam perguntas sobre o garoto. Dá para ver em seu rosto, na tensão em seus ombros e na maneira como os dedos apertam os machucados da outra mão. Ela está preparada para isso. No entanto, em vez de perguntar, ele empurra a ela uma caneca – chocolate quente dessa vez, já que ontem ela disse que não gostava de café – e abre um embrulho de papel-alumínio com pães doces. Victor dá um deles a Yvonne, que agradece e se retira para a sala de observação.

Inara franze a testa e inclina a cabeça, estudando o conteúdo do embrulho.

— Que tipo de confeiteiro embrulha os doces em papel-alumínio?
— A confeiteira conhecida como minha mãe.
— Ah, sua mãe fez seu café da manhã? — Os lábios se abrem no que poderia ser um sorriso, não fosse pelo choque. — E ela também mandou seu almoço em um saquinho de papel pardo?
— Ela até mesmo me escreveu um bilhete dizendo para eu fazer boas escolhas durante o dia — ele mente sem mudar de expressão, e a garota comprime os lábios para evitar o sorriso que se alarga. — Mas você nunca soube o que é isso, não é mesmo? — Victor continua com tom mais brando.
— Já passei por algo parecido uma vez — ela o corrige, e agora não há mais nenhum sinal de sorriso em seus lábios. — O casal de vizinhos me levou à rodoviária, não levou? Ela mandou almoço para mim, e dentro da embalagem tinha um bilhete dizendo que eles haviam adorado me conhecer e que sentiriam minha falta. Tinha também um número de telefone, e eles me pediram para ligar quando eu chegasse na casa da minha avó para avisar que estava bem. E disseram que eu podia ligar sempre que quisesse, só para conversar. Terminaram o bilhete mandando abraços, dos dois, e o bebê ainda fez para mim um rabisco com giz de cera.
— Você não ligou, não é?
— Liguei uma vez — ela repete quase sussurrando. Os dedos acompanhavam as marcas de cada corte e esfolado. — Quando cheguei à rodoviária da cidade da minha avó, liguei para avisar que tinha chegado. Eles pediram para falar com ela, mas eu disse que ela estava procurando um táxi para nós. Eles então me falaram para ligar sempre que eu quisesse. Fiquei na calçada na frente da rodoviária esperando um táxi e olhei para aquele pedaço de papel por mais um tempo. Depois, joguei o bilhete fora.
— E por que você fez isso?

— Porque se guardasse aquilo eu certamente me machucaria. — Ela se recosta na cadeira, cruza as pernas e apoia os cotovelos sobre a mesa. — Você parece sempre imaginar que fui uma criança perdida, como se tivessem me largado na rua como lixo. Mas as crianças como eu nunca estão perdidas. Talvez sejamos as únicas que nunca se perdem. Sempre sabemos exatamente quem somos e aonde podemos ir. E aonde não podemos ir, é claro.

Victor balança a cabeça. Ele se nega a entrar nessa discussão, mas também não consegue concordar com a menina.

— Por que as garotas em Nova York não registraram queixa do seu desaparecimento?

Ela revira os olhos.

— Nós não tínhamos esse tipo de relacionamento.

— Mas vocês eram amigas.

— Sim. Mas éramos todas garotas que fugiam de outras coisas. A cama que ocupei quando me mudei pra lá tinha ficado vaga porque a menina anterior pegou as coisas dela e foi embora de repente. Logo depois apareceu um tio furioso querendo saber o que a garota havia feito com o bebê do qual engravidou quando ele a estuprou, três anos antes. Por mais que você se esconda, *alguém* sempre pode encontrá-lo.

— Só se estiverem procurando.

— Ou se você for muito azarado.

— Como assim? — Agora quem faz a pergunta é Eddison.

— Qual é, você acha que eu queria que o Jardineiro me sequestrasse? Eu tinha Nova York inteira pra me esconder, mas ele me encontrou.

— Isso não explica...

— Explica — ela fala com simplicidade. — Se você é um determinado tipo de pessoa, isso explica.

Victor bebe o café enquanto tenta decidir se conduz a conversa na direção necessária ou se a deixa seguir um rumo que pode ou não ser útil.

— Que tipo de pessoa, Inara? — Victor pergunta depois de um tempo.

— Se você tem a intenção de passar despercebido ou ser esquecido, sempre fica um pouco surpreso quando alguém se lembra da sua existência. E também nunca entende essas pessoas estranhas que realmente esperam que os outros se lembrem delas.

A garota não tem pressa, vai comendo o pão doce devagar, mas Victor percebe que ela ainda não concluiu o pensamento. Talvez ainda nem o tenha formado completamente. Sua filha mais nova faz isso de vez em quando, só para de falar para poder encontrar as palavras que faltam. Ele não sabe se esse é o motivo da pausa de Inara, mas, ainda assim, reconhece o padrão, por isso chuta Eddison por baixo da mesa para fazê-lo ficar quieto quando vê o parceiro fazendo menção de dizer alguma coisa.

Eddison olha feio para ele e afasta a cadeira vários centímetros para o lado, mas se mantém em silêncio.

— As filhas de Sophia esperam que ela volte — a menina continua em voz baixa. Lambe o glacê grudado nos dedos machucados e faz uma careta de dor. — Estão com a família adotiva há... bom, estavam lá havia quase quatro anos, quando eu cheguei. Se elas tivessem perdido a esperança, qualquer pessoa teria entendido. Mas elas não perderam. O que quer que acontecesse, por pior que as coisas ficassem, elas sabiam por que estavam lutando. E sabem que ela sempre, *sempre* vai voltar para elas. Mas eu nunca tive uma Sophia.

— Mas você tem a própria Sophia.

— Tive — ela corrige. — E não é a mesma coisa. Não sou filha dela.

— Mas é da família, não é?

— Amiga. Isso não é a mesma coisa.

Ele não acredita muito nisso. E acha que a garota também não. Mas talvez seja mais fácil para ela fingir que acredita.

— Suas meninas sempre acreditam que você vai voltar para casa, não é, agente Hanoverian? — Ela passa a mão pela manga macia do suéter. — Elas provavelmente têm medo de um dia você morrer trabalhando, mas não acreditam que, estando vivo, alguma coisa possa manter você longe delas.

— Não meta as filhas dele nisso — Eddison se irrita, e ela ri.

— Dá para ver as meninas nos olhos dele cada vez que ele olha para mim ou para uma daquelas fotos. É por isso que ele faz o que faz.

— Sim, você tem razão — diz Victor, terminando de beber o café. — E uma delas mandou mais uma coisa para você. — Ele tira do bolso uma embalagem de brilho labial vermelho. — Foi a mais velha, a mesma que mandou as roupas.

O gesto provoca um pequeno sorriso, um sorriso verdadeiro que faz o rosto todo da garota brilhar por alguns segundos e desenha linhas nos cantos dos olhos cor de âmbar.

— Brilho labial.

— Ela disse que é uma coisa de garotas.

— Ainda bem. Essa cor não ia combinar com seu tom de pele. — Com cuidado, a menina tira a tampa e aperta a bisnaga até uma gota vermelha e brilhante aparecer na ponta. Ela leva o brilho até o lábio inferior e então esfrega os lábios para espalhá-lo. Mesmo sem olhar em um espelho, Inara aplica o brilho labial de forma impecável, sem borrar ou deixar partes sem cobertura.

— A gente fazia a maquiagem no trem a caminho do trabalho. A maioria de nós conseguia maquiar o rosto inteiro sem dar uma olhadinha no espelho.

— Tenho que admitir que nunca tentei — Victor responde com tom seco.

Eddison endireita a pilha de papéis, alinhando as extremidades com a beirada da mesa de maneira precisa. Victor o observa, acostumado às esquisitices do parceiro, mas ainda se divertindo com elas. Eddison percebe o olhar e franze a testa.

— Inara — Victor diz finalmente, e ela abre os olhos, relutante. — Temos que começar.

— Des. — A menina suspira.

Ele assente.

— Isso, fale sobre o Desmond.

Eu era a única que gostava de procurar os lugares mais altos no Jardim, por isso fui eu que encontrei o *outro* jardim. Em cima do penhasco havia um pequeno aglomerado de árvores – pequeno mesmo, eram só cinco – que cresciam contra o vidro. Pelo menos duas vezes por semana, eu subia em uma daquelas árvores, me acomodava no galho mais alto capaz de suportar meu peso e colava o rosto no vidro. De vez em quando, se fechasse os olhos, eu podia fingir que estava na nossa escada de incêndio, perto das janelas do nosso apartamento, ouvindo Sophia falar sobre as meninas ou ouvindo um garoto tocar violino no prédio da frente, com Kathryn sentada ao meu lado. Na minha frente e à esquerda, eu conseguia ver quase todo o Jardim, exceto os corredores que nos cercavam e o que ficava escondido pela beirada do precipício. À tarde, dava para ver as meninas brincando de esconde-esconde ao longo do riacho, uma ou duas boiando no laguinho ou sentadas entre as pedras e os arbustos, com livros, palavras cruzadas e coisas do tipo.

Mas eu também conseguia ver um pouquinho além do Jardim. De acordo com o que eu via, podia afirmar que a estufa que chamávamos de Jardim era uma de duas, e ficava uma dentro da outra, como aquelas bonecas russas que se encaixam. A nossa era a do centro, incrivelmente alta, com nossos corredores em torno dela como se cercassem uma praça. O teto dos nossos quartos não era muito alto, mas as paredes se estendiam até a altura das árvores que ficavam em cima do penhasco. Os muros eram pretos e planos no topo, e do outro lado outro telhado de vidro se inclinava sobre outra estufa. Era mais como uma fronteira do que como uma praça, um caminho largo ladeado – até onde eu podia ver – por plantas. Era difícil enxergar muito além, mesmo do alto das árvores. Mas às vezes eu encontrava uma brecha aqui ou ali onde o ângulo era ideal. *Naquela* outra estufa estava o mundo real, com jardineiros de quem ninguém se escondia e portas que levavam ao Exterior, onde as estações do ano mudavam e a vida não era uma contagem regressiva para os vinte e um.

O mundo real não tinha o Jardineiro, mas o homem que "não Borboletas" conheciam: um homem envolvido com artes e filantropia, e também com algum tipo de empreendimento, ou muitos, considerando o que ele às vezes insinuava. Aquele homem tinha uma casa em alguma parte da propriedade, um lugar que não era possível enxergar nem mesmo de cima das árvores. Aquele homem tinha uma esposa e uma família.

Bom, ele tinha Avery, e era evidente que o babaca tinha saído de algum lugar, mas enfim...

Sabíamos que havia uma esposa.

E ela e o Jardineiro andavam juntos por aquela estufa externa quase todas as tardes, por volta de duas ou três horas, a mão dela apoiada no braço dele. Ela era magra a ponto de parecer doente, com cabelo escuro sempre muito bem-arrumado. De tão longe, isso era tudo que eu conseguia ver. Eles andavam bem devagar e paravam de vez em quando para observar uma flor ou planta mais de perto e depois voltavam lentamente até passar por meu limitado campo de visão. Repetiam o trajeto mais uma ou duas vezes antes de encerrar a caminhada.

Era ela quem determinava o ritmo e, quando tinha dificuldade para andar, ele se prontificava a ajudá-la. Era a mesma ternura que ele oferecia a suas Borboletas, suave e sincera de um jeito que me causava arrepios.

Era a mesma ternura com que ele tocava o vidro das vitrines e com que havia chorado por Evita. A mesma ternura que aparecera no tremor de suas mãos quando ele viu o que Avery tinha feito comigo.

Era amor, e ele sabia disso.

Duas ou três vezes por semana, Avery os acompanhava. Ele andava logo atrás do casal, mas raramente permanecia ali por uma hora inteira. Normalmente, ele dava uma volta só e depois entrava no Jardim, onde procurava alguém que fosse doce e inocente e em quem pudesse provocar com facilidade o medo que tanto apreciava.

E duas vezes por semana, em dias consecutivos, que coincidiam com as nossas manhãs de manutenção, aparecia um filho mais novo com cabelos escuros e porte esguio como a mãe. Exatamente como acontecia com ela, os detalhes dele se perdiam na distância, mas era evidente que ela o adorava. Quando o filho mais novo visitava, ela se posicionava entre ele e o marido.

Durante meses eu os vi sem ser notada, até um dia em que o Jardineiro olhou para cima. Diretamente para mim.

Mantive o rosto colado no vidro e misturado às folhas do alto da árvore e não me movi.

Mais três dias se passaram antes que tocássemos no assunto, e foi sobre a cama de uma estranha, alguém que nem era uma Borboleta.

Victor respira fundo, tentando afastar da mente aquela imagem bizarra. A maioria dos pervertidos que ele prende parece normal.

— Ele tinha sequestrado outra menina?

— Ele sequestrava várias por ano, mas nunca trazia uma nova antes de a última ter sido totalmente tatuada e estar minimamente adaptada.

— Por quê?

— Por que pegava várias por ano? Ou por que esperava?

— Por que esperava? — diz Victor, e ela sorri com ironia.

— Primeiro, para evitar qualquer atrito. Ele nunca pegava mais do que o Jardim podia suportar, por isso geralmente só entrava em ação quando uma das Borboletas morria. É claro que havia exceções, mas no geral as coisas funcionavam assim. Segundo... — Ela dá de ombros e apoia as mãos abertas sobre a mesa, estudando o tecido queimado no dorso. — Porque a chegada de uma menina nova era sempre um período estressante no Jardim. Todas ficavam nervosas, lembravam-se do próprio sequestro e de como tinha sido acordar ali pela primeira vez, e as lágrimas inevitáveis tornavam tudo ainda mais complicado. Porém, quando uma recém-chegada se adaptava, as coisas ficavam calmas por um tempo, até a próxima morte, as próximas asas na exposição e a chegada da novata seguinte. O Jardineiro era sempre, ou quase sempre, sensível à atmosfera que reinava no Jardim.

— Foi por isso que ele permitiu que Lyonette atuasse como guia?

— Sim, e isso ajudava.

— Então como você acabou assumindo essa posição?

— Alguém tinha que fazer isso. Bliss estava tomada pela raiva, e as outras estavam nervosas demais.

A primeira a receber minha ajuda não foi a garota que chegou imediatamente depois de mim, mas sim a seguinte, porque Avery havia levado o vírus da gripe para dentro do Jardim e muitas meninas estavam doentes.

Lyonette estava péssima: pálida, febril, com o cabelo escuro grudado no pescoço e no rosto e sem conseguir sair de perto do vaso sanitário. Bliss e eu dissemos para ela descansar e deixar o Jardineiro cuidar da própria bagunça pelo menos uma vez na vida, mas, assim que as paredes subiram, liberando-nos para sair de nossos quartos, ela se vestiu e cambaleou para o corredor.

Praguejando, coloquei um vestido e corri atrás dela até conseguir apoiar um de seus braços sobre meus ombros. Lyonette estava tão tonta que nem sequer conseguia andar sem se escorar na parede. Ela nem mesmo se afastou incomodada das vitrines como costumava fazer, mesmo depois de cinco anos no Jardim.

— Por que tem que ser você? — perguntei.

— Alguém tem de fazer isso — ela sussurrou, respirando fundo para controlar a ânsia de vômito, que voltava insistente mesmo depois de ela ter passado a maior parte das últimas dezoito horas ajoelhada na frente do vaso sanitário.

Eu não concordava com aquilo, não naquele momento.

Talvez não concordasse nunca.

O Jardineiro era muito, muito bom em adivinhar idade. Algumas meninas já chegavam com dezessete, mas a maioria delas tinha dezesseis anos. Ele não sequestrava mais novas que isso – se achava que havia alguma chance de a selecionada ter quinze anos ou menos, escolhia outra – e também não sequestrava ninguém com mais do que dezessete. Acho que, sempre que possível, ele fazia questão dos cinco anos completos.

As coisas que aquele homem se sentia à vontade para falar para suas prisioneiras... ou só para mim, talvez.

A recém-chegada estava em um quarto tão vazio quanto aquele em que eu havia acordado. O meu começava a acumular lentamente alguns toques pessoais, mas essa menina, por ora, tinha só um lençol cinza preso à cama, mais nada. Sua pele tinha um tom escuro, e os traços sugeriam uma mistura de ascendências mexicana e africana. Eu descobriria isso mais tarde. Ela não era muito mais alta que Bliss e, com exceção de um par de seios impressionante, que parecia ter sido um presente da adolescência, era muito magra. Buracos pequeninos marcavam todo o contorno de uma orelha e boa parte da outra. Outro buraco de um lado do nariz e mais um no umbigo sugeriam uma coleção de piercings.

— Por que será que ele tirou todos?

— Talvez ele ache meio brega — gemeu Lyonette, sentando-se no chão ao lado do vaso sanitário com a tampa aberta.

— Eu tinha dois brincos em cada orelha quando cheguei, e eles ainda estão aqui.

— Talvez ele ache os seus elegantes.

— Fora a argola no meio da orelha direita.

— Maya, pare de complicar. As coisas aqui já não são fáceis, sabe?

O comentário de Lyonette foi suficiente para me fazer parar. Não só porque ela estava acabada naquele momento. Para além disso, havia alguma coisa no ar, um sentimento contraditório. Tentar entender por que o Jardineiro fazia o que fazia era um exercício inútil, algo completamente desnecessário. Não precisávamos saber por quê. Só precisávamos saber o quê.

— Eu sei que você não tem condições de ir a lugar algum, mas, de todo modo, espere aqui — eu disse a Lyonette.

Ela balançou a mão e fechou os olhos.

Havia duas geladeiras na cozinha que ficava ao lado da nossa sala de jantar. Uma delas guardava os ingredientes das nossas refeições e ficava sempre trancada. Lorraine detinha a única chave. A outra continha bebidas e os lanches que podíamos comer entre as refeições. Peguei duas garrafas de água para Lyonette e um suco para mim, depois fui buscar um livro na biblioteca para ler para ela em voz alta enquanto esperávamos a novata acordar.

— Tinha uma biblioteca lá? — Eddison pergunta, incrédulo.

— Ah, sim. Ele queria que a gente se sentisse feliz. E isso significava manter todas nós ocupadas.

— Que tipo de livros ele oferecia?

— Tudo aquilo que pedíamos, na realidade. — Ela dá de ombros e se recosta na cadeira com os braços cruzados. — No começo havia praticamente só clássicos, mas as que realmente gostavam de ler começaram a deixar uma lista de pedidos na porta, então, de vez em quando, ele acrescentava algumas dúzias de títulos à coleção. E algumas garotas tinham seus próprios livros, presentes dele, que ficavam guardados nos quartos.

— E você era uma das leitoras.

Ela ameaça lançar a Eddison um olhar contrariado, mas logo reconsidera.

— Ah, é, você não estava aqui nessa parte.

— Que parte?

— A parte em que expliquei que ficar no Jardim, de modo geral, era entediante pra cacete.

— Se *aquilo* era entediante, você certamente estava fazendo alguma coisa errada — ele resmunga, e ela então solta uma risada alta.

— Não era entediante quando a escolha era minha — ela reconhece. — Mas isso só acontecia antes de eu entrar Jardim.

Victor sabe que deve levar a conversa de volta à pergunta original, mas ver Inara e Eddison concordando com alguma coisa soa muito mais interessante e então ele decide não interferir e até ignora o leve indício de uma mentira despontando na expressão da menina.

— E imagino que Poe fosse seu favorito...

— Ah, não, Poe tinha um propósito: distrair. Eu gostava dos contos de fadas. Não aquela merda romantizada da Disney nem as versões adaptadas de Perrault. Eu gostava dos verdadeiros, nos quais coisas horríveis aconteciam com todo mundo e a gente entendia claramente que aquilo não era coisa para criança.

— Sem ilusões? — Victor pergunta, e ela assente.

— Exatamente.

A Garota Nova levou um tempo para recuperar a consciência, o suficiente para Lyonette pensar em chamar Lorraine. Mas eu a convenci a desistir dessa ideia. Se a menina fosse morrer, uma enfermeira não poderia fazer muita coisa para impedir que isso acontecesse. E, se enfim ela acordasse, aquela vadia de cara azeda não era a primeira coisa que a garota merecia ver. Lyonette concordou com esse argumento e insistiu, então, que fosse eu a primeira coisa que a Garota Nova visse.

Considerando que Lyonette parecia o pão que o diabo amassou, eu nem discuti... muito.

Já era quase noite quando a menina finalmente se mexeu, e eu fechei *Oliver Twist* marcando a página com um dedo para verificar se ela estava realmente acordando. Depois desse primeiro movimento, continuamos lendo por aproximadamente mais duas horas antes de ela demonstrar um mínimo de consciência. Seguindo as instruções de Lyonette, deixei um copo de água preparado e molhei algumas toalhas para tentar aliviar a dor de cabeça da garota. Quando coloquei uma delas embaixo de sua nuca, a menina bateu na minha mão e me xingou em espanhol.

Bem satisfatório.

Depois de um tempo, ela recuperou parte de suas forças, o suficiente para afastar as toalhas do rosto e tentar se sentar, mas seu corpo inteiro tremeu de tanto enjoo.

— Cuidado — falei em voz baixa. — Aqui tem um pouco de água, vou ajudar você.

— Sai de perto de mim, sua desgraçada da porra!

— Não fui eu quem trouxe você para cá, segura a onda. Ou aceita a água e a aspirina, ou pode comer merda e morrer. A escolha é sua.

Lyonette chiou:

— Maya.

A menina olhou para mim, piscou e aceitou os comprimidos e o copo.

— É melhor assim. Você é refém de um homem conhecido como o Jardineiro. Ele nos dá nomes novos quando entramos aqui, não precisa se preocupar em nos dizer o seu. Não se esqueça dele, mas não o fale em voz alta. Meu nome é Maya, e o da bonitona gripada ali é Lyonette.

— Eu sou...

— Ninguém — lembrei com firmeza. — Não até ele dizer seu novo nome. Não torne isso mais difícil do que já é.

— Maya!

Olhei para Lyonette, que me lançava aquele olhar irritado, incrédulo e que dizia que-porra-é-essa-que-está-fazendo-comigo normalmente reservado a Evita.

— Faça isso você, então. Não foi sua cara que ela viu pela primeira vez, oba! Se não gosta de como estou tocando as coisas, pode assumir o comando a partir de agora.

Eu tinha tido Sophia como exemplo de mãe de crianças pequenas. Mas a Garota Nova não era tão jovem, e eu não era Sophia.

Lyonette fechou os olhos e cochichou uma prece pedindo paciência. Antes que ela pudesse terminar, porém, teve que se debruçar mais uma vez sobre o vaso sanitário.

As mãos da recém-chegada começaram a tremer, por isso eu as segurei entre as minhas. Não fazia frio no Jardim, exceto, vez ou outra, na caverna atrás da cachoeira, mas eu sabia que os tremores da garota eram mais por causa do choque do que qualquer outra coisa.

— É o seguinte, isso aqui é aterrorizante, chocante e uma puta injustiça, mas o fato é que estamos aqui como hóspedes involuntárias de um homem que vai querer sua companhia e, quase sempre, sexo. Às vezes, o filho dele também vai procurá-la. Você agora pertence a eles, que vão fazer tudo o que quiserem com você, inclusive marcar seu corpo como uma propriedade deles. Há outras garotas além de nós aqui, e apoiamos umas às outras como podemos, mas o único jeito de escapar é morrendo, então você vai ter que decidir se essa nossa vida aqui é melhor ou pior que a morte.

— Suicídio é um pecado mortal — ela murmurou.

— Legal, isso significa que não é muito provável que queira acabar com sua vida.

— Jesus, Maya, por que não dá logo a corda para ela?

A menina engoliu em seco, mas – Deus a abençoe por isso – apertou minhas mãos.

— Há quanto tempo você está aqui?

— Mais ou menos quatro meses.

Ela olhou para Lyonette.

— Quase cinco anos — Lyonette murmurou. Se eu soubesse naquela época... bem, mas não fazia a menor diferença. Nunca fez. Saber das coisas nunca mudou nada.

— E você ainda está viva... Como minha mamãe sempre diz, onde há vida, há esperança. E eu espero conseguir me livrar disso.

— Toma cuidado com esse negócio de esperança — avisei. — Ter um pouco é bom. Mas se apoiar nisso pode ser perigoso.

— Maya...

— E aí, Garota Nova, quer dar uma volta?

— Estou pelada.

— Ninguém liga muito para isso aqui. Você vai se acostumar.

— Maya!

— Trouxe um vestido? — perguntei com tom incisivo, e Lyonette corou, apesar da sua cor de doente. — E eu não vou deixar que ela vista o seu, que deve estar todo vomitado.

Não estava vomitado, mas o vestido preto que Lyonette usava era longo. E a Garota Nova – tão pequena – não ia conseguir andar com aquilo. Eu teria emprestado o meu, se fosse uma opção melhor.

— Espere aqui — sussurrei. — Vou pegar alguma coisa da Bliss.

Nossa amiga não estava no quarto quando cheguei, então peguei qualquer uma de suas roupas e voltei ao quarto da recém-chegada, que era, como de costume, propositalmente evitado pelas outras Borboletas. Ela fez uma careta para o tecido preto – até eu tinha que admitir que a cor não combinava com ela –, mas, no fim das contas, a gente sempre aprendia a não gostar de coisas coloridas no Jardim.

Quando davam a você algo que não fosse preto, era porque aquele era o vestido com que o Jardineiro queria que você morresse.

Ela obedeceu quando falei para não olhar para o corredor. Nem eu era tão maldosa a ponto de mostrar aquilo para ela logo de cara. Tomando meu quarto como referência, ela estava no extremo oposto do Jardim, no fim do corredor onde ficava o quarto de Lyonette, e junto de um dos lados da terra de ninguém, onde ficavam os quartos nos quais nós não devíamos entrar e a porta para o Exterior, que devíamos fingir que não existia. De onde estava, ela conseguia ver toda a extensão do Jardim: todas as plantas crescendo, as flores vibrantes, os caminhos de areia branca, a cachoeira, o riacho, o lago, o penhasco, todos os pequenos aglomerados de árvores, as borboletas de verdade sobrevoando as flores e também o teto de vidro transparente que parecia incrivelmente distante.

Ela começou a chorar.

Lyonette avançou com um movimento brusco, mas recuou imediatamente, tremendo feito vara verde. Contrair um vírus de gripe logo no primeiro dia não era a melhor acolhida a alguém que chegava à nossa jaula verdejante.

Eu... bem, eu só não era muito maternal, como já ficou bastante evidente. Vi a recém-chegada cair no chão encolhida, em posição fetal, os braços apertando a barriga como se aquilo fosse um golpe físico do qual ela podia se esquivar.

Depois de um tempo, os soluços intensos perderam força, transformando-se em gemidos e então em suspiros profundos, e ajoelhei ao lado dela e toquei suas costas ainda sem marcas.

— Essa não é a pior dor — falei com toda gentileza de que fui capaz. — Mas acho que é o pior choque. Daqui para a frente, você pode esperar menos.

No começo não tive certeza de que ela me ouvia, porque suspiros prosseguiam. Mas depois ela se virou de lado, passou os braços em torno da minha cintura e escondeu o rosto no meu colo enquanto choque e dor voltavam a arrancar soluços profundos de seu peito. Não lhe fiz nenhum carinho, nem sequer mexi minhas mãos – ela ia aprender a odiar esse gesto com o Jardineiro –, mas mantive os dedos em contato com sua pele morna para ela saber que eu estava lá.

— Vocês ainda têm as fotos do corredor aqui? — ela pergunta de repente, e os agentes são arrancados do transe provocado por suas palavras. Eddison lhe entrega as fotos, depois cerra os punhos sobre as coxas enquanto observa a garota examinando as imagens. Ela pega uma das fotos, olha para ela por alguns segundos, depois a coloca sobre a mesa, onde os agentes podem vê-la. — *Neophasia terlooii*, a Chiricahua Branca. — Ela desliza o dedo pelas linhas brancas e pretas nas asas. — Foi esse o nome que ele deu a Johanna.

Victor pisca.

— Johanna?

— Não sei se ele se baseava em algum sistema para nos dar os nomes. Na minha opinião, ele só passava os olhos em uma lista qualquer até achar um de que gostasse. Porque ela não tinha cara de Johanna, mas isso não importa.

Victor se obriga a examinar as asas no vidro. Inara tem razão: a menina parece ser realmente pequena, embora seja difícil calcular sua estatura exata naquela posição.

— E o que foi que aconteceu com ela?

— Ela era... explosiva. Na maior parte do tempo parecia estar sob controle, mas de repente mudava de humor e provocava uma tempestade no Jardim. E então Lyonette morreu, e o Jardineiro logo levou outra novata.

Ele pigarreia quando a menina prolonga a pausa.

— O que aconteceu com Johanna? — Victor pergunta de novo.

Inara suspira.

— As paredes desceram para o Jardineiro levar a recém-chegada para uma sessão de tatuagem, mas de algum modo Johanna conseguiu ficar do lado de fora, no Jardim. Quando as paredes subiram, ele a encontrou no lago. — Com um movimento rápido, ela pega a foto e volta a imagem para baixo, na superfície de metal. — Pecado mortal o caramba.

Victor ajeita outra pilha de fotos diante dele e vai olhando uma por uma até encontrar a que procura. É a de um rapaz, provavelmente um pouco mais velho do que parece, com cabelo castanho-escuro quase preto artisticamente despenteado. Olhos verdes se destacam em um rosto fino e pálido. Ele é um garoto bonito, mesmo naquela imagem pixelada. Se Holly aparecesse com ele em casa para apresentar à família, pelo menos por sua aparência, Victor não ficaria incomodado. Tinha que levar a conversa de volta para esse menino.

Ainda não. Só mais um pouco de paciência.

Victor não sabe se é pelo bem dela ou dele mesmo.

— E quando o Jardineiro percebeu que você estava nas árvores?

— O que tem?

— Você disse que ele foi falar com você em cima da cama de uma desconhecida. Era a menina que chegou depois de Johanna?

Ela recebeu aquele comentário com um esboço de sorriso sarcástico.

— Não. Foi a garota depois dela.

Uma pausa um pouco mais longa.

— E que nome ela recebeu?

A garota fecha os olhos.

— Nenhum.

— Por que não...

— *Timing*. Às vezes tudo se resume a isso.

🦋

Sua pele era como ébano, um negro quase azulado sobre o lençol cinza preso à cama, com a cabeça raspada e traços que não pareceriam deslocados nas paredes de uma tumba egípcia. Nos dias que se seguiram à morte de Lyonette, eu precisava desesperadamente de alguma coisa – qualquer coisa – para fazer, mas diferentemente de Bliss e Lyonette, eu não tinha talento nem interesse para criar novas atividades. Eu lia, e lia muito, mas não fazia nada de especial. Bliss estava sempre envolvida com sua cerâmica; ela enchia o forno de esculturas, depois destruía metade delas em acessos de fúria, mas eu não tinha nenhuma válvula de escape, nem fazendo nem destruindo nada.

Três dias mais tarde, porém, o Jardineiro trouxe a menina nova, e não havia mais Lyonette para fazer a costumeira recepção piedosa. Nenhuma das outras meninas queria chegar perto dela até que estivesse adaptada, e então eu me perguntei quanto tempo Lyonette tinha dedicado àquele trabalho, para que ninguém mais precisasse se preocupar com ele.

Nos dias seguintes à morte de Johanna, perguntei-me quanto – e se – eu tinha de culpa em sua escolha. Se tivesse apresentado a ela a situação de maneira mais delicada, se tivesse sido mais solidária ou lhe oferecido palavras mais reconfortantes, talvez ela tivesse conseguido se apegar àquela esperança de que a mãe lhe havia dito. Talvez não. Talvez aquela primeira imagem do Jardim, aquele primeiro momento em que ela encarou pela primeira vez sua nova *realidade* tenha feito a diferença.

Eu não podia mais perguntar isso a ela. Então fiquei com a menina nova, tão paciente quanto era capaz de ser, e engoli seus comentários mais ácidos. Considerando a frequência com que ela se derramava em lágrimas, precisei demonstrar mais paciência do que eu realmente tinha. Às vezes, Bliss me resgatava.

Não pessoalmente – essa teria sido uma péssima ideia –, mas mandando Evita ser doce e sincera e, em muitos aspectos, uma pessoa muito melhor do que eu jamais poderia esperar ser.

No dia seguinte a sua terceira sessão de tatuagem, fiquei com ela a noite toda, até o jantar temperado com sedativos fazer efeito. Normalmente, era nesse momento que eu a deixava, mas tinha visto algo ali que queria investigar sem que ela se assustasse, o que significava que eu precisava esperar até que ela dormisse profundamente. Mesmo depois de ouvir sua respiração profunda e cadenciada, mesmo depois de ver seu corpo livre de toda tensão e ter certeza de que dormia, esperei um pouco mais até ter certeza de que a droga já estava fazendo efeito.

Mais ou menos uma hora depois de ela ter adormecido, deixei meu livro de lado e a virei de bruços. Ela costumava dormir de costas, mas o processo da tatuagem a obrigava a dormir de lado para reduzir a pressão sobre as áreas mais doloridas. O livro das borboletas na biblioteca – com a caligrafia de Lyonette rabiscada nas margens relacionando nomes e lugares nos corredores – informava que o Jardineiro havia escolhido para ela uma *Anthocharis midea*, a Foice de Ponta Laranja, quase toda branca, apenas com um toque alaranjado na ponta de cada asa superior. Por alguma razão, ele gostava de escolher branco e os amarelos mais claros para as meninas de pele mais escura. Acho que tinha medo de que as cores mais escuras não ficassem completamente nítidas. Nessa garota, ele já havia terminado a área cor de laranja e começado as partes brancas, mas alguma coisa nelas parecia estar errada.

Agora que eu podia me aproximar para olhar sem deixá-la assustada, vi o inchaço maior que o esperado, os edemas em forma de escama sob a pele, a maneira como a tinta branca borbulhava de forma grotesca em bolhas enormes. As pontas cor de laranja das asas estavam quase nas mesmas condições. Mais perto da coluna, até os contornos e traços pretos estavam salientes. Tirei um dos meus brincos – o Jardineiro nunca os havia removido – e usei a ponta para furar com cuidado uma das bolhas menores. Um líquido transparente escorreu da pequena perfuração, mas, quando apertei delicadamente a região, começou a sair da lesão uma substância branca e leitosa.

Lavei o brinco na pia e o coloquei de volta na orelha enquanto tentava pensar em uma solução. Não dava para saber se ela estava reagindo às tintas ou às agulhas, mas aquela era definitivamente uma reação alérgica. A vida dela não estava exatamente em risco, como poderia acontecer com uma reação alérgica a algum alimento, mas aquilo não deixava a tinta cicatrizar. E uma infecção podia ser tão mortal quanto uma reação histamínica, como Lorraine havia explicado para todas nós em um de seus raros dias de simpatia.

É claro. Naquele dia ela fazia Bliss virar os olhos de dor, cutucando os pés dela para tirar espinhos, e isso deve ter contribuído para o bom humor.

Por falta de uma ideia melhor, voltei para perto da menina e tentei avaliar a intensidade da reação em cada área. Eu havia examinado toda a parte cor de laranja e metade da branca, foi então que senti a presença dele.

O Jardineiro estava lá.

Ele apoiava o corpo no batente, os polegares enganchados nos bolsos da calça cáqui bem passada. As luzes de todo o Jardim já estavam sendo apagadas e as meninas iam para suas camas, esperando para ver se essa seria a noite em que teriam que entreter o homem que as aprisionava. Ele nunca chamava Lyonette quando ela estava acompanhando a adaptação de uma menina nova, mas eu não era Lyonette.

— Você parece preocupada — ele falou em vez de me cumprimentar.

Apontei as costas da garota.

— Não vai cicatrizar.

Ele entrou no quarto desabotoando os punhos e enrolando as mangas da camisa verde-escura até os cotovelos. A cor da roupa fazia seus olhos verdes brilharem com mais intensidade. Ele apertou as costas da menina com delicadeza, descobrindo a mesma coisa que eu havia acabado de verificar. Aos poucos, sua preocupação se transformou em profunda tristeza.

— Cada uma reage de maneira diferente às tatuagens.

Eu devia sentir tristeza, raiva ou confusão.

Mas só me sentia entorpecida.

— E o que você faz com as meninas que não têm as asas completas? — perguntei em voz baixa.

Ele me olhou por um instante com ar pensativo, e tive a impressão de que eu era a primeira a fazer essa pergunta.

— Faço um sepultamento digno dentro da propriedade.

Eddison rosna e pega o bloco de anotações.

— Ele falou exatamente em que lugar da propriedade?

— Não, mas acho que era em uma área com vista para o rio. Às vezes, ele aparecia no Jardim com os sapatos sujos de lama e aquele ar de melancolia, e era nesses dias que ele dava a Bliss algumas pedras do rio para ela usar como base para suas esculturas. Nada que eu conseguisse ver das árvores.

Eddison amassa o papel-alumínio e joga a bolinha no espelho de observação.

— Mande uma equipe procurar covas na margem do rio.

— Você podia dizer "por favor" — diz a garota.

— Estou atribuindo uma tarefa, isso não é um favor — ele responde por entre os dentes.

A menina dá de ombros.

— Guilian sempre pedia "por favor". Rebekah também, mesmo quando só estava distribuindo as seções. Acho que era por isso que eu adorava trabalhar para Guilian. Ele transformava aquilo tudo em um lugar agradável e de muito respeito.

Se ela tivesse dado uma bofetada no rosto de Eddison, o efeito teria sido o mesmo. Victor vê o pescoço do parceiro ficando vermelho de raiva e desvia o olhar para não sorrir. Ou, pelo menos, para não deixar que Eddison veja seu sorriso.

— Nessas covas estavam enterradas apenas as meninas que morriam antes de as asas ficarem prontas? — Victor pergunta depressa.

— Não. Se elas morressem de alguma maneira que destruísse o desenho das asas, ele não as exibia. Avery levou várias meninas para a terra, em vez do vidro, e ali ele as chicoteava com força suficiente para deixar marcas na tinta. — Ela toca o pescoço de leve. — Giselle.

— A conversa entre vocês não acabou aí, não é mesmo?

— Não, mas isso você já sabe.

— Sim, mas quero ouvir o resto — ele responde, como teria feito com as filhas.

Ela o encara com uma sobrancelha erguida.

Eu geralmente pegava emprestado na enfermaria um banquinho para colocar ao lado da cama da menina, como Lyonette costumava fazer. Não que fosse um problema sentar *na* cama, mas essa prática dava à garota um pouco mais de espaço, um território que considerasse dela. Já o Jardineiro não se importava muito com essa noção de território. Ele se sentou com as costas apoiadas na cabeceira, colocando a cabeça da menina em seu colo para que pudesse acariciar o couro cabeludo raspado. Até onde eu sabia, ele nunca visitava as meninas em seus quartos até estarem completamente marcadas, até tê-las estuprado pela primeira vez.

Afinal, era isso que as tornava *suas*.

Mas, na verdade, ele não estava ali para ver a menina nova. Estava ali para falar comigo.

E não parecia ter pressa nenhuma para começar.

Coloquei os pés em cima do banco e cruzei as pernas como índio. Com o livro aberto no meu colo, comecei a ler para preencher o vazio, até ele esticar um braço e fechar o livro com delicadeza. Então, olhei para ele.

— Há quanto tempo você tem observado minha família?

— Basicamente desde quando minhas asas foram terminadas.

— E você não falou nada...

— Nem para você nem para ninguém.

Nem mesmo para Lyonette ou Bliss, apesar de ter sentido vontade. Não sabia bem o porquê. Talvez fosse mais fácil pensar nele só como o homem que nos raptou. Acrescentar uma família a isso deixava tudo... bem, digamos que, de alguma forma, acabava deixando tudo mais *errado*. E o simples fato de essa situação poder ser *ainda mais* errada já era suficientemente perturbador.

— E o que passa pela sua cabeça quando nos vê juntos?

— Acho que sua esposa é doente. — Eu raramente mentia para o Jardineiro. A verdade era a única coisa que podia ser sempre minha. —

Acho que ela tem medo de Avery e não quer demonstrar, e acho que ela adora seu filho mais novo. Adora as caminhadas que faz com você, porque é o único tempo em que consegue ter toda a sua atenção para ela.

— Você percebeu tudo isso olhando para nós de cima das árvores?
— Ele parecia mais entretido do que irritado com a história, graças a Deus. O Jardineiro se acomodou melhor na cabeceira da cama, dobrando um braço atrás da cabeça para improvisar um travesseiro.

— Estou errada?
— Não. — Ele olhou para a menina deitada em seu colo e depois novamente para mim. — Ela tem lutado há anos contra uma doença cardíaca. Não é grave o bastante para que seja qualificada a receber um transplante, mas provoca perda significativa da qualidade de vida.

A esposa dele também era uma espécie de borboleta, então.

— Acertei uma.
— E ela realmente adora nosso filho mais novo. Sente muito orgulho dele, pois ele tem sempre notas altas, é extremamente educado e toca lindamente piano e violino.

— Acertei duas.
— Por conta do meu trabalho e do Jardim, sem contar o planejamento e execução dos eventos de caridade a que ela se dedica, nossas agendas vivem em conflito. Nós dois reservamos um tempo para essas caminhadas vespertinas, a menos que um de nós esteja fora da cidade. É bom para o coração dela.

— Acertei três.

E agora só faltava o mais difícil, o que nenhum pai gostaria de ter que admitir.

E ele não admitiu. Deixou no ar, e nesse silêncio havia a verdade.

— Você presta muita atenção às coisas, não é, Maya? Pessoas, padrões, acontecimentos. Encontra mais significado neles que as outras pessoas.

— Eu presto atenção — concordei. — Não sei se encontro mais significado.

— Você observou uma simples caminhada em uma estufa e atribuiu a ela todos esses significados.

— Eu não *atribuí* nada. Só reparei na linguagem corporal.

Linguagem corporal foi uma das coisas que me fez perceber que o vizinho era um pedófilo antes mesmo de ele demonstrar isso, muito antes da primeira vez que me tocou ou pediu para eu tocá-lo. Era perceptível pelo jeito como ele olhava para mim e para as outras crianças da vizinhança, e estava ali, na aparência machucada das crianças que ele acolhia como pai temporário. Eu estava preparada para as investidas dele porque sabia que elas aconteceriam. A linguagem corporal me advertiu sobre o homem que cortava a grama da casa da minha avó, sobre os garotos na escola que tentavam bater nos colegas só porque podiam. Linguagem corporal era melhor que uma lanterna para revelar avisos assim.

E a linguagem corporal me mostrava que, por mais que ele quisesse parecer perfeitamente relaxado nesse momento, não conseguia.

— Eu não tenho a intenção de contar para ninguém, você sabe.

Pronto. Agora a tensão deixava seu corpo, não toda, mas a maior parte dela. Quando não estava dominado pelo desejo sexual, ele era um homem bem reservado.

— Não sabemos sobre eles... E eles não sabem sobre nós, sabem?

— Não — ele sussurrou. — Algumas coisas... — Essa frase nunca foi concluída. Ao menos, não em voz alta. — Eu nunca faria algo que pudesse magoar Eleanor.

Não sabia o nome dele, mas agora sabia o nome de sua esposa.

— E seu filho?

— Desmond? — Ele se mostrou surpreso por um momento, depois balançou a cabeça. — Desmond é muito diferente de Avery.

Mesmo naquele momento, tudo que consegui pensar foi *graças a Deus*.

O Jardineiro levantou a cabeça da garota e saiu da cama. Depois, estendeu a mão para mim.

— Queria perguntar uma coisa a você, se for possível.

Eu não sabia por que me perguntar alguma coisa envolvia movimento, mas levantei obediente e segurei a mão estendida, deixando o livro no banquinho. A menina não acordaria até a manhã seguinte, por isso não era necessário que eu ficasse ao lado de sua cama. Ele me levou pelos corredores, tocando distraidamente cada vitrine ocupada pela qual passava. Se eu quisesse, podia ter pedido para ele dizer o nome de cada uma, e ele os teria recitado. Cada nome, cada Borboleta: ele sabia e se lembrava de todos.

Eu nunca quis saber.

Achei que ele me levava para o meu quarto, mas o Jardineiro mudou de direção no último instante e seguiu para a caverna atrás da cachoeira. Com exceção do luar que entrava pelo vidro do teto da estufa e se fragmentava através da água que caía, a caverna estava completamente escura.

Ah, havia também a luz vermelha da câmera.

Ficamos ali, em silêncio e na escuridão, ouvindo a cachoeira cair no rio e nas pedras decorativas. Pia, que estava lá havia aproximadamente um ano a mais do que eu, tinha elaborado a teoria de que no fundo do lago havia canos que tinham como função manter a água em um determinado nível, drenando-a e levando-a de volta por outro cano para o laguinho no alto do penhasco, que alimentava a cachoeira. Ela devia estar certa. Como eu não sabia nadar, nunca tentei mergulhar no fundo do lago para ter certeza. Pia gostava de xeretar nas coisas e descobrir como funcionavam. Quando as paredes subiram e vimos Johanna no vidro, Pia foi até o lago e disse que agora sua margem estava repleta de sensores.

— Gostaria de saber o que atrai você para este lugar — ele falou depois de um tempo. — O alto do penhasco eu até entendo. É aberto, livre, a altura dá uma sensação de segurança. Mas isto aqui... o que esta caverna tem para oferecer?

A possibilidade de dizer qualquer merda que eu quisesse sem me preocupar com críticas, porque o estrondo da água caindo era alto o bastante para encobrir e distorcer o que os microfones captavam.

Mas ele procurava uma resposta mais pessoal do que isso, alguma coisa com o significado que ele acreditava que eu desse a tudo. Levei um ou dois minutos para dar essa resposta, algo que se aproximasse o suficiente da verdade.

— Aqui não tem ilusão — disse, finalmente. — Não é verde e exuberante, não tem nada crescendo e esperando a morte e a putrefação. É só pedra e água.

Ali as meninas e eu nos sentávamos cara a cara, joelho com joelho, e normalmente era fácil fingir que não havia Borboletas. As puxa-sacos tinham as asas desenhadas em torno de seus olhos como máscaras de carnaval, mas mesmo assim, na penumbra úmida da caverna, era fácil pensar que aquilo era só um truque das sombras. Soltávamos o cabelo, apoiávamos as costas nas pedras e não tinha merda nenhuma de Borboletas. Só por alguns momentos.

Então, talvez houvesse ilusão ali, afinal, mas era *nossa* ilusão, não alguma coisa que ele tivesse fabricado para nós.

Ele soltou minha mão e começou a remover os grampos que mantinham meu cabelo preso em coroa trançada, até as mechas caírem sobre minhas costas até o quadril, escondendo as asas. Ele nunca fazia isso, a não ser que estivesse escovando meus cabelos. Mas ele só o deixou solto e guardou os grampos no bolso da camisa.

— Você é bem diferente das outras — ele comentou depois de um tempo.

Não era verdade, não inteiramente. Era explosiva como Bliss, só não demonstrava. Era impaciente como Lyonette, mas me esforçava para disfarçar. Lia como Zara, corria como Glenys, dançava como Ravenna e trançava os cabelos como Hailee. Tinha partes e fragmentos de quase todas as outras em mim, menos a simplicidade doce de Evita.

A única coisa que me fazia realmente diferente de todas as outras era o fato de que eu era a única que nunca chorava.

Que nunca conseguia chorar.

Aquela merda daquele carrossel.

— Você coloca os livros que deseja nas listas, mas nunca pede nada abertamente. Ajuda as outras meninas, as ouve e as acalma. Guarda os segredos delas, e os meus também, aparentemente, mas não entrega seus segredos para ninguém guardar.

— Meus segredos são velhos amigos. Eu me sentiria uma péssima amiga se os abandonasse agora.

A risada baixa do Jardineiro ecoou pela caverna antes de ser abafada pela cachoeira.

— Não estou pedindo para me contar nada, Maya. Sua vida antes de vir para cá é só sua.

Ela olha diretamente para Eddison, e Victor não consegue segurar o riso.

— Não vou me desculpar — Eddison avisa sem rodeios. — Esse é o meu trabalho, e precisamos saber a verdade se quisermos ter um caso decente contra ele. Os médicos acreditam que ele irá sobreviver para ser julgado.

— Que pena.

— Um julgamento significa justiça — ele se irrita.

— De certa forma, sim.

— De certa forma? É...

— Obter "justiça" vai mudar alguma coisa do que ele fez? Alguma coisa do que passamos? Vai trazer de volta as meninas que foram para o vidro?

— Bom, na verdade, não, mas vai impedir que ele faça tudo isso de novo.

— A morte também impediria, e sem o sensacionalismo e o dinheiro dos contribuintes.

— Vamos voltar à cachoeira — Victor anuncia, antes que Eddison continue protestando.

— Estraga-prazeres — a menina resmunga.

— Me peça alguma coisa, Maya.

Havia um desafio nos olhos dele encoberto por sua voz. Ele esperava que eu pedisse algo impossível, como liberdade. Ou talvez ele queria que eu fosse como Lorraine e pedisse alguma coisa que me tirasse do Jardim, mas que não fosse nem um pouco como a liberdade.

Eu sabia que isso era bobagem. Sabia que não devia pedir coisas que não poderia ter.

— Será que você poderia desconectar essa câmera e não colocar nenhuma outra no lugar? — perguntei prontamente e vi o choque passar pelo rosto encoberto por sombras. — Sem câmeras, sem microfones?

— É isso?

— Seria legal ter um lugar que fosse realmente privado — expliquei, dando de ombros. Era uma sensação quase estranha a do cabelo dançando em minhas costas e ombros conforme eu me mexia. — Você pode ver a gente em todos os lugares, até no banheiro, se quiser. Permitir um lugar sem câmeras seria benéfico. Um exercício de saúde mental, de certa forma.

Ele me observou por um bom tempo, antes de responder.

— Uma coisa que beneficiaria todas vocês.

— Sim.

— Eu falo para você pedir qualquer coisa, e você pede uma coisa que beneficiaria a todas.

— Eu também seria beneficiada.

Ele riu de novo e estendeu a mão para mim, puxando-me contra o seu peito para poder me beijar. As mãos deslizaram sobre os fechos do vestido e, quando ele me deitou sobre a pedra úmida, fechei os olhos e pensei em Annabel Lee e seu túmulo no reino junto ao mar.

Duvidava de que os anjos algum dia tivessem inveja de mim.

É espantoso o quanto de uma pergunta ela é capaz de responder sem nunca realmente responder à pergunta. Uma parte pequena e inconveniente de Victor adoraria colocá-la no tribunal agora e ver os advogados dos dois lados arrancando os cabelos de frustração. Mesmo quando parece disposta a falar mais, suas respostas quase sempre são esquivas, oferecem alguma coisa que parece consistente, mas não entregam a essência. Pergunte sobre o menino e ela começa a falar dele, ou dá essa impressão, e acaba em um assunto completamente diferente, e o menino quase nem é mencionado. Sim, os advogados vão odiar quando ela tiver que ser ouvida no julgamento. Ele ignora o impulso e pega a foto do rapaz da pilha de retratos, ajeitando-a sobre a mesa para que a menina possa vê-la do lado certo.

Sua primeira reação é virar o rosto, desviando o olhar para o espelho, para o chão, para as mãos queimadas e cortadas, antes de um suspiro estremecer seu corpo e ela olhar de volta para a foto. Com cuidado, ela a pega pelas beiradas, estudando a cópia fotográfica da carteira de motorista dele. O papel brilhante treme quando ela o pega, mas ninguém comenta.

— Você se acostuma com as coisas no Jardim — ela fala, pensativa. — Até mesmo a chegada das meninas novas é uma coisa com a qual a gente se acostuma, uma coisa que é esperada quando outra morre. E, de repente, tudo mudou.

— Quando?

— Há pouco menos de seis meses. Alguns dias depois de Evita morrer.

Talvez fosse por Evita ser uma dessas pessoas que você não consegue não amar. Talvez fosse por ela ter morrido em um acidente, nada para o que pudéssemos ter nos preparado antes. Talvez fosse a reação tão franca do Jardineiro.

Seja lá o que fosse, o Jardim foi tomado por um sentimento de aflição nos dias que se seguiram ao acidente que Evita sofrera. Muitas garotas ficavam no quarto, e por conta disso Lorraine teve que servir todas as refeições em bandejas e trazer para nós, e só Deus sabe como isso a deixou furiosa. É claro que ela estava com um humor muito parecido com o nosso, mesmo que tenha sido causado por um motivo diferente. Nós chorávamos a morte de Evita. Ela chorava outra vitrine ocupada por alguém que não era ela.

Doente da porra.

Saí do meu quarto à noite, incapaz de suportar as quatro paredes e o silêncio. Não estávamos perto do fim de semana, por isso eu não precisava me preocupar com manutenção ou com as paredes sólidas descendo. Não havia um motivo no mundo que me impedisse de passar a noite perambulando. Às vezes a ilusão de liberdade, de escolha, era mais dolorosa que a de estar presa.

Afinal, não era como se o Jardineiro não pudesse me encontrar, se quisesse, embora estivesse com outra pessoa.

À noite o Jardim era silencioso. Havia a cachoeira, é claro, e o ruído do riacho, a vibração das máquinas e do ar em movimento, e também o barulho abafado das meninas chorando em vários lugares diferentes. Mas, mesmo assim, quando se comparava com o dia, era bem silencioso. Levei meu livro e a luz de leitura para o alto do penhasco e me sentei sobre uma das pedras grandes. Eu a chamava de pedra do banho de sol.

Bliss a chamava de Pedra do Rei, e ria quando eu a desafiava a encontrar um leão para balançar lá em cima.

Ela fez um de cerâmica plástica e, quando consegui voltar a respirar depois de um tremendo ataque de riso, me deu o leão de presente. Ele morava na prateleira em cima da minha cama, junto com outras coisas muito preciosas para mim. Acho que ainda está lá, ou estava, até...

Bliss me encontrou no penhasco por volta da meia-noite e jogou uma escultura para mim. Eu a segurei embaixo da luz de leitura e vi que era um dragão enrolado em torno de si mesmo. Era azul-escuro, com a cabeça encolhida entre os ombros, e o formato do nariz e dos grandes olhos negros dava a ele a aparência mais patética que uma escultura de cerâmica poderia ter.

— Por que ele está tão triste?

Ela me encarou.

Certo.

A casa do dragão estava próxima à do Simba, e, se o leão era só uma brincadeira, o dragão passou a ter um significado.

Mas naquele dia ele era novo e triste, e Bliss estava brava e triste, e eu o deixei sobre meu joelho e voltei a ler *Antígona* até ela decidir falar alguma coisa.

— Se meu quarto estiver intacto, será que seria possível recuperar minhas esculturas? E a coleção de origami? E... bom, tudo, na verdade.

— Podemos perguntar — Victor sugere, e ela suspira.

— Por que *Antígona*? — Eddison quer saber.

— Sempre achei que ela era bem legal. É forte, corajosa e engenhosa, embora propensa a um certo nível de manipulação emocional; mesmo quando morre, ela o faz de seu jeito. É sentenciada a passar o resto de seus dias em uma tumba e diz que se foda, eu vou é me enforcar. E então tem seu prometido, que a ama tanto que surta com a morte dela e tenta matar o próprio pai. E depois, obviamente, ele também morre, porque convenhamos, essa é uma tragédia grega, e se os gregos e Shakespeare têm algo em comum é que ambos adoram matar todo mundo. É uma grande lição, sério mesmo. Afinal, todo mundo morre. — Ela coloca a foto em cima da mesa e cobre o rosto do rapaz com as mãos. Victor não tem certeza se ela percebe que o fez. — Mas eu teria escolhido outra coisa, se soubesse que Bliss iria se juntar a mim.

— Ah, é?

— Aquilo parecia que a inspirava.

Ela se movia à minha volta enquanto eu lia, arrancando folhas das plantas e esmagando-as enquanto andava, até ser possível acompanhar seu progresso pelo rastro de pedaços verdes no chão. Bliss rosnava e falava palavrões a cada passo que dava, e por isso nem me preocupei em levantar a cabeça até ela ficar em completo silêncio.

Então a vi na beirada do falso precipício, com os dedos dos pés envolvendo o limite da pedra, os braços abertos em cruz. Por entre as fendas do vestido na altura dos joelhos, sua pele clara brilhava ao luar.

— Eu poderia pular — ela murmurou.

— Mas você não vai.

— Eu poderia — ela insistiu, e eu balancei a cabeça.

— Mas não vai.

— Vou!

— Não, não vai.

— E por que não, porra? — ela perguntou, virando para me encarar com as mãos fechadas apoiadas nos quadris.

— Porque você não sabe com certeza se vai morrer ou não e, se você se machucar, pode ser que não seja grave o suficiente para que ele decida matar você. Não seria uma queda alta o suficiente.

— Evita caiu de uma altura menor.

— Evita quebrou o pescoço em um galho de árvore. Sua sorte é como a minha: se tentar, vai dar errado e acabar deixando só uns hematomas.

— Puta que pariu! — Ela sentou ao meu lado na pedra, enterrou o rosto nos braços e chorou. Bliss tinha três meses mais que eu de Jardim. Vinte e um meses para ela. — Por que não há uma opção melhor?

— Johanna se afogou. Acha que é menos doloroso que uma queda sem resultado?

— Pia diz que não vai funcionar. Ele instalou sensores na margem. Se a água subir, o alarme dispara e ele vai inspecionar as câmeras. Ela disse que dá para ver as câmeras mais próximas se movendo para focar quem está nadando.

— Se realmente quiser se afogar, talvez você tenha tempo suficiente se esperar ele sair de casa, ou até mesmo da cidade.

— Não quero me afogar — ela respondeu com um suspiro e sentou ereta para enxugar as lágrimas com o vestido. — Não quero morrer.

— Todo mundo morre.

— Eu não quero morrer agora — ela rosnou.

— Então por que você pularia?

— Você não tem compaixão.

Não era inteiramente verdade, e ela sabia disso, mas era suficientemente verdadeiro.

Fechei o livro e apaguei a luz de leitura, deixando os dois no chão com o dragão triste em cima deles para poder me deitar de bruços ao lado dela.

— Eu fico tão cansada deste lugar — ela sussurrou e, embora não estivéssemos na caverna – o único lugar onde realmente tínhamos algum tipo de privacidade – pensei que ela provavelmente tinha falado baixo o bastante para não ser ouvida. Nenhuma de nós sabia se ele ouvia as gravações e nunca soubemos se era seguro falar, até mesmo quando tínhamos certeza de que ele não estava sentado diante do monitor.

— Todas nós ficamos.

— Então por que não consigo ao menos aproveitar o que me é dado, como você?

— Você tinha uma vida feliz em casa, não tinha?

— Sim.

— Então é por isso.

Eu era feliz no apartamento, que com o tempo tinha se tornado um lar, mas havia enfrentado coisas ruins antes de chegar lá, o que significa que vivi coisas ruins antes de chegar aqui. Ela nunca teve problemas, ao menos não da mesma magnitude que os meus. Bliss tinha vivido muita coisa boa para comparar com nosso momento atual.

— Me conta alguma coisa de antes.

— Você sabe que não vou contar.

— Não precisa ser algo pessoal. Só... alguma coisa.

— Um dos meus vizinhos tinha uma plantação de maconha no telhado — falei depois de um momento. — Quando me mudei para lá ocupava apenas uma pequena parte da laje, mas, com o passar do tempo e nenhuma reclamação à polícia, o canteiro cresceu até cobrir metade do telhado. Algumas crianças dos andares mais baixos iam lá brincar de esconde-esconde. Um dia, porém, alguém acabou dedurando-o para a polícia, e quando ele os viu chegar entrou em pânico e pôs fogo na coisa toda. Ficamos meio chapadas por uma semana e tivemos que lavar nossas coisas várias vezes para tirar o cheiro.

Bliss balançou a cabeça.

— Não consigo nem imaginar.

— Isso não é uma coisa ruim.

— Estou começando a esquecer as coisas da minha casa — ela confessou. — Estava tentando lembrar meu endereço hoje mais cedo e não conseguia lembrar se era uma avenida, uma rua ou sei lá o quê. Ainda não consegui me lembrar. Um zero nove dois nove na Northwest cinquenta e oito... algo assim. Não lembro exatamente.

E era esse o motivo de toda a comoção anterior. Mudei de posição para tocar uma das mãos dela, porque não tinha nada que eu pudesse dizer.

— Todas as manhãs quando acordo e todas as noites antes de dormir, digo para mim mesma meu nome e o nome das pessoas da minha família. Tento me lembrar da aparência deles.

Eu tinha visto a família de Bliss representada em uma coleção de estatuetas de cerâmica. Ela fazia tantas delas que não havia motivo aparente para dar àquela coleção em específico algum significado especial, a menos que você prestasse atenção às partes mais brilhantes onde os dedos haviam deixado a argila mais lisa, ou se notasse que elas eram posicionadas de forma a serem as primeiras e as últimas coisas que ela via no dia.

Talvez o Jardineiro estivesse certo e eu realmente desse um significado para tudo.

— O que acontece quando isso não é suficiente?

— Continue lembrando — eu disse a ela. — Só continue lembrando, e vai ter que ser o suficiente.

— Funciona com você?

Nunca decorei meu endereço em Nova York. Eu sempre perguntava para as outras meninas quando tinha que colocá-lo em algum formulário e, embora rissem de mim todas as vezes, elas nunca me fizeram decorá-lo. Nunca troquei minha carta de motorista falsificada porque não tinha certeza se a nova suportaria uma análise mais detalhada ou se o Detran faria mais do que simplesmente verificar rapidamente as informações.

Mas eu conseguia me lembrar de Sophia, da gorducha sem graça em que ela se transformou depois de abandonar os vícios, e do cabelo vermelho-dourado de Whitney, e da risada de Hope, e do risinho nervoso de Jessica. Lembrava-me da grande estrutura óssea de Noémie, filha de um pai Blackfoot e uma mãe Cherokee, lembrava como o sorriso de Kathryn era capaz de iluminar todo o ambiente nas raras ocasiões em que ela sorria. Lembrava-me das roupas coloridas e exuberantes de Amber, das estampas que teoricamente não combinavam, mas que, no final, acabavam dando certo, porque ela as amava muito. Eu não me esforçava para me lembrar delas e para mantê-las em minha memória, porque elas já estavam permanentemente gravadas lá.

Assim como eu poderia, com prazer, ter esquecido o rosto da minha mãe e do meu pai, os macacões elásticos da minha avó, quase todas as pessoas anteriores a Nova York. Mas eu me lembrava deles também e, de um jeito meio nebuloso, eu me lembrava de tias, tios e primos, e de correr à toa em brincadeiras que nunca entendi, e de posar para fotos que nunca cheguei a ver. Simplesmente me lembrava de coisas, lembrava de pessoas.

Mesmo quando eu preferiria não me lembrar.

Nos sentamos ao mesmo tempo, apoiando-nos sobre nossos cotovelos, quando vimos uma portar abrir-se e alguém apontar a luz de uma lanterna para o canto mais afastado do Jardim.

— Que porra é essa? — Bliss cochichou, e eu assenti, concordando em silêncio.

O Jardineiro estava no quarto de Danelle, buscando conforto e supostamente confortando-a por ser a que fez a diferença na última brincadeira de esconder de Evita. Mesmo que estivesse indo embora, ele nunca precisava de lanterna. Nem Avery, que estava banido do Jardim por mais duas semanas por ter quebrado o braço de Pia, ou Lorraine, que àquela hora da noite deveria estar provavelmente dormindo ou chorando até dormir. Havia um botão na enfermeira que fazia soar uma campainha no quarto dela e na cozinha, caso seu serviço de enfermeira fosse necessário.

A pessoa estava vestida de preto, o que parecia uma boa ideia até ele começar a caminhar por um daqueles caminhos de areia branca. Ele se movia com cuidado, varrendo a área com o cone de luz a cada passo, mas dava para ver por sua atitude que ele analisava tudo atentamente.

Nunca questionei o fato de ter decidido imediatamente que o intruso era homem. Alguma coisa em como ele andava, talvez. Ou a idiotice de ter levado uma lanterna, se tentava passar despercebido.

— O que vai meter a gente em confusão maior? — Bliss cochichou no meu ouvido. — Descobrir quem é ou ignorar?

Percebi que tinha uma boa ideia sobre quem era o invasor, mas havia dito ao Jardineiro que não contaria a ninguém. Não que uma promessa a um serial killer tivesse muito peso, mas era uma promessa. Eu nunca fazia promessas, simplesmente porque me sentia obrigada a cumpri-las.

Mas que porra o filho mais novo do Jardineiro estava fazendo ali, na estufa interna? E o que isso significava ou poderia significar para nós?

A primeira pergunta se respondeu por si só assim que surgiu em minha mente, porque com certeza o motivo que o trazia ali era o mesmo que me fazia subir naquelas árvores quase todas as tardes para ver fragmentos do mundo real, de fora do vidro. Curiosidade, entre outras coisas, para mim. Provavelmente, só curiosidade, para ele.

A segunda pergunta...

Se escolhêssemos fazer a coisa errada, meninas poderiam morrer. Não tinha problema ele estar somente no Jardim – era um jardim privado, quem se importa? –, mas se ele resolvesse explorar os corredores...

Talvez ele visse as meninas mortas e chamasse a polícia.

Mas ele podia não chamar a polícia, e Bliss e eu teríamos que explicar por que vimos um intruso e não fizemos nada.

Resmungando um palavrão, desci da pedra e me abaixei no chão.

— Fica aqui e fica de olho nele.

— E se ele fizer alguma coisa, eu faço o quê?

— Grita?

— E você...

— Vou jogar essa bomba na mão do Jardineiro.

Ela balançou a cabeça, mas não tentou me parar. Vi em seus olhos a mesma compreensão da nossa situação, de estarmos em um beco sem saída. Não podíamos arriscar a vida de todo mundo na esperança de que o garoto fosse melhor que o resto da família. E ver o Jardineiro com alguém não era uma novidade para mim. Ele costumava optar pela privacidade de um quarto, mas de vez em quando... bem. Como eu disse, ele era um homem incrivelmente reservado, até deixar de ser.

Praticamente engatinhei até o outro lado do penhasco, onde havia um aclive, em vez de um paredão vertical. A areia abafou meus passos quando cheguei ao chão, e fui me movendo bem devagar até entrar no riacho sem fazer nenhum barulho. Corri para trás da cachoeira e de lá para o corredor do fundo, por onde segui até o quarto de Danelle.

O Jardineiro havia vestido a calça, mas continuava descalço e sem camisa, e estava sentado na beirada da cama, escovando os cachos castanhos de Danelle até deixá-los soltos e fofos. Mais que todas nós, Danelle odiava essa fascinação com nossos cabelos, porque escovar seus cachos sempre fazia com que ficassem indomáveis.

Os dois levantaram a cabeça quando entrei no quarto. A confusão de Danelle ecoava no rosto do Jardineiro, mas no dele havia uma nota de raiva.

— Desculpe — murmurei —, mas é importante.

Danelle arqueou uma sobrancelha. Quando chegou ao Jardim quatro anos atrás, ela achava que adular o Jardineiro a mandaria de volta para casa, e as asas tatuadas em vermelho e roxo em seu rosto eram a prova disso. Ela deixou de pensar assim com o passar dos anos, porém, e passou a aderir à técnica de "ele que faça o que quiser, só não vou participar". Eu sabia o que ela estava se perguntando, mas só dei de ombros. Se ia contar a ela ou não dependia muito do que viesse de fato a acontecer.

O Jardineiro enfiou os pés nos sapatos, pegou a camisa e me seguiu para o corredor.

— Isso...

— Tem alguém no Jardim — interrompi com o tom mais baixo de que era capaz. — Acho que é seu filho mais novo.

Ele arregalou os olhos.

— Onde ele está?

— Estava perto da lagoa quando vim buscar você.

O homem vestiu a camisa e fez um gesto para eu abotoá-la, enquanto ele passava as mãos no cabelo para ajeitá-los. Mas ele ia se ferrar com aquele cheiro, de qualquer jeito. Quando ele começou a andar pelo corredor, eu o segui porque, afinal de contas, ele não falou que não era para eu ir. Bem, ao menos não até chegarmos a uma das passagens e ele conseguir ver o garoto, que ainda balançava a porcaria da lanterna. O homem observou o filho por um bom tempo em silêncio, e eu não consegui ler a expressão em seu rosto. Com uma das mãos em meu ombro, ele apontou para baixo, o que poderia significar sente ou pare.

Eu não era o tipo de cachorra que sentava, então escolhi parar, e ele não contestou.

Do corredor, eu o vi sair para o Jardim com passos firmes, sem nenhuma hesitação aparente. A voz rompeu o silêncio como um tiro.

— Desmond!

O menino virou a cabeça e derrubou a lanterna. Ela quicou na pedra com um ruído de plástico, quebrando-se, e, quando caiu na areia, a luz tremulou e se apagou.

— Pai!

O Jardineiro pôs a mão no bolso, e um momento depois as paredes desceram à minha volta, trancando as garotas nos quartos e escondendo as vitrines de vidro. Bliss e eu ficamos separadas, ela em cima do penhasco, eu ali no corredor. E eu não tinha avisado ao Jardineiro que ela estava lá em cima. Merda.

Encostei na parede e esperei.

— O que está fazendo aqui? Eu falei que o jardim interno era uma área de acesso restrito.

— Eu... ouvi Avery falando sobre este lugar e, eu só... só queria ver. Desculpa se eu o desobedeci, pai.

Era difícil atribuir uma idade àquela voz. O tom era um tenor leve, que produzia um efeito de juventude. Ele estava evidentemente incomodado e constrangido, mas não dava a impressão de estar com medo.

— Como raios você chegou aqui?

E será que uma Borboleta poderia sair do mesmo jeito?

O menino – Desmond, eu supus – hesitou:

— Há algumas semanas, vi Avery afastar um painel ao lado de uma das portas de serviço — ele respondeu, finalmente. — Ele fechou o painel quando percebeu que eu estava ali, mas deu tempo de vê-lo digitar algo.

— Era um código de segurança. Como conseguiu entrar?

— Avery usa as mesmas três senhas para tudo. Só tentei uma delas.

Tive a sensação de que Avery teria que criar uma quarta senha em breve. Não podíamos ficar perto da entrada principal. Aquela área, um trechinho de cada lado daquela porta trancada, era ocupada pelo quarto de Lorraine, pelo quarto de brinquedos de Avery antes de ser desmontado, a enfermaria, a cozinha/sala de jantar, a sala de tatuagem com a porta que abria para o quarto do Jardineiro, e dois quartos que não sabíamos para que serviam, mas podíamos imaginar. Independentemente do que ele fazia dentro deles, era ali que morríamos. Não podíamos prestar excessiva atenção a nenhuma das coisas, com exceção da cozinha, e o Jardineiro e Avery não saíam do Jardim enquanto houvesse por lá uma Borboleta que pudesse vê-los.

— O que esperava encontrar? — perguntou o Jardineiro.

— Um... um jardim... — o menino respondeu devagar. — Só queria ver por que era tão especial.

— Porque é privado — suspirou o pai, o que me fez pensar se era esse o motivo pelo qual ele removera câmera e o microfone da caverna atrás da cachoeira. Ele valorizava sua privacidade o suficiente para nos deixar fingir que tínhamos a nossa. — Se quer realmente ser psicólogo, Desmond, precisa respeitar a privacidade das pessoas.

— Exceto quando essa privacidade cria um bloqueio para seu bem-estar mental e, nesse caso, sou profissionalmente obrigado a incentivá-los a falar sobre esses segredos.

Engraçado, Whitney nunca havia mencionado esse tipo de baboseira ética quando falava a respeito de seus seminários de psicologia.

— E também é profissionalmente obrigado a guardar esses segredos — o Jardineiro aponta. — Agora vamos.

— Você dorme aqui?

— De vez em quando. Vamos, Desmond.

— Por quê?

Mordi os lábios tentando segurar uma risada. Era um prazer raro ver o Jardineiro realmente desconcertado.

— Porque é tranquilo — ele respondeu depois de um tempo. — Pega sua lanterna. Vou levar você para casa.

— Mas...

— Mas o quê? — ele se irritou.

— Por que esconde tanto esse lugar? É só um jardim.

O Jardineiro não respondeu de imediato, e eu pude perceber que ele estava avaliando todas as alternativas que tinha. Contar a verdade e esperar que o filho entenda, guarde segredo? Mentir para ele e correr o risco de ser desmascarado de qualquer jeito, porque um filho que é desobediente uma vez pode ser desobediente de novo? Ou será que ele estava pensando em alguma coisa pior, como se talvez um filho pudesse ser tão descartável quanto uma Borboleta?

— *Se* eu contar, vai ter que guardar segredo — ele disse finalmente. — Não pode falar uma palavra sobre isso fora dessas paredes. Nem com seu irmão. Nem uma palavra, entendeu?

— S... sim, senhor. — Ainda não era medo, mas tinha alguma coisa ali, alguma coisa desesperada e forte.

Ele queria ser motivo de orgulho para o pai.

Um ano atrás, o Jardineiro havia me falado que a *esposa* dele se orgulhava do filho mais novo, o que não necessariamente significava que ele também se orgulhasse. Ele não soava como se estivesse desapontado, mas, talvez, diferentemente do orgulho tão evidente da mãe, o do pai fosse mais difícil de detectar. Talvez o pai simplesmente economizasse elogios até sentir que eram merecidos. Havia muitas explicações possíveis, mas esse garoto queria conquistar o orgulho do pai, queria se sentir parte de algo maior.

Garoto idiota. Muito idiota.

Ouvi sons de passos gradualmente se afastando. Fiquei onde estava, presa até que as paredes subissem. Um ou dois minutos mais tarde, o Jardineiro apareceu na outra ponta do corredor e acenou me chamando. Atendi, como sempre fazia, e ele passou a mão pelos meus cabelos, agora presos em um coque bagunçado. Acho que estava procurando conforto.

— Vem comigo, por favor.

Ele esperou eu assentir e, tocando a parte inferior das minhas costas, me conduziu pelo corredor. A sala de tatuagem estava aberta e pude ver que as máquinas haviam sido cobertas por capas de plástico que as protegeriam da poeira até a chegada da próxima menina. Lá dentro, ele tirou um controle remoto do bolso e, apertando um botão, fez com que a porta descesse atrás de nós. A porta para a sua suíte particular estava aberta, do outro lado da sala. O teclado numérico apitou quando a porta fechou. O filho dele estava na frente das estantes de livros e se virou ao ouvir o ruído da fechadura.

Ele olhou para mim chocado, de boca aberta.

De perto, era fácil ver que havia herdado os olhos do pai, mas a maior parte ainda era da mãe. Magro e alto, o rapaz tinha dedos finos. Mãos de musicista, pensei, e lembrei o que o pai tinha falado sobre ele. Ainda era difícil calcular quantos anos ele tinha. Devia ter minha idade, mais ou menos, talvez um pouco mais. Eu não era tão boa nesse jogo quanto o Jardineiro.

O pai apontou a poltrona embaixo da luminária.

— Sente-se, por favor.

O Jardineiro escolheu sentar-se no sofá e me puxou para sentar a seu lado, o tempo todo escondendo minhas costas. Encolhi as pernas ao lado do corpo e me recostei contra as almofadas bem recheadas do encosto, mantendo minhas mãos no colo. O filho continuava em pé, ainda olhando para mim.

— Sente-se, Desmond.

As pernas se dobraram e ele desabou na poltrona.

Será que, se eu despejasse histórias de horror na cabeça desse menino já tão horrorizado, ele traria a polícia para cá antes de o pai conseguir me matar? Ou será que o pai simplesmente o mataria para garantir seu silêncio? O problema com sociopatas, na verdade, é que você nunca sabe onde eles estabelecem seus limites.

Eu não conseguia decidir se o risco valia a pena e, no fim, o que me impediu de fazer algo foi pensar em todas as outras meninas. Todo o ar do Jardim saía de um sistema centralizado, ou seja, tudo que o Jardineiro precisaria fazer para abater o rebanho todo era misturar um pesticida ou alguma coisa no ar. Ele com certeza deveria ter todo tipo de substâncias químicas estocadas para cuidar das estufas.

— Maya, esse é Desmond. Ele entrou este ano na Washington College.

O que explicava o fato de só participar das caminhadas com os pais nos fins de semana.

— Desmond, esta é Maya. Ela mora aqui no jardim interno.

— Mora... mora aqui?

— Mora aqui — ele afirmou. — Assim como outras garotas. — O Jardineiro sentou na beirada do sofá e uniu as mãos entre os joelhos. — Seu irmão e eu as resgatamos das ruas e trazemos para cá para que tenham uma vida melhor. Nós as alimentamos, as vestimos e cuidamos delas.

Poucas ali tinham saído das ruas, e de forma alguma havíamos sido resgatadas de algo, mas o resto podia ser verdade, se encarado de uma perspectiva distorcida. De qualquer maneira, o Jardineiro nunca parecia pensar em si mesmo como alguém mau.

— Sua mãe não sabe disso, nem pode saber. O esforço de cuidar de tanta gente sobrecarregaria seu coração. — Ele falava com um tom tão franco, tão sincero, que eu conseguia *ver* o filho acreditando nele. O alívio se espalhava por seu rosto, afugentando o lampejo passageiro de horror por pensar que o pai mantinha um harém para o próprio prazer.

Menino idiota. *Muito* idiota.

Ele ia acabar percebendo a verdade. Na primeira vez que ouvisse uma garota chorando, na primeira vez que visse as asas de alguém, na primeira vez que as paredes subissem e mostrassem todas aquelas garotas em resina e vidro, ele ia acabar percebendo. Por enquanto, estava engolindo tudo. Mas será que quando ele entendesse estaria envolvido demais para fazer a coisa certa?

Ficamos naquele quarto por quase uma hora, enquanto o Jardineiro explicava sua versão das coisas e, de vez em quando, olhava para mim para que eu concordasse e sorrisse. Era o que eu fazia. Meu estômago fervia, mas, assim como Bliss, eu não queria morrer ainda. Não tinha a esperança da mãe de Johanna, mas, se ainda tinha direito a alguns anos, eu os queria, mesmo que fosse para viver daquele jeito. Tive muitas oportunidades de desistir, ceder, e me mantive firme. Se não havia me entregado ao suicídio, eu não iria me entregar tão resignadamente daquele jeito para a morte.

Finalmente, o Jardineiro olhou para o relógio de pulso.

— São quase duas da manhã — murmurou —, e você tem aula às nove. Vem, vou levar você para casa. E não esquece: nem uma palavra, nem mesmo para Avery, a menos que esteja aqui. Vai ter uma senha assim que eu tiver certeza de que posso confiar em você.

Eu também teria levantado, mas, quando tirei os pés de cima do sofá, ele fez um gesto sutil para que me mantivesse sentada.

Acho que eu era o tipo certo de cachorra, afinal.

Ele nos chamava de Borboletas, mas éramos todas cachorras bem treinadas, na verdade.

Fiquei no sofá exatamente onde ele me deixara, sem levantar nem para andar pela suíte, o que era inútil já que não havia ali nenhuma janela ou outra porta. Eu já havia estado ali antes, é claro, mas agora não havia o torpor da dor e do choque. Para ele, aquele era um lugar privado, mais ainda que o Jardim. Nem as Borboletas deveriam estar ali.

Então, que porra eu estava fazendo ali? Principalmente sem a presença dele?

O Jardineiro voltou uns trinta minutos depois.

— Vira — ordenou com voz rouca, tirando as roupas e as jogando desordenadamente no tapete. Obedeci à ordem antes que ele pudesse ver meu rosto, virando o corpo para sentar sobre os calcanhares com um espaço atrás de mim. Ele se ajoelhou, traçando cada linha das minhas costas com dedos e lábios trêmulos, e de algum jeito eu soube que ele estava desmoronando sob o estresse do encontro com o filho e, talvez, sobre a animação diante da possibilidade de o filho mais novo compartilhar de seus interesses de um jeito mais brando que o mais velho. Ele tentou abrir de forma meio atrapalhada os ganchos do meu vestido e, quando não conseguiu abri-los na primeira e na segunda tentativa, simplesmente rasgou o tecido, deixando-me em retalhos de seda negra.

Mas se a esperança desapareceu em uma noite, ou em um dia, ou nenhum, ela desapareceu menos? Tudo que vemos ou que parece é só um sonho dentro de um sonho.

Mas então, tendo eu estado um ano e meio no Jardim até aquele momento, até mesmo Poe havia se tornado mais um hábito do que de fato uma distração. Eu tinha consciência das coisas que ele fazia, mais do que eu gostaria de ter, do suor que pingava de seu peito sobre minhas costas, dos gemidos cada vez que ele me puxava para trás, para ainda mais perto. Eu percebia todo seu esforço para provocar respostas em mim, e até mesmo todas as maneiras pelas quais meu corpo me traía respondendo, porque nunca havia medo suficiente em mim ou brutalidade suficiente vinda dele para bloquear as sensações completamente.

Mesmo quando parecia que havia terminado, ele permanecia onde estava e soprava nuvenzinhas de ar contra o contorno das asas e, depois de completar toda a volta do desenho, repetia a volta inteira com beijos, que eram suaves como preces, e depois fazia tudo de novo, e eu pensava em como era injusto ele ter nos feito borboletas, entre todas as coisas.

Borboletas de verdade poderiam voar, escapar.

As Borboletas do Jardineiro só podiam cair, e ainda assim raramente.

Ela tira o brilho labial do bolso e o reaplica nos lábios com mãos trêmulas. Ao observá-la e perceber os fiapos de dignidade que esse pequeno gesto a ajudava a obter, Victor pensa que não pode se esquecer de agradecer à filha pela delicadeza. Uma coisa tão simples, mas que fez muito mais do que ele podia ter imaginado.

— E foi assim que conheci Desmond — a menina fala depois de um minuto.

Eddison franze a testa olhando para as pilhas de fotos e outros papéis.

— Como ele pôde...

— Aqueles que querem muito acreditar em alguma coisa, geralmente conseguem — ela responde com simplicidade. — Ele queria que o pai tivesse uma explicação que fosse boa, razoável. Quando ouviu uma, ele quis acreditar e assim o fez. Ele acreditou por um tempo.

— Você disse que estava lá havia um ano e meio nessa época — murmura Victor. — Você mantinha algum tipo de registro?

— No começo não. Depois ganhei um presente inesperado no meu aniversário.

— Da Bliss?

— Do Avery.

🦋

Avery só havia me tocado duas vezes depois do que fizera comigo e com Giselle e da reação furiosa de seu pai, e somente quando tinha o consentimento específico do Jardineiro e, ainda assim, sob a ameaça de que, dali para a frente, qualquer coisa que acontecesse comigo também aconteceria com ele. Ele não me esbofeteava nem esganava, não passava do ponto de amarrar meus pulsos para trás. Mas ele conhecia outros jeitos de tornar as coisas dolorosas.

Depois de cada uma daquelas duas vezes com Avery, passei boa parte da semana seguinte desidratada, porque, como eu sabia que iria doer muito para urinar, ao menos queria garantir que tivesse que fazer isso o mínimo de vezes possível.

Mesmo assim, ele ainda me observava o tempo todo, talvez por me ver do mesmo modo que Desmond via toda aquela movimentação de Avery acerca do jardim secreto, até finalmente achar um jeito de entrar. Por ser algo que não deveria ser tocado, eu me tornei mais fascinante e desejável para ele.

A quarta vez que tive que aturá-lo começou basicamente do mesmo modo que as outras mais recentes, com o Jardineiro me procurando para explicar que Avery havia pedido permissão para passar um tempo comigo, mas que, como nas últimas duas vezes, foram estabelecidos limites. Era o jeito dele de oferecer conforto. Ainda não podíamos dizer não, porque isso o desagradava, mas ele achava que nos tranquilizava saber que Avery não poderia nos machucar sem sofrer as consequências.

O fato de as repercussões só terem sido impostas depois de sermos aleijadas ou mortas era menos tranquilizador, mas ele nunca parecia ligar esses pontos. Ou ligava, e só ignorava a preocupação com o que não podia mudar. Afinal, esse era o homem que parecia realmente acreditar que nos dava uma vida melhor que a que tínhamos no Exterior, que estava cuidando de nós.

Assim, nada confortada, segui Avery obedientemente até seu quarto de brinquedos e o vi fechar a porta, tirei minhas roupas quando ele ordenou que eu o fizesse e deixei que me prendesse às argolas na parede e vendasse meus olhos com um pano amarrado bem forte em torno da minha cabeça. Nessa altura eu tinha passado para a prosa de Poe, porque era mais desafiador decorar o que não rimava, e busquei fundo em minha memória o máximo que conseguia lembrar de *O coração revelador* e me preparei para recitá-lo em silêncio.

Avery não se importava muito com preparativos ou preliminares, ao contrário de seu pai, e não pensava nem em nos lubrificar, porque gostava de nos causar dor. Não me surpreendi quando ele foi direto ao ponto.

Para minha surpresa, quando eu tinha recitado mais ou menos um quarto da história, ele parou sem terminar. Eu conseguia ouvi-lo do lado oposto do quarto, onde ele guardava a maioria dos brinquedos, mas o tempo passava e ele não voltava. Aos poucos, porém, comecei a sentir um cheiro fraco. Parecia algo como café velho requentado ou uma panela queimada, mas não consegui identificar direito o que era. Finalmente ouvi seus passos pesados contra o chão de metal enquanto ele voltava, e então, puta que o pariu, que dor absurda que senti quando ele pressionou alguma coisa sobre meu quadril, algo que queimava e rasgava. Era diferente de tudo que eu havia sentido antes, uma agonia tão intensa que parecia reunir tudo que havia em mim em um único ponto para tentar estilhaçá-lo.

Eu gritei e minha garganta se comprimiu em torno do som que passou por ela.

Avery riu.

— Feliz aniversário, vadia arrogante.

A porta se abriu com um estrondo e ele se virou de repente, mas mesmo depois da ferramenta ser removida eu ainda conseguia sentir aquela dor roubar todo meu ar, e meu grito ser sufocado até morrer. Havia ruídos no quarto, mas eu não conseguia entendê-los. Arfava e tentava respirar, mas era como se meus pulmões não soubessem mais trabalhar.

Mãos soltaram as argolas que prendiam meus punhos e tornozelos, e eu me encolhi.

— Sou eu, Maya, só eu. — Reconheci a voz do Jardineiro, senti as mãos familiares tirando a venda dos meus olhos para que eu pudesse vê-lo. No chão ao lado dele, Avery estava todo esparramado, uma seringa enfiada em seu pescoço. — Desculpa, eu sinto muito, nunca pensei... ele tem estado tão... desculpa. Ele nunca mais vai tocar em você.

A ferramenta estava no chão ao lado de Avery. Quando a vi, mordi a língua para conter a náusea. O Jardineiro terminou de me soltar, e quase gritei de novo quando tentei dar um passo.

Ele me pegou em seu colo e saiu cambaleando do quarto de brinquedos de Avery comigo em seus braços para me levar até a enfermaria. Ele quase me derrubou na cama estreita para poder apertar o botão que traria Lorraine. Depois se ajoelhou ao meu lado, segurou minha mão entre as dele e repetiu várias vezes o quanto lamentava, mesmo depois de Lorraine entrar na sala correndo e arfando e começar a trabalhar.

O lado positivo foi que não tive que aturar Avery por muito tempo depois disso, e seu quarto de brinquedos foi totalmente desmontado. Mas o pai não conseguia privá-lo por muito tempo – o Jardim era praticamente a última coleira que ele tinha em Avery – e ele manteve formas diferentes de machucar outras meninas. Sabe como é, a luz no fim do túnel e essas merdas todas.

Ele não quer saber. De verdade, não quer saber, e dá para ver que Eddison também não quer.

Mas eles precisam saber.

— O hospital não informou nada.

— Vocês me arrastaram para cá antes de o hospital fazer todos os exames de praxe em caso de estupro.

Ele respira fundo e deixa o ar escapar bem devagar, quase em um assobio.

— Inara.

Sem dizer nada, ela fica em pé e levanta o suéter e a camiseta regata até metade da barriga, expondo outras queimaduras, cortes e uma parte de uma cicatriz com pontos de um lado. O botão do jeans já está aberto, e então ela abaixa o zíper e empurra para baixo, com o dedão apoiado no seu lado esquerdo, a calça e a calcinha de algodão de listras verdes, apenas o suficiente para os agentes poderem ver.

Uma cicatriz rosa e saliente se revela sobre o osso do quadril. A beirada das asas desbotam-se num tom pálido de rosa e branco. Ela esboça um sorriso torto para os agentes.

— Dizem que tudo acontece aos trios.

Três borboletas para uma garota destruída: uma de personalidade, uma de posse e uma de mesquinharia.

Ela arruma as roupas e senta, tirando da caixa um pedaço de rosquinha de queijo que foi preterida em relação às de canela.

— Será que podem me dar água, por favor?

Alguém bate no outro lado do vidro em resposta.

Victor acha que deve ser Yvonne. Porque é mais fácil quando se tem alguma coisa para fazer.

A porta se abre, mas é um analista homem que aparece, jogando três garrafas de água para Eddison antes de fechar novamente a porta. Eddison dá uma garrafa a Victor, depois abre outra e a coloca na frente de Inara. Ela olha para as mãos machucadas, para os sulcos da tampa de plástico, e assente antes de beber um longo gole.

Victor pega a fotografia do garoto e a coloca na mesa em posição de destaque.

— Fale sobre Desmond e o Jardim, Inara.

Ela aperta a parte inferior das mãos contra seus olhos. Por um momento, a área de linhas cor-de-rosa, vermelhas e roxas em seu rosto parece uma máscara.

Quase como uma borboleta.

Victor estremece, mas estende os braços por cima da mesa para abaixar as mãos dela com delicadeza. Ele mantém as mãos sobre as dela, tomando cuidado para não apertar as queimaduras, e espera até que ela encontre as palavras. Depois de muitos minutos de silêncio, ela vira suas mãos sob as dele de forma a poder segurar os pulsos de Victor, e ele segura os dela também.

— Durante um bom tempo Desmond não soube qual era o verdadeiro motivo para a existência do Jardim — a menina fala olhando para as mãos de Victor. — Ao que parece, talvez por muito tempo. O pai tomou providências para que fosse assim.

O Jardineiro não deu uma senha de acesso ao filho mais novo imediatamente. Durante as primeiras semanas ele acompanhou Desmond pelo Jardim, controlando o que ele via e com quem falava. Bliss, por exemplo, foi uma das últimas a serem apresentadas, apenas depois de o Jardineiro ter longas conversas com ela sobre o que era e não era apropriado contar ao filho.

Desmond não foi apresentado às choronas ou às puxa-sacos, e aquelas de nós com quem ele podia interagir ganhavam um vestido de costas cobertas.

Bliss quase morreu de rir quando encontrou o dela dobrado direitinho do lado de fora do quarto. Lorraine os distribuía e por um momento pareceu satisfeita. Não sabia que Desmond tinha descoberto o Jardim, não sabia que aquilo era temporário.

Ela achava que estávamos compartilhando de sua punição, de seu exílio.

Os vestidos eram simples, mas elegantes, como tudo que havia nos nossos guarda-roupas. Ele sabia o tamanho de todas e provavelmente deve ter mandado Lorraine sair para comprá-los – apesar de seus ataques de pânico quando tinha que deixar a segurança do Jardim – porque nós os recebemos tão depressa que não podia haver outro jeito. Ainda eram pretos, é claro. O meu era quase uma camisa, sem mangas e com colarinho e botões até a cintura, onde desapareciam sob a faixa preta e larga que marcava o início da saia ampla na altura dos joelhos. Eu adorei o vestido em segredo.

Nossas asas ficavam escondidas, mas para deleite do Jardineiro eu ainda tinha algumas à mostra. A borboleta tribal preta que tinha feito com as meninas do apartamento ainda era visível no meu tornozelo direito. Já que as asas estavam escondidas, podíamos até usar os cabelos como quiséssemos. Bliss deixava os dela soltos em uma confusão de cachos que enroscavam em tudo, e eu prendia o meu em uma trança simples. A sensação era de autoindulgência.

O Desmond das duas primeiras semanas era como se fosse a sombra do pai, educado e respeitoso, sempre atento às perguntas que fazia, de modo a não abusar da paciência do pai. Fomos todas cuidadosamente treinadas para responder a suas perguntas. Se ele quisesse saber mais sobre a vida que tínhamos antes, devíamos baixar o olhar e murmurar alguma coisa sobre ser melhor esquecer situações dolorosas. Por volta da quinta ou sexta vez que ouviu essa declaração, ele se deu conta de que havia alguma coisa de estranho.

O fato de ele ter percebido me fez rever a avaliação inicial que eu tinha feito de sua inteligência.

Só um pouco, porém. Afinal, ele ainda acreditava na história do pai.

Ele aparecia à noite e ficava por algumas horas, não todas as noites, mas na maioria, sempre depois da aula e caso não tivesse muita lição para fazer em casa. Durante essa introdução, Avery foi completamente banido do Jardim, e o Jardineiro não tocava em nenhuma de nós enquanto Desmond estava lá. Ele nos tocava depois, é claro, ou antes, mas não quando o filho podia ver. As paredes permaneciam abaixadas escondendo as meninas nos vidros não só de quem olhava de fora, mas dos quartos também. Passamos *semanas* sem ver nenhuma menina morta e, apesar de nos sentirmos culpadas por querer esquecê-las ou ignorá-las, era maravilhoso não ter aquela lembrança constante de nossa iminente mortalidade e imortalidade.

A introdução de Desmond foi parecida com o jeito com que Lyonette adaptava as meninas ao Jardim. Primeiro você faz com que elas se sintam melhor; depois começa a mostrar e contar as coisas para elas, pouco a pouco. Você não menciona as tatuagens imediatamente, não fala sobre sexo imediatamente. Primeiro elas eram adaptadas a um aspecto e, depois, quando não surtavam mais, eram apresentadas a outro.

Uma das muitas razões pelas quais minhas apresentações não eram elegantes como as de Lyonette.

Eu mantive a minha rotina, de maneira geral, independentemente de Desmond estar ou não estar no Jardim. Passava a manhã conversando com as meninas na caverna, corria um pouco antes do almoço e passava a tarde lendo no penhasco ou brincando no jardim. Qualquer que fosse o ponto de partida de pai e filho, normalmente eles terminavam o passeio conversando comigo no penhasco. Às vezes Bliss estava lá também.

O mais comum era que, ao vê-los se aproximando, ela descesse para evitar o encontro.

Por mais que apreciasse o temperamento e a atitude de Bliss, o Jardineiro não se incomodava com isso. Significava que o risco de o filho descobrir a verdade antes de o pai ter terminado de prepará-lo adequadamente era menor.

Naquela última noite de supervisão direta, o Jardineiro começou a conversa comigo e com Desmond, depois nos deixou e se dirigiu aos corredores porque, afinal de contas, as vitrines estavam cobertas e acredito que ele sentia saudade delas. A conversa morreu um pouco depois de ele se retirar, e ao perceber que Desmond não conseguiria sustentá-la – porque certamente essa responsabilidade não era minha – voltei ao meu livro.

— *Antígona*? — Eddison pergunta.

— *Lisístrata* — ela o corrige, sorrindo. — Eu precisava de alguma coisa mais leve.

— Não posso dizer que já li esse.

— Não me surpreende. É o tipo de coisa que você aprecia mais quando tem uma mulher constantemente presente em sua vida.

— Como...?

— Sério mesmo? Você vai tentar falar que tem uma namorada ou uma esposa, com esse jeito de se irritar e rosnar e a falta de elegância para interagir?

Um rubor feio tinge o rosto de Eddison, mas... ele está aprendendo. Não morde a isca.

Ela olha para o agente e sorri.

— Estraga-prazeres.

— Tem gente aqui que precisa trabalhar — ele responde. — Quero ver você tentar namorar tendo um trabalho que pode chamar você a qualquer hora.

— Hanoverian é casado.

— Ele se casou quando estava na faculdade.

— Eddison estava ocupado demais sendo preso na época de faculdade — Victor comenta.

Um rubor sobe pela nuca do parceiro.

Inara se interessa.

— Bebida e desordem? Obscenidade e devassidão?

— Agressão.

— Vic...

Mas Victor o interrompe.

— Tanto a polícia local quanto a do campus negligenciaram a investigação de uma série de estupros no campus. Possivelmente de propósito, já que o suspeito era filho do delegado. Não houve processo e a faculdade não impôs nenhuma medida de disciplina.

— E Eddison foi atrás do garoto.

Os dois homens assentiram.

— Um justiceiro. — Ela se recosta na cadeira com uma expressão pensativa. — Quando você não recebe justiça, você a faz.

— Isso foi há muito tempo — resmunga Eddison.

— Foi?

— Eu defendo a lei. Não é perfeita, mas é a lei, e é o que temos. Sem justiça, não temos ordem nem esperança.

Victor observa a menina absorver e processar a informação.

— Gosto da sua ideia de justiça — ela diz finalmente. — Só não tenho certeza de que ela realmente existe.

— Isso — Eddison fala batendo com o dedo na mesa —, isso também é parte da justiça. É onde começamos a encontrar a verdade.

Ela sorri sem entusiasmo.

E dá de ombros.

Ficamos em silêncio por tanto tempo que ele começou a se sentir desconfortável, mexendo-se de forma inquieta pelo penhasco e tirando o suéter por causa do calor refletido pelo teto de vidro. Eu o ignorei, até seu pigarro indicar o desejo de, finalmente, falar algo. Fechei o livro marcando a página com o dedo e olhei para ele.

Desmond recuou.

— Você é, ah... uma pessoa muito *direta*, não é?

— Isso é ruim?

— Não — ele falou devagar, como se não tivesse muita certeza. Depois respirou fundo e fechou os olhos. — Quanto do que meu pai tem me falado é só um monte de merda?

Isso valia procurar o marcador de página. Eu o coloquei onde estava meu dedo e deixei o livro sobre a pedra ao meu lado.

— O que faz você achar que seja?

— Ele está se esforçando demais. E... bem, essa história toda de privacidade. Quando eu era pequeno ele me levou ao escritório dele, me mostrou tudo por lá e explicou que trabalhava muito, e que eu não devia nunca ir até lá e interromper seu trabalho. Ele me *mostrou*. Com este lugar ele nunca fez isso, por isso eu soube que devia haver algo de diferente aqui.

Virei-me para poder encará-lo, sentei de pernas cruzadas sobre a pedra aquecida pelo sol e ajeitei a saia para cobrir tudo que era importante.

— Diferente em que sentido?

Ele seguiu meu exemplo, aproximando-se tanto que nossos joelhos se tocaram.

— Ele realmente resgata vocês?

— Não acha que devia fazer essa pergunta a seu pai?

— Prefiro perguntar para alguém que pode me falar a verdade.

— E você acha que essa pessoa sou eu?

— Por que não? Você é uma pessoa muito direta.

Sorri, apesar de tudo.

— Direta não significa honesta. Às vezes simplesmente significa que eu posso ser bem direta e objetiva com minhas mentiras.

— Então pretende mentir para mim?

— Pretendo dizer para você perguntar para o seu pai.

— Maya, o que meu pai está fazendo de fato aqui?

— Desmond, se você por acaso suspeitasse que seu pai está fazendo alguma coisa imprópria, o que faria? — Será que ele fazia ideia do quão importante sua resposta poderia ser?

— Eu... bem, eu... — Ele balança a cabeça, coçando seus cabelos levemente compridos. — Acho que depende do que é essa coisa inapropriada.

— Então, o que você acha que ele está fazendo?

— Além de trair minha mãe?

Um a zero.

Ele respira fundo de novo.

— Acho que ele vem aqui atrás de sexo com todas vocês.

— E se for isso?

— Ele está traindo minha mãe.

— O que seria problema da sua mãe, não seu.

— Ele é meu pai.

— Não é seu marido.

— Por que você não me dá uma resposta direta?

— Por que está perguntando para mim e não para ele?

— Porque não sei se posso confiar no que ele diz. — O garoto ficou vermelho, como se questionar a palavra do pai fosse, de alguma forma, vergonhoso.

— E você acha que pode confiar em mim?

— Todas confiam. — Ele faz um gesto mostrando o Jardim, o punhado de meninas que podia ficar fora dos quartos quando Desmond estava lá.

Mas as paredes permaneciam abaixadas, escondendo todas as outras meninas que costumavam adular na esperança de obter liberdade, as que tinham o segundo par de asas tatuado no rosto. Escondendo também as choronas, as apáticas e, com exceção de Bliss, as encrenqueiras crônicas. Também ficavam escondidas as paredes que guardavam todas as dúzias de meninas no vidro, e ainda as poucas vitrines vazias que não eram suficientes para guardar a atual geração, e que as levava a se perguntar o que ele ia fazer quando ficasse sem vitrines.

— Você não é um de nós — falei sem rodeios. — E por ser quem é, o que é, nunca será.

— Porque sou privilegiado?

— Mais do que você pode imaginar. Elas confiam em mim porque já provei que podem confiar. Não tenho nenhum interesse em provar isso para você.

— Qual você acha que seria a reação dele se eu perguntasse a verdade?

— Não sei, mas ele vem vindo logo ali, e agradeço se você não perguntar nada para ele na minha frente.

— Não é fácil perguntar nada para ele — o garoto murmurou.

Eu sabia por que isso era verdade para nós. Achei covardia o fato de que, aparentemente, também era verdade para ele.

O pai se juntou a nós e, ficando em pé, sorriu.

— Estão se dando bem, Desmond?

— Sim, senhor. É muito bom conversar com Maya.

— É bom saber. — Ele moveu a mão para tocar meu cabelo, mas no último segundo coçou o próprio queixo. — Já está na hora de irmos encontrar sua mãe para jantar. Eu volto para falar com você mais tarde, Maya.

— É claro.

Desmond levantou e levou minha mão aos seus lábios. Sério mesmo?

— Obrigado pela companhia.

— É claro — repeti, e os vi se afastarem pelo Jardim. Logo estariam sentados na sala de jantar com Eleanor e Avery, uma família perfeitamente normal conversando durante uma refeição, sem se importar com as mentiras que pairavam sobre a mesa como névoa.

Alguns minutos mais tarde, ouvi Bliss se aproximando.

— Que idiota. — Ela bufou.

— Talvez.

— Acha que ele vai procurar a polícia?

— Não — respondi relutantemente. — Acho que não.

— Então ele é um idiota.

Às vezes era difícil argumentar contra a lógica de Bliss. Mas, às vezes, idiotas podiam ser úteis.

— Por que você não acreditava que ele iria à polícia?

— Pelo mesmo motivo pelo qual ele não faria aquelas perguntas importantes ao pai — ela responde, dando de ombros. — Porque estava com medo. E se ele fosse à polícia e a explicação do pai fosse, de fato, verdadeira? Ou pior, e se não fosse? Talvez até quisesse fazer a coisa certa, mas ele mal tinha completado vinte e um anos. Quantos de nós sabemos o que é certo com essa idade?

— Você ainda nem chegou a essa idade — Eddison aponta, e a menina concorda.

— E não afirmo que sei o que é certo. Ele queria acreditar no pai. Nunca tive ninguém em quem quisesse acreditar tanto assim. Nunca senti esse tipo de necessidade de provocar orgulho em alguém.

De repente ela sorri um sorriso suave, ácido e um pouco triste.

— Lotte, no entanto, se preocupava com isso.

— Lotte?

— A filha caçula de Sophia. Lembro que uma vez Sophia estava na escola das filhas às oito e meia da manhã para poder ver a apresentação de teatro das turmas, isso após termos trabalhado até três da manhã. Ela nos contou sobre isso depois de chegar em casa e tirar um cochilo. — O sorriso fica mais largo, mais profundo, e por um momento Victor pensa que está vendo a verdadeira Inara Morrissey, a garota que encontrou um lar naquele apartamento estranho. — Jillie era corajosa, confiante, o tipo de criança capaz de se jogar em qualquer coisa, sem hesitação. Lotte... não era. Garotas que têm irmãs mais velhas como Jillie provavelmente nunca são assim.

"Enfim, lá estávamos nós, sentadas no chão, em volta da mesinha de centro, comendo uma variedade maluca de comida do Taki's. Sophia estava cansada demais para se dar ao trabalho de pôr uma roupa. Ela apareceu na sala só de calcinha, com o cabelo cobrindo a maior parte da tatuagem e pouca coisa dos seios, e sentou para comer. Lotte havia passado semanas tentando decorar as falas, nervosa, e aproveitando todas as chances para treinar com cada uma de nós quando íamos com a mãe dela em uma visita. Por isso, todo mundo queria saber se ela havia lembrado de tudo."

Victor havia assistido a essas apresentações de teatro na escola.

— Ela lembrou?

— Metade. Jillie gritou o resto do texto da plateia. — O sorriso muda, desaparece. — Nunca fui uma pessoa invejosa, nunca vi utilidade nisso. Mas aquelas meninas, o que tinham uma com a outra e com Sophia... aquilo era digno de inveja.

— Inara...

— Dava para pedir qualquer coisa no Taki's — ela interrompe de um jeito brusco, movendo os dedos queimados e cortados como se para se desvencilhar do momentâneo sentimentalismo. — Ficava entre a estação e o nosso prédio, nunca fechava, e ele cozinhava qualquer coisa, mesmo se você comprasse as coisas na lojinha ao lado. A gente trabalhava em um restaurante, então ninguém nunca queria cozinhar.

O momento em que ele poderia ter pressionado passou tão depressa quanto chegou, mas ele o registra. Não é ingênuo a ponto de pensar que ela confia neles. Mesmo assim, não acha que ela tivesse a intenção de revelar tanta emoção. Ela está tão concentrada em esconder o que quer que seja – e ele concorda com Eddison, ela está escondendo alguma coisa importante – que outras coisas começam a fugir do controle.

Apesar de gostar de Inara e de ver as filhas cada vez que olha para ela, Victor tem um trabalho a fazer.

— E o Jardim? — ele pergunta com naturalidade. — Me lembro de você ter falado alguma coisa sobre a Lorraine ter recebido ordens de só preparar comida saudável.

Ela faz uma careta.

— Era tipo refeitório escolar. Ficávamos na fila, pegávamos a refeição e íamos nos sentar em uma das mesas com bancos que realmente faziam com que você se sentisse numa escola. A menos que quisesse levar a bandeja para o quarto, o que era permitido, desde que a bandeja fosse devolvida na refeição seguinte.

— E se você não quisesse comer o que era servido?

—A gente comia o que podia do prato. Se tivesse alguma alergia, tudo bem, mas se não comesse o suficiente, ou se fosse muito seletiva, a coisa podia acabar mal.

🦋

Havia duas gêmeas lá quando eu cheguei. Elas eram idênticas na aparência, assim como as asas tatuadas em suas costas, mas eram pessoas muito diferentes. Magdalene e Magdalena. Maggie, alguns minutos mais velha, era alérgica a tudo. Sério, ela não podia nem ir ao Jardim principal porque não conseguia respirar ali. Se alguém tivesse dificuldade para dormir, só precisava pedir para ela recitar a lista de suas alergias alimentares até que você caísse no sono. Lena, por outro lado, não era alérgica a nada. Em um de seus raros episódios de sensibilidade, o Jardineiro as manteve no mesmo quarto e sempre as visitava ao mesmo tempo.

Lena gostava de correr pelo Jardim e quase sempre acabava molhada, coberta de lama e folhas. Isso criava um problema sério toda vez que ela tentava voltar ao quarto para tomar banho. Mesmo que Maggie estivesse na sala de jantar, ela voltaria mais tarde e, se encontrasse uma folha de grama no chão, fazia um escândalo da porra. Maggie teve alergia aos primeiros vinte sabonetes que o Jardineiro forneceu e, mesmo quando achou um que não desse alergia, ela reclamou de como a pele ficava seca, de como o cabelo ficava sem volume, e sempre, *sempre* de como não conseguia respirar, de como os olhos ficavam embaçados, e nenhuma de nós tinha nenhuma piedade dela, ai, puta merda.

Maggie estava acostumada com os pais se desdobrando para garantir seu conforto o tempo todo.

Mas eu gostava de Lena. Lena nunca reclamava, nem mesmo quando Maggie estava mais chata do que nunca, e ela explorava o Jardim tanto quanto eu. Às vezes o Jardineiro até escondia pequenos tesouros para ela encontrar, simplesmente por saber que ela os encontraria. Ela adorava rir e agarrava todas as oportunidades para isso, fazendo com que ela tivesse sempre uma atitude de eterna alegria que poderia ser muito irritante se você não *soubesse* que ela conhecia a gravidade da situação. Ela escolhia ser feliz porque não gostava de ficar triste ou brava.

Lena tentou me explicar tudo isso, e eu entendi mais ou menos, mas não realmente, porque, vamos encarar: eu sou não sou esse tipo de pessoa. Eu não escolho ficar triste ou brava, mas não é que eu escolha ser feliz também.

Maggie nunca comia com a gente, porque dizia que o simples fato de estar na mesma sala com coisas provocaria uma reação alérgica severa. Sua irmã quase sempre tinha que levar uma bandeja com comida que fora preparada especialmente para ela e depois tinha que buscar a bandeja antes da refeição seguinte. Mas Lena tinha tempo para isso, porque devorava em cinco minutos qualquer refeição que fosse posta diante dela. Lena comia de tudo sem reclamar.

E Lena era uma das poucas pessoas no Jardim por quem eu realmente temia, porque muitas ali entendiam que, se o Jardineiro mantinha as gêmeas como uma dupla em todas as coisas, não seria diferente na morte.

Elas estavam ali havia seis meses quando eu cheguei, com Lyonette mantendo um bloqueio especial entre Maggie e o restante do nosso mundinho, e felizmente o Jardineiro parecia se divertir com a necessidade de atenção de Maggie.

Pelo menos até que ele deixou de se divertir.

Eu estava lá quando a mudança começou, e não havia mais Lyonette para fazer o bloqueio.

De vez em quando, o Jardineiro sentia necessidade de jantar com todas nós, como um rei com sua corte. Ou, como Bliss dizia, como um sultão e seu harém. Ele mandou Lorraine avisar na hora do café da manhã que estaria presente no jantar daquela noite, acho que para capricharmos na aparência.

Naquela tarde, eu estava no quarto de Danelle com uma bacia de água, de modo que eu pudesse molhar cuidadosamente seus cabelos cacheados cada vez antes de escová-los. Ela estava sentada à minha frente na cama, enrolando fitas em volta de mechas do cabelo de Evita antes de prendê-las todas juntas na parte de trás de sua cabeça loira. Eu trançava mechas finas do cabelo de Danelle para usar algumas delas para fazer dois coques altos, enquanto as outras ficavam soltas sobre suas costas. Eram finas demais para esconder as asas, mas representavam seu pequeno gesto de desafio. Hailee estava sentada atrás de mim fazendo alguma coisa com uma escova e grampos, e Simone estava atrás dela com fitas, bobes e óleo.

Eu nunca tinha ido a um baile escolar, mas talvez parecesse que estávamos nos preparando para alguma coisa assim, alguma coisa divertida e maravilhosa, alguma coisa pela qual valia a pena esperar, e que no fim da noite deixava uma coleção de lembranças a serem guardadas com carinho. Não era muito isso que acontecia no Jardim. Por causa da bacia de água e da chance de respingos, estávamos usando somente as roupas de baixo, e ninguém ali ria ou conversava como provavelmente estariam fazendo garotas que se preparavam para ir a um baile.

Lena entrou, ainda pingando do chuveiro – ou, conhecendo ela, de um mergulho na lagoa – e se largou no chão.

— Ela disse que não vai.

— Ela vai — murmurou Danelle.

Terminei a última trança e a soltei sobre suas costas.

— Ela diz que não.

— Nós vamos cuidar disso. — Ela bateu de leve na parte de trás da cabeça de Evita e deslizou para fora da cama com a escova. — Sente-se. — E se ajoelhou atrás de Lena, que obedeceu prontamente.

Esse deveria ter sido o fim da conversa, principalmente depois de Danelle ter ido ao quarto de Maggie, mas, enquanto nos vestíamos e íamos para o corredor, ainda ouvíamos a discussão entre as duas. Alguma coisa foi jogada contra a parede e se quebrou, e um minuto depois Danelle saiu do quarto com as bochechas rosadas. Só partes da marca deixada pelas mãos aparecia por entre as asas vermelhas e roxas.

— Ela está se vestindo. Vamos.

O Jardineiro ainda não estava na sala de jantar quando chegamos em duplas, como Madeline e suas colegas de classe. Danelle e eu ficamos para trás enquanto as outras entravam, algumas torcendo os vestidos para garantir um caimento perfeito, outras ajeitando um grampo aqui ou ali. Quando todas estavam sentadas, eu me apoiei na parede.

— Será que ela está mesmo se vestindo?

Danelle revirou os olhos.

— Espero que sim, pelo amor de Deus.

— Acho que vou lá garantir que esteja.

— Maya... — Ela parou, depois balançou a cabeça. — Esquece, vai lá. Faça o que você sabe fazer. — Depois que Lyonette foi para o vidro, Danelle deixou de lado a apatia que havia adquirido após deixar de se comportar como uma puxa-saco para poder me ajudar. Eu ainda não tinha encontrado um jeito de dizer a ela o quanto era grata por isso.

Maggie não estava se vestindo. Na verdade, ela estava muito ocupada tentando colocar todas as roupas, que dividia com a irmã, no vaso sanitário. Ela se encolheu quando pigarreei parada na porta, depois ofegou cansada do exercício, enquanto me encarava de modo desafiador. Seu cabelo tinha o mesmo tom escuro de loiro do Jardineiro e de Avery, e naquele momento estava todo bagunçado em volta de seu rosto. Com aqueles olhos castanhos e nariz pronunciado, ela poderia se passar tranquilamente por filha dele.

E isso é, sabe, eca.

— Eu não vou.

— Ah, vai, sim, porque está colocando sua irmã em perigo.

— E ela não me põe em *perigo* todas as vezes que entra aqui coberta de coisas que podem me matar?

— Alergia é bem diferente de enfurecer o Jardineiro, e você sabe disso.

— Eu não vou! Não vou, não vou, não vou!

Dei uma bofetada nela.

O estalo ecoou no quarto pequenino, e a pele de seu rosto se tingiu imediatamente de rosa com o impacto. Ela olhou para mim e pude ver seus olhos se enchendo de lágrimas, enquanto ela levava a mão ao rosto para cobrir a bochecha dolorida. Avery não tinha permissão para tocá-la por causa das alergias, e eu duvidava que ela tivesse apanhado alguma outra vez na vida, embora fosse muito rápida em agredir outras meninas. Enfim, assim que o choque a fez ficar quieta, eu agarrei seu cabelo e prendi num coque no alto da cabeça, segurando o arranjo com alguns grampos.

Depois segurei firmemente seu braço e a arrastei para o corredor.

— Venha logo.

— Eu não vou! — Ela soluçou e arranhou minha mão e meu braço. — Não!

— Se você tivesse sido ao menos um pouco madura, podia ter se vestido e se acalmado, e tudo isso terminaria em uma hora, mas não, tinha que ser a princesinha mimada, e agora vai aparecer sem roupa e desgrenhada, e quero ver *você* explicar ao Jardineiro por que o desrespeita desse jeito.

— Fala para ele que estou doente!

— Ele já sabe que você não está — resmunguei. — Lorraine teria falado para ele, ou será que você não achou estranho que ela checou absolutamente todas nós hoje à tarde?

— Mas isso foi horas atrás!

— Você ficou com todas as alergias e Lena ficou com toda a inteligência — murmurei, soprando uma mecha de cabelo que entrou na minha boca. — Magdalene, por favor, tente não ser uma *completa* idiota. É uma refeição. Sua comida ainda vai ser preparada separadamente, e nós vamos sentar você na ponta da mesa, longe do prato de todo mundo.

— Por que nenhuma de vocês entende? — Ela tentou me chutar e, quando não conseguiu, tentou se jogar no chão. Eu a continuei arrastando até que a fricção na lateral de seu corpo a convenceu a ficar em pé novamente. — Eu posso ficar doente de verdade! Posso morrer!

Minha paciência acabou.

Eu a virei e a empurrei com força contra uma das vitrines, posicionando sua cabeça no meio das asas de tinta. A garota no vidro estivera lá antes de Lyonette, antes da que havia recebido Lyonette, e nenhuma de nós sabia o nome dela, só que ela era uma *Agraulis vanillae*, ou Fritilária do Golfo, e que merda de coisa para se saber.

— Se não for jantar com a gente, você *vai* morrer, e sua irmã também. Para de ser sem noção, porra.

Ela começou a chorar mais ainda, soluçando alto e transbordando meleca pelo nariz. Enojada, segurei de novo seu braço e virei pelo corredor.

O Jardineiro estava parado na porta da sala de jantar, com os braços cruzados e a testa franzida.

Merda.

— Algum problema, moças? — ele perguntou.

Olhei para Maggie, nua e soluçando, e vi a marca rosada da minha mão em seu rosto, bem como o começo do que seria um lindo hematoma na parte de seu braço que eu havia apertado.

— Não?

— Sei.

E, infelizmente, ele sabia. Sentado entre mim e Danelle na ponta da mesa, ele observou durante todo o jantar Maggie cutucar a comida sem comer nada. Viu quando ela se recusou a participar da conversa, inclusive se negando a responder a perguntas que eram feitas diretamente para ela. Ele a observou colocar o copo de água gelada sobre o rosto, enquanto Danelle fingia que sua bochecha inchada simplesmente não a incomodava, e a viu se encolher até onde podia para esconder a própria nudez atrás da mesa.

Estávamos sentadas meio constrangidas comendo cheesecake e tomando café, quando ele pigarreou e se inclinou para mim.

— A bofetada era realmente necessária?

— Sim, para acalmá-la.

— E isso por acaso é calma?

Pensei no melhor jeito de responder. Não queria prejudicar Maggie – na verdade, Lena –, mas também não ia me prejudicar.

— *Mais* calma.

Ele só assentiu e, quando olhei para Danelle e vi a resignação sombria em seus olhos, senti meu estômago encolher.

— Quanto tempo? — Eddison pergunta.

— Duas semanas depois — ela murmura. — Conhece aquele ditado que não se pode apagar o que foi visto? Depois daquela noite, ele estava sempre de cara feia quando olhava para qualquer uma das gêmeas. Então, uma noite as paredes desceram. Dois dias depois, elas foram colocadas imediatamente à direita da sala de jantar.

Victor entrega a ela a pilha de fotos do corredor. Um minuto depois, ela devolve a pilha com uma foto diferente no topo.

— Juntas?

— Na morte assim como na vida — ela concorda com um tom sombrio.

Lado a lado na mesma vitrine, as gêmeas foram postas de mãos dadas.

— *Calephellis muticum*, a Metálica do Pântano — a menina acrescenta enquanto ele passa um dedo sobre o contorno das asas manchadas de laranja e cobre. Uma tem a cabeça apoiada no ombro da outra; a cabeça da irmã descansa sobre a dela. Elas parecem...

— Nunca se deram tão bem enquanto estavam vivas.

Ela pega a pilha de fotos do corredor, olhando uma por uma com uma expressão indecifrável. Depois de um momento, começa a separá-las em duas pilhas distintas diante dela. Quando termina, a pilha da esquerda é bem mais alta. Ela a empurra para o outro lado da mesa, depois põe as mãos sobre a pilha menor, os dedos entrelaçados.

— Conheço essas meninas — fala em voz baixa. Ainda é impossível decifrar a expressão em seu rosto. — Algumas não muito bem, e outras eram como pedaços da minha alma, mas eu conheço essas meninas. Sei que nome ele deu a cada uma delas. E depois que Lyonette apresentou a gente para Cassidy Lawrence, para a parte que poderia continuar viva depois que Lyonette fosse para o vidro, outras usaram as horas que antecederam a morte para contar que nome tinham antes.

— Sabe o nome verdadeiro dessas meninas?

— Não acha que, em algum momento, o nome de Borboletas se tornou o nome verdadeiro?

— Ok. Você sabe o nome legal delas, então?

— De algumas.

— Nós já poderíamos estar entrando em contato com as famílias agora — diz Eddison. — Por que não falou antes?

— Porque não gosto de você — ela responde sem rodeios, e o agente arranca as fotos das mãos dela.

A menina arqueia uma sobrancelha.

— Você realmente acredita que saber a verdade encerra a história, não é? — ela pergunta. O tom de sua voz pode ser de incredulidade ou deboche; Victor não consegue ter certeza. Talvez seja alguma coisa completamente diferente.

— As famílias merecem saber o que aconteceu.

— É mesmo?

— Sim! — Empurrando a cadeira para trás, Eddison levanta e começa a andar nervosamente na frente do espelho de observação. — Algumas esperam há *décadas* por notícias de seus entes queridos. Se eles pudessem saber, saber que podem desistir...

Os olhos dela o acompanham de um lado para o outro na salinha.

— Então você nunca soube.

— O quê?

— Quem quer que seja que tenha desaparecido. Você nunca soube o que houve com essa pessoa.

Victor resmunga um palavrão ao ver a expressão chocada do parceiro. A menina é boa, é preciso admitir. Não que seja difícil irritar Eddison, mas atingi-lo profundamente?

— Vai pedir comida para nós — Victor ordena. — Dá um tempo, alguns minutos.

Eddison sai e bate a porta.

— Quem foi? — Inara pergunta.

— Acha mesmo que é da sua conta?

— Quanto do que me perguntou é da sua?

Não é a mesma coisa, e os dois sabem disso.

— Não acho que saber a verdade ajuda — Inara fala depois de um momento. — Estejam meus pais vivos ou mortos, isso não irá mudar o que aconteceu no passado. Parou de doer há muito tempo, assim que aceitei que eles não iam voltar.

— Seus pais escolheram ir embora — ele lembra. — Vocês não escolheram ser raptadas.

Ela olha para as mãos queimadas.

—Acho que não vejo diferença.

— Se uma das filhas de Sophia fosse raptada, acha que ela teria sossego enquanto não soubesse o que aconteceu?

Inara pisca.

— Mas como pode ajudar saber que estão mortas há anos, que foram estupradas e assassinadas, e depois violadas novamente na morte?

— Ajuda porque não é mais preciso especular. Não acha que as meninas do apartamento ficaram preocupadas com você?

—As pessoas vão embora. — Ela dá de ombros.

— Mas você teria voltado se pudesse — Victor arrisca.

A menina não responde. Será que ela alguma vez pensou em voltar? Ou ao menos pensou na possibilidade de poder voltar?

Ele suspira e passa as mãos no rosto num gesto de cansaço. Nenhum dos dois vai ganhar esse debate.

Eddison abre violentamente a porta e entra novamente na sala. Victor resmunga um palavrão e começa a se levantar, mas Eddison balança a cabeça.

— Quero dispensa, Victor. Sei reconhecer meu limite.

Atravessar essa fronteira na faculdade fez o FBI decidir que queria contratá-lo. Atravessá-la de novo algumas vezes depois disso só causou problemas. Por baixo dos resquícios de fúria, porém, Victor consegue enxergar a determinação calma. E isso é suficiente para ele se sentar de novo. Só por precaução, ele se acomoda na beirada da cadeira.

Eddison dá a volta na mesa para poder se inclinar sobre Inara.

— Como você gosta de dizer, é o seguinte: muita gente desaparece. Lamento que sua família tenha sido uma merda. De verdade. Nenhuma criança merece crescer desse jeito. Lamento que ninguém tenha sentido sua falta, mas isso não te dá o poder de decidir por todas aquelas outras garotas se alguém sente ou não sente a falta delas.

Ele põe um porta-retratos em cima da mesa. Victor não precisa nem olhar para saber o que a moldura guarda.

— Essa é minha irmã, Faith — diz Eddison. — Ela desapareceu aos oito anos, e não, nunca mais tivemos notícias. Não sabemos nem ao menos se ela está viva ou morta. Minha família passou vinte *anos* procurando e esperando qualquer notícia que fosse. Se tivéssemos ao menos encontrado seu corpo, então saberíamos. E enfim, eu poderia parar de olhar para loiras de vinte e tantos anos imaginando se uma delas é a Faith, se estou passando por ela e não sei. Minha mãe poderia parar de atualizar os websites que ela espera que Faith veja. Meu pai poderia cancelar a oferta de recompensa em dinheiro, valor esse que ele economiza há anos, e então consertar a casa que está desmoronando em volta deles. Poderíamos finalmente deixar minha irmã descansar e seguir em frente. Não saber é paralisante. Vai demorar um bom tempo para tirar aquelas meninas da resina, mais tempo ainda para conseguir identificá-las. Muito tempo. Você tem a chance de dar paz àquelas famílias. Tem a chance de deixar que finalmente chorem seu luto e depois sigam em frente. Você tem a possibilidade de devolver aquelas meninas às famílias delas.

A menininha na foto usa uma tiara de glitter cor-de-rosa e uma fantasia de Tartaruga Ninja com máscara e um tutu cor-de-rosa, e segura uma fronha da Mulher-Maravilha em uma das mãos. Um Eddison muito mais novo segura sua outra mão, sorrindo para ela. Ele não usa fantasia, mas a menina que sorri para ele sem os dentes da frente não parece se incomodar com isso.

Inara toca o sorriso infantil protegido pelo vidro. Ela tocou a foto de Lyonette do mesmo jeito.

— Ele tirava fotos nossas — comenta depois de um tempo. — Frente e costas, depois que as tatuagens ficavam prontas. Se ele as tirava, possivelmente ele as guardava em algum lugar. Não era em sua suíte no Jardim – eu procurei lá uma vez –, mas Lyonette achava que ele devia manter as fotos em algum álbum, para poder ter a companhia das imagens quando tivesse que se ausentar do Jardim. — Ela estuda a imagem por mais um momento, depois devolve o porta-retratos ao agente. — Lotte tinha quase oito.

— Vou chamar a perícia — Eddison avisa Victor — e pedir para que vasculhem a casa novamente. — Ele ajeita cuidadosamente o porta-retratos embaixo do braço e sai da sala.

O silêncio que fica é rompido por uma bufada de Inara.

— Ainda não gosto dele.

— É um direito seu — Victor responde, rindo. — Desmond viu esse álbum?

Ela dá de ombros.

— Se viu, nunca falou nada.

— Mas em algum momento ele descobriu o verdadeiro propósito do Jardim.

— Em algum momento.

🦋

Era mais de meia-noite de uma quinta-feira quando Desmond usou sua senha pela primeira vez. Bom, tecnicamente já era sexta-feira. Foi uma semana depois de o pai ter finalmente programado seus dados no sistema de segurança, semana essa de visitas acompanhadas pelo pai, em que ele não fez perguntas nem mesmo quando o pai se afastava. Fazia três semanas que ele conhecia o Jardim, mas não o verdadeiro.

Eu havia passado a maior parte do dia isolada no quarto de Simone, ajudando com compressas frias e copos de água, enquanto ela sofria com vômitos e uma constante náusea. Até então havíamos conseguido mantê-la afastada de Lorraine, mas já era o terceiro dia seguido e eu não sabia por quanto tempo ainda poderíamos esconder isso. Considerando a náusea e alguns pontos específicos de sensibilidade, eu tinha o mau pressentimento de que Simone estava grávida.

Como nenhum método contraceptivo é completamente infalível, isso acontecia às vezes, mas o resultado final era sempre o mesmo: mais uma vitrine ocupada e um quarto temporariamente vazio. Eu acho que Simone ainda não tinha se dado conta de sua situação. Ela achava que

Avery tinha levado mais uma virose ao Jardim. Ela finalmente dormiu, com uma das mãos sobre a barriga, e Danelle havia prometido ficar com ela até de manhã.

O cheiro de vômito azedo estava grudado em mim e era forte o bastante para me deixar enjoada também. Fazia tempo que eu havia conquistado o privilégio de usar meu chuveiro quando quisesse, mas a ideia de ficar presa em outro quartinho era quase fisicamente dolorosa. Parei no meu quarto só para jogar o vestido e a calcinha no cano da lavanderia – que era estreito demais para uma pessoa caber nele, como Bliss havia me informado – e saí para ir ao Jardim.

À noite, o Jardim era um lugar de sombras e luar, onde era possível perceber mais claramente todas as ilusões que o haviam transformado no que era. Durante o dia havia conversas e movimento, às vezes brincadeiras e canções, e isso tudo encobria o ruído dos canos que levavam água e nutrientes aos canteiros, dos ventiladores que faziam o ar circular. À noite, a criatura que era o Jardim despia sua pele sintética para mostrar o esqueleto embaixo dela.

Eu gostava do Jardim à noite pela mesma razão que amava os contos de fadas em suas versões originais. Ele era o que era, nem mais nem menos. A menos que o Jardineiro nos visitasse, a escuridão no Jardim era o mais próximo que conseguíamos chegar da verdade.

Atravessei a caverna e fui para a cachoeira, deixando a água cair sobre mim e lavar a acidez da doença e da morte iminente. O fluxo de água era forte o bastante para massagear meus músculos doloridos e cansados depois de três dias empoleirada em um banquinho desconfortável cuidando de uma amiga doente e esperando que a qualquer momento Lorraine ou o Jardineiro aparecessem para investigar. Deixei a água cair forte sobre mim, lavando tudo aquilo, e depois usei as pedras molhadas como apoio para subir até o penhasco e a pedra do banho de sol. Torci o cabelo para tirar o excesso de água e me deitei de costas, de olhos fechados, esparramada sem nenhuma elegância sobre a rocha ainda morna pelos resquícios do calor do sol daquele dia. Conseguia sentir meus músculos relaxarem lentamente conforme eu respirava.

— Direta, mas nada modesta.

Sentei-me tão depressa que senti algum músculo se repuxar em minhas costas e passei vários minutos xingando gente que não sabe anunciar sua presença com antecedência. Desmond estava parado no caminho a cinco ou dez metros de distância, com as mãos enfiadas nos bolsos, olhando para as placas de vidro do teto da estufa.

— Boa noite — falei, azeda, ajeitando-me em uma posição mais confortável sobre a rocha. Todas as minhas roupas estavam no quarto ou na lavanderia esperando para serem lavadas, o que tornava inútil gritar ou tentar achar algo para me cobrir. — Veio apreciar a paisagem?

— Mais paisagem do que eu esperava.

— Pensei que estivesse sozinha.

— Sozinha? — ele repetiu, olhando nos meus olhos e tomando muito cuidado para não olhar mais para baixo. — Em um jardim cheio de meninas?

— Meninas essas que estão ou dormindo ou ocupadas em seus quartos — retruquei.

— Ah.

Durante um tempo, nenhum de nós disse mais nada. Não era meu papel alimentar a conversa, com certeza, por isso me virei sobre a pedra e olhei para o Jardim, fiquei observando a superfície da lagoa ondular e dançar onde a água desaguava no riacho. Depois de um tempo ouvi os passos dele na pedra e vi alguma coisa escura balançar na minha frente. Quando estendi a mão para tocá-la, ela caiu no meu colo.

O suéter dele.

A cor era difícil de determinar à luz da lua, talvez um tom de vinho, e havia um brasão de faculdade bordado em um lado do peito. Tinha cheiro de sabonete, loção pós-barba e cedro, alguma coisa quente e masculina e bem pouco familiar ali no Jardim. Prendi meus cabelos molhados em um coque bagunçado no topo da cabeça e vesti o suéter e, quando eu estava toda coberta, ele se sentou ao meu lado na pedra.

— Não consegui dormir — comentou em voz baixa.

— E por isso veio para cá.

— Eu simplesmente não consigo entender este lugar.

— Considerando que ele não faz nenhum sentido, é compreensível.
— Então você não está aqui porque quer.

Suspirei e revirei os olhos.

— Pare de procurar por informações que não tem intenção de usar.
— Como sabe que não vou usar?
— Porque você quer que ele se orgulhe de você — falei com tom seco. — E você sabe que, se contar para alguém sobre isso aqui, esse não será o sentimento que irá provocar nele. Sendo assim, que diferença faz se estamos aqui por opção ou não?
— Você... Você deve achar que sou um ser humano desprezível.
— Acho que tem potencial para ser. — Olhei para seu rosto triste, franco, e decidi correr um risco pela primeira vez desde que tinha chegado ao Jardim. — Mas eu também acho que você tem potencial para ser melhor.

Ele ficou em silêncio por um bom tempo. Um passo tão pequeno, uma cutucada de forma tão sutil, mas parecia algo tão grande. Como pode um pai ter tanto controle sobre um filho, a ponto de conquistar seu orgulho ser mais importante que fazer o que era certo?

— Nossas escolhas nos fazem ser quem somos — ele disse depois de um tempo.

Não era o que eu chamaria de uma resposta relevante.

— Que escolhas você está fazendo, Desmond?
— Não acho que esteja fazendo nenhuma escolha neste momento.
— O que significa que, automaticamente, você está fazendo as escolhas erradas. — Ele endireitou as costas, abriu a boca para protestar, mas eu estendi a mão. — Não fazer uma escolha *é* uma escolha. Neutralidade é um conceito, não um fato. Ninguém vive a vida desse jeito, não realmente.
— Deu certo com a Suíça.
— Para a nação, talvez. Mas como acha que os cidadãos se sentiram quando souberam o que sua neutralidade permitiu que acontecesse? Quando souberam dos campos de concentração, das câmaras de gás, dos experimentos, acha que ficaram contentes com sua neutralidade?

— Então por que não vai embora? — ele perguntou de forma autoritária. — Em vez de julgar meu pai por lhe dar comida, roupa e um abrigo confortável, por que não volta para a rua?

— Você não acha realmente que nós temos senhas, acha?

Ele murchou, a indignação desaparecendo tão depressa quanto havia surgido.

— Ele mantém vocês trancadas aqui?

— Colecionadores não deixam as borboletas voando livres. Isso contraria o propósito da coisa.

— Você podia pedir.

— Não é fácil pedir alguma coisa para ele — falei, imitando o que ele mesmo havia dito cerca de uma semana antes.

O menino sentiu o golpe.

Ele era cego, mas não era burro. O fato de escolher ignorar a verdade me irritava muito. Tirei o suéter, joguei no colo dele e desci da pedra escorregando.

— Obrigada pela conversa — resmunguei, andando depressa pelo caminho que descia ao piso principal a partir da parte de trás do precipício. Dava para ouvir seus movimentos atrapalhados ao vir atrás de mim.

— Maya, espera. Espera! — A mão dele segurou meu pulso e me puxou para trás, fazendo-me quase cair. — Desculpa.

— Está se colocando entre mim e a comida. Pode pedir desculpas por isso, se quiser, e então saia do meu caminho.

Ele soltou meu pulso, mas continuou me seguindo pelo Jardim. Pulou o riacho estreito na minha frente e depois estendeu a mão para me ajudar do outro lado, o que eu achei bizarro e, ao mesmo tempo, encantador. As luzes principais da sala de jantar e da cozinha estavam apagadas, mas uma luminária era mantida acesa sobre o fogão caso alguém quisesse fazer um lanche à noite. A visão do grande refrigerador fechado o distraiu por um momento.

Abri a porta da geladeira menor e observei o que havia lá dentro. Estava com fome, mas ficar perto de alguém que não parava de vomitar não ajudava a abrir o apetite. Nada parecia interessante.

— O que é isso nas suas costas?

Bati a porta da geladeira de modo a bloquear a luz interna, mas era tarde demais.

Ele se aproximou de mim e me levou para perto do fogão e, com a ajuda da luz fraca da luminária, estudou as asas em todos os seus delicados detalhes. Em circunstâncias normais, eu poderia facilmente ter esquecido como elas eram. Ele nos dava espelhos se pedíssemos. Eu nunca pedi. Bliss, no entanto, fazia questão de mostrar suas asas para todo mundo sempre que podia.

Para não esquecermos quem éramos.

Borboletas são criaturas de vida curta, e isso também fazia parte da mensagem que ela transmitia para outras.

Os dedos dele tocaram os veios marrons mais escuros contrastando com o castanho-claro das asas superiores, seguindo as linhas que se abriam e espalhavam dentro dos delicados formatos das asas. Eu fiquei quieta, apesar dos arrepios que a exploração hesitante provocava em minhas costas. Ele não havia pedido autorização para isso, mas no momento pensei que tal pai, tal filho. Fechei os olhos, cerrei os punhos e senti os dedos descendo para as asas inferiores, que eram cor-de-rosa e roxas. Ele não seguia as linhas que desciam, mas sim as que se dirigiam à minha coluna, até poder deslizar o polegar por toda a extensão de tinta preta que descia pelo centro das minhas costas.

— É lindo — ele sussurrou. — Por que uma borboleta?

— Pergunte ao seu pai.

De repente a mão dele começou a tremer sobre minha pele, tocando a marca de posse do pai. Mas ele não a removeu de minhas costas.

— Ele fez isso com você?

Não respondi.

— Doeu muito?

O que doeu mais foi ficar lá deitada *deixando* que ele fizesse a tatuagem, mas não foi essa minha resposta. Não falei que doía pra cacete ver aquelas primeiras linhas surgirem nas costas de cada menina nova, não contei que a minha pele ficou tão seca e machucada que não pude dormir de costas durante semanas a fio, não disse que ainda não conseguia dormir de bruços porque simplesmente estar nessa posição me fazia lembrar aquele primeiro estupro sobre a mesa de tatuagem, quando ele me penetrou e me deu um nome novo.

Não falei nada.

— Ele... Ele faz isso com todas vocês? — Desmond perguntou, abalado.

Assenti.

— Ai, meu Deus.

Corra, gritei em silêncio. *Corra e avise a polícia, ou abra as portas e deixe que nós mesmas iremos contar à polícia. Faça alguma coisa, qualquer coisa, além de ficar aí parado!*

Mas ele não fez nada. Ficou atrás de mim, tocando o mapa de tinta e cicatrizes, até o silêncio se tornar um ser vivo e ofegante entre nós. Então eu me mexi, abri a geladeira de novo e fingi que tudo aquilo era algo muito natural. Peguei uma laranja, fechei a porta com o quadril e me apoiei à bancada. Não era bem uma ilha daquelas de cozinha americana, mas criava uma divisória entre a cozinha e a sala de jantar.

Desmond tentou se juntar a mim ali, mas suas pernas cederam e ele se deixou escorregar para o chão perto dos meus pés, com as costas apoiadas nos armários. Seu ombro roçava contra meu joelho enquanto eu descascava a laranja com movimentos ordenados. Eu sempre tentava tirar a casca inteira de uma vez, em uma espiral perfeita. Nunca havia conseguido. Ela sempre quebrava em algum lugar.

— Por que ele faz isso?

— Por que você acha?

— Merda. — Ele se encolheu todo, dobrando o corpo sobre os joelhos à sua frente, os braços cruzados sobre a parte de trás da cabeça.

Soltei o primeiro gomo da laranja e chupei todo seu suco até deixá-lo seco, pondo as sementes em cima da casca.

E o silêncio crescia.

Quando tirei todo o suco do gomo, eu o enfiei na boca e mastiguei. Hope sempre debochava de mim por causa do meu jeito de chupar laranja, dizendo que eu fazia os meninos se sentirem desconfortáveis.

Eu mostrava a língua para ela e respondia que os meninos não precisavam olhar. Desmond com certeza não estava olhando. Passei para o segundo gomo, depois para o terceiro e o quarto.

— Ainda acordada, Maya? — A voz do Jardineiro veio da porta. — Está se sentindo mal?

Desmond levantou a cabeça, o rosto pálido e chocado, mas não levantou e nem fez nada que pudesse denunciar sua presença. Ali onde estava, sentado no chão na frente dos armários, ele só seria visto se o Jardineiro contornasse o balcão e olhasse para baixo. O Jardineiro nunca entrava na cozinha.

— Estou bem — respondi. — Só decidi fazer um lanche depois do banho de cachoeira.

— E não quis perder tempo se vestindo? — Ele riu e entrou na sala de jantar, sentando-se na larga cadeira estofada que era reservada para ele. Até onde eu sabia, o Jardineiro nunca tinha visto a coroa que Bliss havia riscado na parte de trás do encosto. A cadeira parecia um trono, tenho que reconhecer, com almofadas de veludo vermelho e feita com uma madeira polida quase preta que se erguia em desenhos ornamentados acima da altura da cabeça dele. Empurrando a cadeira para trás, ele apoiou um cotovelo na beirada da mesa, porque o móvel não tinha apoios para os braços.

Dei de ombros e peguei outro gomo da laranja.

— Achei meio bobo me preocupar com isso.

Ele parecia estranhamente casual sentado ali nas sombras, vestindo somente as calças de um pijama de seda. A aliança de casamento brilhava à luz da luminária sobre o fogão. Não conseguia saber se ele estava dormindo em sua suíte ou se estivera com alguma das outras meninas, apesar de que ele não costumava dormir nos nossos quartos. A não ser que a esposa estivesse fora da cidade, ele passava pelo menos uma parte da noite na casa que eu nunca vi e não conseguia ver, nem de cima da árvore mais alta do Jardim.

— Vem cá, senta aqui comigo.

No chão, Desmond cobriu a boca com a mão fechada, e de seu rosto surgiu uma expressão de sofrimento.

Deixei o resto da laranja em cima da bancada com a casca e as sementes, dei a volta no balcão e, obedientemente, me aproximei dele. Começava a me sentar no banco mais próximo, mas ele me puxou para seu colo. Uma das mãos afagava minhas costas e o quadril, gesto que ele fazia sem nem ao menos perceber, e a outra segurava uma das minhas mãos sobre minha coxa.

— O que as meninas têm achado de Desmond vir até *aqui*?

Se ao menos fizesse ideia de quão *aqui* Desmond estava, duvido que estaríamos falando sobre isso.

— Elas estão... desconfiadas — respondi finalmente. — Acho que estamos esperando para ver se ele é mais parecido com você ou com o Avery.

— E esperando que ele seja como? — Olhei para ele de lado, e o Jardineiro riu e beijou meu pescoço. — Não podem estar com medo dele. Desmond jamais machucaria alguém.

— Tenho certeza de que todas vão se acostumar com ele aqui.

— E você, Maya? O que acha do meu filho mais novo?

Quase olhei para a cozinha, mas, se ele não queria que o pai soubesse que estava ali, não seria eu que o delataria.

— Acho que ele está confuso. Não sabe bem o que acontece aqui. — Respirei fundo, dei a mim mesma um momento para me convencer de que a próxima pergunta era pelo Desmond, para ajudá-lo a enxergar a realidade do Jardim. — Por que as vitrines?

— Como assim?

— Depois de manter a gente aqui, por que ainda mantém a gente aqui?

Ele demorou para responder. Os dedos acompanhavam os desenhos em minha pele.

— Meu pai colecionava borboletas — disse depois de um tempo. — Ele as caçava ou pagava alguém para caçar quando ele mesmo não conseguia capturá-las em boas condições e depois as prendia em suas vitrines enquanto ainda estavam vivas. Todas tinham um fundo de veludo preto e uma plaquinha de bronze com ambos os nomes, o comum e o científico. Era um verdadeiro museu de insetários nas paredes de seu escritório. Às vezes ele pendurava os bordados que minha mãe fazia entre as vitrines. Às vezes eram borboletas solitárias, outras vezes eram buquês inteiros arranjados em lindas cores sobre o tecido.

A mão dele deixou minha coxa e subiu por minhas costas, traçando as asas. Ele nem precisava olhar para elas para saber quais eram suas formas.

— Ele era mais feliz quando estava naquela sala e depois que se aposentou ficava lá quase o dia inteiro, todos os dias. Mas um pequeno curto-circuito provocou um incêndio naquela parte da casa, e toda a coleção de borboletas que ele havia passado décadas montando e organizando foi destruída. Depois daquilo ele nunca mais foi o mesmo e morreu pouco tempo depois; acho que sentiu que toda sua vida havia sido queimada naquele incêndio. No dia seguinte ao funeral, minha mãe e eu tivemos que ir a uma feira do Dia da Independência na cidade, pois eles iam entregar um prêmio à minha mãe por seu trabalho de caridade e ela não queria deixar de ir para não desapontar as pessoas. Eu a deixei com alguns amigos e fui andar um pouco pela feira, e foi então que a vi: uma menina usando uma máscara de borboletas feita com penas e distribuindo borboletinhas de penas e pétalas de rosa de seda para as crianças que passavam pelo labirinto de seda. Ela era tão vibrante, tão colorida e tão cheia de vida que era difícil acreditar que borboletas podiam morrer. Quando sorri para ela e entrei no labirinto, ela me seguiu. Depois disso, não foi muito difícil levá-la para casa. No começo eu a mantive no porão, até conseguir construir o jardim e fazer dele um lar de verdade. Eu estava na faculdade e tinha acabado de assumir os negócios do meu pai e pouco tempo depois me casei. Acho que ela se sentia muito sozinha, mesmo depois que a levei para o jardim, então eu trouxe Lorraine e outras meninas para fazerem companhia para ela.

Ele estava absorvido por suas lembranças, mas não parecia sofrer por elas. Para ele, tudo isso fazia sentido, tudo isso era correto. Em vez de levar sua Eva para um jardim, ele construiu o jardim em volta dela e assumiu o papel do anjo com a espada de fogo para mantê-la lá dentro. Ele me ajeitou em seu colo e me puxou contra seu peito até que pudesse deitar minha cabeça entre seu pescoço e seu ombro.

— A morte dela me deixou arrasado, e eu não suportava pensar que aquela existência breve era tudo que ela teria. Não queria esquecê-la. Enquanto pudesse me lembrar dela, uma parte sua ainda estaria viva. Por isso, construí as vitrines e pesquisei como preservá-la e impedir a decomposição.

— A resina — sussurrei, e ele assentiu.

— Mas antes de tudo o embalsamento. Por mais incrível que possa parecer, minha empresa tem formaldeído e resinas de formaldeído na divisão de fabricação de roupas. É fácil comprar mais do que o necessário e trazer o resto para cá. Substituir o sangue por formaldeído retarda o apodrecimento, fazendo com que a resina seja o suficiente para preservar todo o resto. Mesmo quando você partir, Maya, não será esquecida.

O mais doentio era que ele realmente falava aquilo achando que me confortaria. A não ser que acontecesse algum tipo de acidente ou que eu o irritasse, em três anos e meio ele injetaria formaldeído em minhas veias. Eu compreendia o suficiente para saber que ele permaneceria comigo o tempo todo, talvez até escovasse meus cabelos e os prendesse no penteado final e, quando todo o meu sangue tivesse saído, ele me colocaria em uma caixa de vidro e a encheria de resina transparente para me dar uma segunda vida que nenhum incêndio elétrico poderia destruir. Tocaria a caixa e sussurraria meu nome sempre que passasse e se lembraria de mim.

E, sentada em seu colo, não havia ilusões a respeito de como ele se sentia em relação a tudo aquilo.

Ele me tirou cuidadosamente de seu colo e abriu as pernas para me fazer ajoelhar entre elas, segurando meus cabelos com uma das mãos.

— Mostre que você não vai se esquecer de mim, Maya. — Ele puxou minha cabeça para mais perto enquanto puxava os cordões da calça com a outra mão. — Nem quando acontecer.

Nem mesmo quando eu estivesse morta há muito tempo, e minha imagem ainda fosse o suficiente para deixá-lo excitado.

E eu obedeci porque eu sempre obedecia, porque eu ainda queria aqueles três anos e meio mesmo que significasse ter que ouvir esse homem dizer que me amava. Eu obedeci quando ele quase me fez engasgar e obedeci quando ele me puxou de novo para seu colo, obedeci quando ele me disse para prometer que nunca me esqueceria dele.

E dessa vez, em vez de repuxar na memória os poemas e histórias de alguém e escrevê-los em algum lugar dentro de meu cérebro, eu fiquei imaginando o garoto do outro lado do balcão da cozinha, ouvindo tudo.

Foram mais do que os olhares que ele lançava para mim que me convenceram que meu antigo vizinho era um pedófilo. Foi o conhecimento afetado e doentio que as crianças adotivas compartilhavam entre si, os olhares que trocavam. Todas elas sabiam o que estava acontecendo, não só com elas mesmas, mas umas com as outras. Nenhuma delas dizia nada. Eu via aquele olhar e percebia que era apenas questão de tempo até ele colocar a mão por baixo do meu vestido, até ele pegar minha mão e colocá-la em seu colo e sussurrar dizendo ter um presente para mim.

O Jardineiro me beijou quando terminou e me disse para ir descansar. Ele ainda estava vestindo as calças de novo quando saiu da sala de jantar. Eu voltei para o outro lado do balcão, peguei o resto da minha laranja e me sentei ao lado de Desmond, cujo rosto estava molhado e brilhoso devido às lágrimas. Ele olhava para mim com olhos sérios.

Olhos magoados.

Comi o resto da laranja enquanto esperava que ele encontrasse algo para dizer, mas ele não disse nada, somente me deu seu suéter. Eu o vesti e, quando pegou minha mão, deixei que ele a segurasse.

Ele nunca iria à polícia.

Nós dois sabíamos disso.

A única coisa que a última meia hora fez foi fazê-lo se odiar um pouco por saber que ele não o faria.

— Você não perguntou quem sobreviveu.

— Você não vai me deixar vê-las até que eu conte tudo o que quer saber.

— Verdade.

— Então vou descobrir quando terminarmos, quando eu puder de fato passar um tempo com elas. De qualquer modo, minha presença ali não mudaria nada agora.

— De repente, consigo acreditar que você não chora desde os seis anos.

Um sorriso amarelo aparece no rosto dela.

— Carrossel desgraçado — ela concorda de modo simpático.

Já contei que Bliss fez um carrossel?

Ela conseguia fazer praticamente tudo com cerâmica plástica, assando uma travessa atrás da outra no forno com Lorraine fazendo cara feia o tempo todo enquanto supervisionava. Ela era a única de nós que podia usar o forno. Também era a única que pedia.

Na noite que precedeu a sua morte, Lyonette nos contou diversas histórias sobre quando era mais jovem, durante as várias horas que passamos reunidas em sua cama. Ela nos contava sem dar nomes nem localizações, e a história que mais amava e que mais a fazia sorrir era sobre um carrossel.

Seu pai projetava muitos carrosséis, e algumas vezes a pequena Cassidy Lawrence fazia alguns desenhos; o pai deixava que ela escolhesse as cores ou a expressão facial e as incorporava em seu próximo projeto. Certa vez, seu pai permitiu que ela fosse com ele entregar os cavalos e os trenós a uma caravana. Eles colocaram os cavalos ao redor do disco e ela se sentou no trilho e observou enquanto eles passavam o fio pelos postes dourados para fazê-los subir e descer, e quando estava tudo pronto ela correu ao redor do carrossel, acariciando os cavalos e sussurrando em seus ouvidos os nomes que lhes havia dado para que eles não se esquecessem. Ela conhecia cada um deles e adorava todos.

Os traços do Jardineiro não existem isolados, só em extremos.

Mas os cavalos não eram dela e, quando chegou a hora de ir para casa, ela teve que deixar todos para trás, provavelmente para nunca mais vê-los. Ela não podia chorar porque havia prometido ao pai que não choraria e não faria um escândalo quando eles tivessem que ir embora.

Foi nesse dia que ela fez seu primeiro cavalo de origami.

Na boleia do caminhão a caminho de casa, ela fez as primeiras duas dúzias de cavalos de origami, usando folhas de caderno e recibos de fast-food para praticar até conseguir aperfeiçoar, e quando chegou em casa ela evoluiu para papel de computador. Ela fez cavalos e mais cavalos e mais cavalos e coloriu todos para que eles combinassem com os que ela teve que abandonar, e enquanto os fazia ela sussurrava seus nomes. Quando terminou, ela cuidadosamente pintou tarugos finos e os prendeu pela metade com um pouco de cola.

Ela desenhou e pintou os desenhos que havia no chão, no teto inclinado e até mesmo as fotos emolduradas nos detalhes complexos que corriam da base no topo da tenda, e sua mãe a ajudou a fazer todos eles. Seu pai até a ajudou a fazer uma manivela para a base para que a coisa toda pudesse girar lentamente. Seus pais sentiram muito orgulho dela.

Na manhã do dia em que ela foi sequestrada, quando saiu de casa para ir à escola, o carrossel ainda estava posicionado em lugar de destaque no topo da lareira.

Quando Lyonette morreu, eu tinha a nova menina, ainda sem nome, para me manter ocupada.

Bliss ficou com sua massa de cerâmica.

Ela não mostrava a ninguém o que estava fazendo e nenhuma de nós perguntava; deixamos que ela lidasse com seu luto a seu próprio modo. Ela estava concentrada nesse projeto de um jeito incomum. Sinceramente, desde que não fosse uma *Lycaena cupreus,* ou Cobre Cintilante, a borboleta de Lyonette, eu não estava tão preocupada. Ela havia feito aquilo para algumas das outras garotas mortas e, de algum modo, eu achava aquelas borboletas de seis centímetros mais macabras e perturbadoras do que as garotas no vidro.

Mas então a infecção da menina nova chegou a um ponto crítico – sua tatuagem nunca cicatrizaria direito. Ainda que a infecção não a matasse, as asas ficariam prejudicadas de um jeito irreversível, e isso era algo que o Jardineiro não aceitava. Nem mesmo quando a beleza era o motivo para ele nos escolher.

Como teria acontecido em sua sessão normal de tatuagem, as portas foram fechadas no momento mais escuro da madrugada. No entanto, quando foram abertas de novo, ela não estava na sala de tatuagem nem na cama. Ela nunca apareceu nas caixas de vidro. Não houve adeus.

Havia apenas... nada.

Literalmente, não havia mais nada dela, nem mesmo um nome.

Bliss estava em meu quarto quando voltei da procura, sentada de pernas cruzadas na minha cama com uma saia-envelope amontoada em seu colo.

Sombras escuras marcavam a pele clara sob seus olhos, e eu me peguei perguntando quanto ela havia dormido desde que Lyonette havia se despedido de nós.

Eu me sentei ao lado dela na cama, com uma perna encolhida embaixo de meu corpo, e me recostei na parede.

— Ela morreu?

— Se não morreu ainda, vai morrer em breve — falei, suspirando.

— E então você terá que passar pela chegada e tatuagem de outra menina.

— Provavelmente.

— Por quê?

Eu havia me perguntado a mesma coisa ao longo da última semana.

— Porque Lyonette achava que era importante.

Ela tirou o tecido de seu colo, e ali estava o carrossel.

Lyonette havia feito outro carrossel de origami quando chegou ao Jardim; ele estava na estante acima da cama de Bliss desde que Lyonette havia morrido. Ela havia reproduzido todos os padrões, desenhos e cores, assim como Bliss a seu próprio modo. Os cabos dourados tinham formato de espiral. Estiquei a mão e toquei a flâmula vermelha no topo e a coisa toda girou um pouco.

— Tive que fazê-lo — ela sussurrou —, mas não posso ficar com ele.

Bliss começou a chorar e soluçar furiosamente na minha cama. Ela não sabia sobre meu carrossel. Ela não sabia que foi quando eu estava sentada em um cavalo pintado de preto e vermelho que eu percebi que meus pais não me amavam, ou ao menos não me amavam o suficiente. Não sabia sobre o dia em que finalmente compreendi – e aceitei – que não era desejada.

Eu o levantei devagar de seu colo e toquei o joelho dela com o dedão do meu pé.

— Banho.

Ela soluçou e saiu da cama obedecendo e, enquanto ela lavava duas semanas de pesar e ira, observei os cavalos para ver se algum deles combinava com aquele que eu havia molhado com minhas últimas lágrimas dez anos antes.

E a resposta foi quase. As peças de metal daquele cavalo eram prateadas em vez de douradas, e ele tinha laços vermelhos amarrados em sua crina preta, mas, tirando isso, eles eram muito, muito parecidos. Eu me ajoelhei e o coloquei na estante ao lado de Simba, ao lado da confusão de origamis e imagens de cerâmica plástica, perto das pedras que Evita tinha pintado e do poema que Danelle havia escrito e de todas as outras coisas que eu tinha conseguido acumular depois de seis meses no Jardim. Fiquei pensando que talvez pudesse convencer Bliss a fazer uma menininha de cabelos escuros e pele bronzeada para colocá-la sentada em cima do cavalo preto e vermelho e fazê-la girar, girar, girar no carrossel para assistir ao resto do mundo se afastar dela.

Mas, se eu tivesse pedido, ela teria me perguntado por quê, e aquela menininha precisava menos de solidariedade e mais de simplesmente ser esquecida.

Bliss saiu do chuveiro, com o corpo e os cabelos enrolados em toalhas violeta e cor-de-rosa, e finalmente dormiu aconchegada em mim como uma das meninas de Sophia. Mantive um braço atrás da cabeça e fiquei encostada na parede e, de vez em quando, eu estendia o braço e tocava o carrossel para poder ver o cavalo preto e vermelho flutuar um pouquinho mais para longe.

༺༻

Ele queria poder permitir que ela se distraísse um pouco. Queria deixar a conversa sair da linha, deixar que ela evitasse a destruição pela qual ele precisa fazer com que ela passe. Mas Victor se senta mais para a frente na cadeira e pigarreia e, quando ela olha para ele com os olhos tristes, ele assente lentamente.

Ela suspira e une as mãos no colo.

༺༻

Na semana seguinte, Desmond não apareceu no Jardim. Não usou seus códigos, não entrou com seu pai, ele simplesmente não apareceu. Bliss foi quem perguntou ao Jardineiro a respeito, de seu modo assustadoramente direto, mas ele riu e disse que ela não deveria se preocupar, que seu filho estava se concentrando nas provas finais que faria.

Levei isso numa boa.

Independentemente de ele estar se escondendo, se afastando ou só analisando as coisas com calma, eu não me importava em não ter outro homem a quem entreter. Gostava de ter espaço para pensar.

Afinal de contas, Avery estava de volta ao Jardim, o que significava uma constante e sutil interferência para proteger as meninas mais frágeis dele. Cuidar de tudo ao lado da cama da Simone tornava essa tarefa ainda mais difícil.

Era possível perceber claramente que ela tinha perdido peso na última semana e meia, uma vez que não conseguia manter nada no estômago por mais de meia hora. Eu ficava com ela durante o dia, e à noite, quando Danelle chegava para me substituir, eu ia ao Jardim e dormia na rocha ao sol, onde podia fingir que as paredes não estavam se fechando ao meu redor e que o tempo não estava acabando.

Eu *gostava* da Simone. Ela era engraçada e irônica, nunca se rendendo a besteiras, mas sempre tentando tirar o melhor proveito delas. Eu a ajudei a voltar para a cama depois de mais um vômito no vaso sanitário e ela segurou minha mão.

— Vou ter que fazer um exame, não é?

Bliss disse que Lorraine tinha feito perguntas durante o café da manhã.

— Sim — respondi lentamente. — Acho que vai.

— Vai dar positivo, não é?

— Acho que sim.

Ela fechou os olhos, passando uma mão na testa para afastar os cabelos molhados de suor.

— Eu deveria ter me dado conta antes. Eu vi minha mãe e minha irmã mais velha sentirem enjoos durante dois meses inteiros quando estavam grávidas.

— Quer que eu mije no pauzinho para você?

— Que porra há de errado com a gente para *isso* ser uma declaração de amor e de amizade? — Mas ela balançou a cabeça devagar. — Não quero ver nós duas mortas, e sabemos que é o que aconteceria se fizermos isso.

Permanecemos em silêncio por um tempo, porque algumas coisas simplesmente não têm resposta.

— Pode me fazer um favor? — ela perguntou por fim.

— Do que você precisa?

— Se tivermos o livro na biblioteca, você pode ler para mim?

Quando ela me disse o que queria, eu quase ri. Quase. Não por ser engraçado, mas por me sentir aliviada por ser aquele o favor que eu poderia fazer para ela. Eu o peguei da biblioteca, coloquei o livro ao lado dela na cama segurando sua mão e abri na página certa para poder começar a ler.

"Estava terrivelmente frio: nevava, e estava bem escuro, e era noite – a última noite do ano. Naquele frio e naquela escuridão, seguia pela rua uma pobre menininha, sem touca e de pés descalços."

— Que livro é esse?

— Parte de um livro — a garota corrige. — A *pequena vendedora de fósforos*, de Hans Christian Andersen.

Victor quase consegue se lembrar, algo de um balé que sua filha Brittany fazia quando era muito mais jovem, mas a lembrança se perde em meio a memórias de O *Quebra-nozes* e O *soldadinho de chumbo*.

— É o tipo de história que faz mais sentido no Jardim que no mundo real.

Eu li outras histórias quando aquela terminou, mas fiquei em silêncio quando Lorraine entrou. Ela trazia uma bandeja com dois almoços e entre eles havia um teste de gravidez.

— Tenho que estar aqui quando você o fizer — disse ela.

— Não brinca.

Suspirando, Simone se recostou na cabeceira e pegou o copo de água, bebendo tudo de uma só vez. Dei a ela outro copo da bandeja, dessa vez de suco de frutas, e ela bebeu tudo também. Ela fez um grande esforço para comer sua comida, que era apenas um prato de sopa com algumas torradas, mas não comeu a maior parte. Quando a água finalmente encheu sua bexiga, ela pegou o kit da bandeja, caminhou até o pequeno vaso sanitário e fechou a cortina para se esconder.

Lorraine permaneceu na porta como um urubu, os ombros curvados e os olhos na tela de tecido.

Simone se inclinou para a frente para olhar em meus olhos e com a cabeça acenou aquela vaca que estava ali parada na porta. Assenti e, respirando fundo, comecei a ler O *soldadinho de chumbo*.

A plenos pulmões.

A enfermeira-cozinheira me lançou um olhar furioso, mas, ao menos, Simone conseguiu mijar em paz. Ouvimos a descarga e um momento depois ela saiu de trás da cortina e jogou a haste molhada na direção da mulher mais velha.

— Divirta-se. Vá relatar. Dá o fora daqui.

— Você não quer...

— Não. Saia. — Simone se jogou na cama, apoiando o corpo em meu colo. — Você poderia continuar lendo?

Apoiei o livro nas suas costas, escondendo as asas marrons e desbotadas de uma *Neonympha mitchelli*, a Sátiro de Mytchell, e retomei de onde tínhamos parado. Ela dormiu a maior parte da tarde, acordando de vez em quando para correr para o banheiro. Danelle se juntou a nós um tempo depois, escovando os cabelos castanho-escuros de Simone para fazer um coque elegante. Bliss nos trouxe o jantar e decorou o coque com pequenas flores de cerâmica plástica, e depois de eu comer e de Simone só brincar com a comida no prato, Bliss levou as bandejas de volta para a cozinha para Lorraine.

Quando a noite que avançava fez as sombras desaparecerem no corredor, o Jardineiro apareceu na porta.

Com um vestido.

Era uma peça de várias camadas de seda em tons de marrom e creme, tudo feito para imitar as asas e favorecer seu tom de pele escuro. Quando notou que tanto eu quanto Danelle havíamos ficado em silêncio, Simone olhou para a frente, viu o vestido e logo virou o rosto antes que ele pudesse ver suas lágrimas.

— Meninas?

Piscando depressa, Danelle beijou a curva da orelha de Simone, o ponto mais próximo de seu rosto que ela conseguiu alcançar, e saiu da sala em silêncio. Lentamente, Simone se sentou e passou os braços ao redor de meu corpo, enterrando seu nariz em meu ombro. Eu a apertei o máximo que pude, sentindo os tremores começarem.

— Meu nome é Rachel — ela sussurrou contra minha pele. — Rachel Young. Vai se lembrar?

— Vou. — Beijei-lhe o rosto e relutantemente a soltei. Com o livro de contos de fadas na mão, caminhei até a porta, onde o Jardineiro me deu um beijo suave.

— Ela não sentirá dor — murmurou ele.

Ela estará morta.

Esse era o momento no qual eu deveria voltar para meu quarto ou então ir para o quarto de Bliss ou de Danelle. Esse era o momento em que deveríamos nos reunir em nossos pequenos grupos e fingir que éramos qualquer coisa além daquilo que éramos e chorar por uma perda que não havia ainda acontecido de fato. Era nesse momento que tínhamos que esperar Simone morrer.

E, pela primeira vez, não consegui fazer isso.

Simplesmente não consegui.

As luzes piscaram. Esse era o aviso para que fôssemos para nossos quartos antes de as paredes descerem sobre as portas. Eu saí pelo caminho de areia, ciente do movimento nas sombras no lado mais distante do Jardim. Eu não sabia bem se era Avery, Desmond ou outra das meninas e, naquele momento, não me importava. As luzes se apagaram e as paredes sibilaram atrás de mim, encaixando-se em seus espaços com batidas pesadas que soavam secas em contraste com o silêncio.

Andando cada vez mais para dentro do Jardim, caminhei pelo barranco do riacho até encontrar a cachoeira. Deixei o livro em uma pedra a uma distância segura da água e dos respingos e cruzei os braços sobre minha barriga, pressionando meus cotovelos contra um peso grande que crescia em meu peito. Minha cabeça pendeu para trás e, recostada na pedra, olhei para as janelas de vidro acima. Vi estrelas brilhando contra o céu intenso da noite, algumas fortes e prateadas, algumas pálidas, azuis e amarelas, e uma única luz vermelha que podia ser um avião.

Uma luzinha brilhava pelo céu e, apesar de conhecer a ciência por trás daquilo – saber que eram apenas destroços do espaço, só rocha e metal ou pedaço de um satélite que incendiou na atmosfera – eu só conseguia pensar naquela história idiota.

"— *Alguém acabou de morrer!* — *disse a menininha; pois sua velha avó, a única pessoa que a havia amado, e que agora não mais existia, havia dito a ela que, quando uma estrela cai, uma alma sobe até Deus.*"

E aquela pequena menina idiota acendia um palito de fósforo atrás do outro durante o inverno para poder ver um pouco de famílias que não eram – e nunca seriam – dela e congelou até morrer naqueles momentos difíceis de realidade entre palitos de fósforo, porque, apesar de os palitos de fósforo poderem queimar, eles são luz, não calor.

Prendi a respiração para conter aquele peso crescente que eu não conseguia superar. Não conseguia puxar o ar, não conseguia soltar o ar, havia somente esse sufocamento causado pelo ar parado. Folhas e galhos balançavam a distância quando caí de joelhos, puxando o ar sem sucesso. Fechei a mão e bati em meu peito, mas, além de um segundo de dor latejante, nada mudou. Por que eu não conseguia respirar?

Uma mão tocou meu ombro e eu me virei, afastando-a com um tapa enquanto tombava para trás devido ao movimento sem coordenação.

Desmond.

Caí apoiada nas mãos e nos joelhos, me esforcei para ficar de pé e passar pela cachoeira e chegar dentro da caverna, mas ele me seguiu e me segurou quando tropecei em um desnível no chão e caí de novo. Ele me abaixou com gentileza no chão e se ajoelhou à minha frente. Ele observava meu rosto enquanto eu lutava para respirar.

— Sei que você não tem motivo nenhum para confiar em mim, mas confie mesmo assim, só por um minuto.

Ele estendeu a mão em direção ao meu rosto e eu bati nela de novo. Balançando a cabeça, ele me girou rapidamente e prendeu meus braços nas laterais do corpo com um de seus braços, e sua outra mão cobriu meu nariz e minha boca.

— Respire — sussurrou ele contra meu ouvido. — Não importa se você vai conseguir respirar completamente, mas vai conseguir um pouco de ar. Respire.

Tentei, e talvez ele estivesse certo, talvez houvesse um pouco, mas eu não conseguia sentir. Só conseguia sentir a mão dele entre mim e o que eu precisava para viver.

— Só estou forçando você a respirar em uma concentração maior de dióxido de carbono — ele continuou com calma. — Respire. O dióxido de carbono entra em sua corrente sanguínea no lugar do oxigênio e torna as reações de seu corpo mais lentas. Respire. Quando seu corpo chegar a um ponto crítico, quando estiver prestes a desmaiar, as reações naturais ultrapassam os fatores psicológicos. Respire.

Cada vez que ele me dava a orientação, eu tentava obedecer, eu juro que tentava, mas não havia ar algum. Parei de lutar e sentia meus membros pesados envergados contra o peito dele. Ele mantinha a mão sobre meu nariz e minha boca. Eu mal conseguia sentir o peso sobre meu peito e, lentamente, conforme ele ia repetindo a instrução original de tempo em tempo, o ar entrou. Minha cabeça foi tomada de repente por uma tontura, mas eu estava respirando. Ele levou a mão ao meu ombro, subindo-a e descendo-a por meu braço enquanto continuava sussurrando:

— Respire.

Gradualmente tornou-se um hábito de novo, algo em que eu não tinha que pensar, e então fechei meus olhos, tentando controlar uma forte sensação de vergonha. Apesar de já ter visto muitas pessoas terem ataques de pânico, era a primeira vez que eu passava por aquilo, e me assustei com a minha incapacidade de agir sensatamente. Mais ainda por ter alguém testemunhando. Quando senti cinquenta por cento de certeza de que não cairia de cara caso tentasse ficar de pé, tentei me erguer.

Os braços de Desmond me envolveram com força. Não de uma forma que doesse, mas o suficiente para garantir que eu não pudesse me mover sem lutar.

— Sou um covarde — disse ele baixinho. — E, pior ainda, acho que sou como meu pai; mas se eu puder ajudá-la desse modo, por favor, deixe-me fazer isso.

Se a menininha dos fósforos tivesse alguém aconchegado nela desse jeito, alguém quente e firme contra suas costas, com seu corpo envolvendo o dela, ela teria sobrevivido?

Ou será que os dois teriam congelado?

Deslocando-se até encostar as costas na parede, Desmond me aconchegou gentilmente até que eu estivesse quase de lado entre suas pernas, meu rosto encostado em seu peito de modo que eu conseguisse quase ouvir as batidas de seu coração. Coordenei minha respiração ainda trêmula àquele ritmo, sentindo como seu coração pulava ou mudava de compasso a cada vez que eu me mexia. Ele não tinha o corpo robusto de seu irmão, a nítida ameaça dos músculos, nem a clara força do pai. Era esguio como um corredor, corpo angular e liso. Ele murmurava suavemente algo que eu não conseguia reconhecer ou ouvir direito estando pressionada contra seu peito, mas pressionava seus dedos contra minha pele como se fosse teclas de piano.

Ficamos na caverna escura e úmida, com as roupas encharcadas por causa da queda-d'água, agarrados um ao outro como crianças que não querem ter um pesadelo. Mas, quando eu adormecesse, o pesadelo ainda estaria lá. Quando eu acordasse, o pesadelo ainda estaria lá. Todos os dias, durante três anos e meio, o pesadelo sempre, *sempre* estaria lá, e não havia conforto para isso.

Mas, por algumas horas, eu podia fingir.

Eu podia ser a menininha dos fósforos e jogar minhas ilusões contra a parede, perdida no calor até a luz diminuir e me levar de volta ao Jardim.

— Elas não eram só companheiras de cativeiro, não é? — Victor pergunta depois de dar a ela um momento para se recompor. — Elas eram suas amigas.

— Algumas delas são amigas. Todas elas são família. Acho que é o que acontece, simplesmente.

Às vezes era difícil conhecer outras pessoas, simplesmente porque doeria mais quando elas morressem ou elas que sentiriam mais dor quando você morresse. Às vezes era difícil acreditar que aquela dor valia a pena. Mas no cerne do Jardim estava a solidão, e a ameaça constante de se despedaçar e de se conectar com os outros parecia o mais seguro de dois males. Não o menor, necessariamente, mas o mais seguro.

Eu sabia que Nazira estava ainda mais preocupada em se esquecer das coisas do que Bliss. Ela era uma artista e enchia cadernos e cadernos de desenhos com sua família e amigos. Desenhava roupas que havia adorado, sua casa e a escola, o balanço no parque da cidade onde ela havia ganhado seu primeiro beijo. Ela os desenhava sem parar e entrava em pânico quando os detalhes mudavam ou se borravam.

Havia Zara, a Vaca, e se *Bliss* lhe chamava assim, você sabe que você é uma pessoa diabólica. Bliss normalmente era mordaz e intolerante com bobagens. Zara normalmente era má. Eu gostava da ideia de ela não se prender àquela ilusão toda, mas o problema é que ela criava um inferno para aquelas que precisavam se apegar à ilusão. Como Nazira, que acreditava que, desde que não se esquecesse de nada de antes, veria tudo de novo. Não se passava uma semana sem que eu tivesse que separar uma briga entre elas, normalmente arrastando Zara para o lago e enfiando-a ali até que se acalmasse. Ela não era uma amiga, mas nos momentos calmos eu gostava dela. Ela adorava livros, como eu.

Glenys corria, corria e corria voltas sem fim pelos corredores, até o Jardineiro mandar Lorraine dar a ela o dobro de comida que nós comíamos. Ravenna era uma das poucas com um MP3 player e caixa acústica, e ela dançava por horas. Balé, hip-hop, valsa, sapateado sem sapatos, todas as aulas que ela devia ter feito por anos, e, quando passávamos por ela, ela agarrava nosso braço e nos puxava para dançar junto. Hailee adorava arrumar os cabelos de todo mundo e conseguia fazer os penteados mais fantásticos, e Pia queria saber como tudo funcionava, e Marenka fazia lindos bordados em pontos de cruz. Ela tinha até uma tesoura de bordado extremamente afiada que o Jardineiro mandava que ela usasse pendurada com uma fita no pescoço para que ninguém pudesse usá-la para se machucar. Adara escrevia histórias e Eleni pintava, e às vezes Adara pedia a Eleni ou a Nazira que fizessem desenhos para ela.

E também havia Sirvat. Sirvat era... Sirvat.

Era difícil conhecê-la.

Não era só por ela ser mais reservada e quieta, o que ela realmente era. Era que nunca sabíamos o que sairia de sua boca. Ela foi a última apresentada por Lyonette, que não me pediu para ajudar com ela porque Sirvat tinha aquele jeito estranho e nem eu nem Lyonette poderíamos saber qual seria minha reação com ela. Por isso, a primeira vez em que a vi foi quando suas asas foram terminadas. Ela estava deitada no barranco perto do rio, com o rosto na lama, e Lyonette olhava para ela totalmente confusa.

— O que você está fazendo? — perguntei.

Ela nem sequer olhou para mim, metade de seus cabelos castanho-claros cobertos de lama.

— Dá para morrer com água de mais jeitos do que só se afogando. Beber muita água é tão letal quanto não beber nada.

Olhei para Lyonette, que estava perplexa.

— Ela é suicida mesmo?

— Acho que não.

Ela não era, na maior parte do tempo. Aprendemos que ela era simplesmente assim. Ela conseguia identificar flores com as quais, teoricamente, poderíamos comer para nos matar, mas ela mesma não comeu nenhuma. Conhecia mil jeitos diferentes com que uma pessoa podia morrer e tinha um fascínio pelas garotas no vidro que nenhuma de nós queria entender. Ela as visitava quase com a mesma frequência com que o Jardineiro as visitava.

Sirvat era uma maluca e eu sinceramente não passava muito tempo com ela, e ela não parecia notar, muito menos se importar.

Mas a maioria de nós conhecia umas às outras. Mesmo quando decidíamos não falar sobre nossa vida antes do Jardim, havia intimidade em nosso convívio. Nos momentos bons e nos ruins – quase sempre nos ruins – éramos Borboletas. Inevitavelmente tínhamos isso em comum.

— E vocês se condoíam umas pelas outras. — Não era uma pergunta.

Seus lábios se movem. Não é um sorriso nem uma careta, só o reconhecimento de que um tipo de expressão deveria ocorrer.

— Sempre. Não era preciso esperar alguém aparecer no vidro. Nós nos condoíamos umas pelas outras todos os dias, porque todos os dias estávamos morrendo.

— Desmond ficou próximo de alguma das outras meninas?

— Sim e não. Com o tempo. Foi... — Ela hesita, os olhos correndo várias vezes entre Victor e suas mãos machucadas, e então suspira e une as mãos no colo, embaixo da mesa. — Bem, você tem que entender que era complicado.

Ele assente.

— O que o pai dele achava?

Um dia depois de Simone ir para o vidro – não que nós a tivéssemos visto, com as paredes ainda abaixadas –, o Jardineiro me trouxe para sua suíte para um jantar chique a sós. Até onde eu sabia, sem nunca ter especificamente perguntado a alguém, eu era a única que ele levava lá. Acho que deveria me sentir lisonjeada, mas de alguma forma achava aquilo preocupante. A conversa foi leve. Ele não disse nada sobre Simone, e eu não toquei no assunto porque não queria saber o pior daquilo. O único mistério que aquele lugar havia deixado era *como* ele nos matava.

Quando a sobremesa terminou, ele disse para me sentar com uma taça de champanhe e relaxar enquanto ele limpava tudo. Escolhi a espreguiçadeira e não o sofá, levantando o apoio para pés e arrumando minha saia comprida para cobrir até meus pés. Eu poderia apresentar uma premiação com aquele vestido e fiquei tentando imaginar quanto dinheiro ele investia no Jardim e em nosso sustento. Ele colocou uma música clássica para tocar em um toca-discos antigo, e então fechei os olhos e repousei a cabeça no encosto estofado.

O carpete grosso do quarto abafava seus passos, mas ainda assim ouvi quando ele voltou. Ficou parado ao meu lado por um tempo, só observando. Eu sabia que às vezes ele gostava de nos observar dormindo, mas era mais assustador quando eu estava acordada.

— Por um acaso Desmond chateou você aquele dia?

Abri os olhos de repente, o que ele aparentemente usou como um sinal para se recostar no braço da cadeira.

— Me chateou?

— Eu estava vendo um pouco das gravações e vi quando você o empurrou para longe. Ele seguiu você para dentro da caverna, mas não havia câmeras ali. Ele chateou ou machucou você?

— Ah. Não.

— Maya.

Consegui dar um pequeno sorriso, não sei se para o bem dele ou para o meu próprio bem.

— Eu estava chateada, sim, mas antes de Desmond chegar. Tive um ataque de pânico. Nunca tinha passado por isso e não sabia o que fazer, e a princípio eu interpretei mal a chegada dele. Ele me ajudou a passar por aquilo.

— Um ataque de pânico?

— Se depois de um ano e meio essa é minha reação mais forte, não acho que seja particularmente assustador, e você?

Ele retribuiu o sorriso de forma calorosa e sincera.

— E ele ajudou você?

— Sim, e ficou comigo até eu me acalmar.

Ele havia ficado comigo a noite toda, mesmo depois de ouvirmos duas portas diferentes se abrirem e ouvirmos seu pai atravessar o corredor com Simone aos prantos. Às vezes, ele gostava de uma última foda antes de matar uma garota; melhor que fosse no quarto dela do que naqueles quartos secretos, acredito. Des ficou comigo até de manhã, quando todas as portas foram levantadas e as outras meninas se uniram no Jardim para falar sobre uma perda dolorosa que ele não entendia por não saber que ela estava morta ou estaria muito em breve. Será que ele achava que ela estava só sendo expulsa? Ou levada para fazer um aborto?

— É difícil de entender meu filho mais novo.

— O que quer dizer que você não consegue entender qual a reação dele sobre nós.

Ele riu e assentiu, escorregando para o meu lado na cadeira. Passou um dos braços pelos meus ombros, ajeitando minha cabeça contra o peito, e por um momento parecemos duas pessoas quaisquer aconchegadas para ver um filme.

Mas, se fossemos duas pessoas quaisquer, minha pele provavelmente não estaria arrepiada.

Nunca ficava arrepiada com Topher, nem quando todas nós nos amontoávamos nos sofás de Jason ou de Keg, nem perto de nenhum dos outros rapazes do trabalho. A intimidade com o Jardineiro era uma ilusão assim como as asas que ele desenhava em nossas costas; aquilo não tornava nada real.

— Ele não gosta de falar sobre isso comigo.

— Uma vez que somos uma espécie de harém, eu não consigo imaginar um jovem rapaz se sentindo confortável discutindo sobre isso com seus pais. Você pode pedir a eles dicas de como abordar alguém, ou o que fazer em um primeiro encontro, mas a questão do sexo costuma ser proibida mesmo quando não há a questão da vontade.

E isso foi outro lembrete de que não éramos duas pessoas quaisquer, porque ele só riu e virou minha cabeça para me beijar. Me ocorreu que eu podia ir para sua cozinha particular no quarto e pegar uma faca para fincar em seu coração. Eu podia tê-lo matado ali, mas o que me impediu foi pensar que Avery herdaria o Jardim.

— Avery ficou muito animado quando eu mostrei o Jardim para ele pela primeira vez. Falava sobre isso sempre que ficávamos sozinhos. Talvez um pai não precise saber tantos detalhes assim a respeito de seu filho. Mas não acho que Desmond tenha feito algo além de simplesmente olhar por aí.

— E você fica desapontado com isso? — perguntei de modo neutro.

— Isso me deixa confuso. — Ele subiu a mão pelo meu braço até minha nuca e soltou o nó do meu vestido. As partes de seda preta se soltaram em seus dedos e ele as viu descerem de minha clavícula até minha cintura, deixando meus seios à mostra. Levemente, ele contornou um mamilo enquanto falava. — Ele é um jovem saudável cercado por mulheres lindas, e eu sei que ele não é mais virgem, mas mesmo assim ele não aproveita as oportunidades.

— Talvez ele ainda esteja se adaptando.

— Talvez. Ou talvez não seja a variedade que chame a sua atenção. — Ele me ergueu levemente na cadeira para poder se posicionar embaixo de mim, ganhando mais acesso a meus seios e descendo meu vestido do quadril às coxas. — Ele procura você quando vem, mesmo que não a encontre.

— Aparentemente, sou uma pessoa muito direta — falei de modo seco, e ele riu.

— Sim, consigo entender por que ele fez essa pergunta a você. O que você faria se ele procurasse você como eu procuro?

— Eu achava que, assim como com você e com Avery, tínhamos que fazer o que nos é pedido. Estou errada?

— Então você permitiria que ele tocasse seu corpo? — Ele abaixou a cabeça em direção a meu seio, movendo os lábios contra a pele sensível. — Você permitiria que ele tivesse prazer com você?

Desmond não era o pai dele.

Mas era filho de seu pai.

— A menos que você me diga para não fazer, faço o que pedem.

Ele resmungou, tirou completamente o meu vestido e o arremessou contra uma cadeira e, quando sua boca e suas mãos tornaram meu corpo um traidor, não disse nada além de meu nome, sem parar, gritos altos contra o silêncio.

Há algumas qualidades – alguns incorporam coisas, que têm uma vida dupla... Há um silêncio duplo – mar e costa – corpo e alma. Uma pessoa permanece em locais solitários.

Ele me teve muitas vezes naquela noite, na cadeira, no carpete, na cama *king size*, e eu recitei tudo que conseguia lembrar, até mesmo receitas de bebidas, mas, muito antes de amanhecer, eu já não tinha mais palavras e senti o veneno penetrar pelas brechas de minha alma. Eu já havia me acostumado com a sensação ruim que vinha de deixar o

Jardineiro me comer, mas nunca me acostumaria com a dor nauseante que vinha por deixar que ele acreditasse que me amava.

Quando ele finalmente me levou de volta ao meu quarto, sentou-se na beira de minha cama estreita e ajeitou o cobertor ao meu redor, afastando os cabelos de meu rosto e me dando um beijo demorado.

— Espero que Desmond perceba que mulher extraordinária você é — ele sussurrou contra meus lábios. — Você poderia ser muito boa para ele.

Quando ele saiu, eu saí da cama e fui para o chuveiro, esfregando minha pele até ficar vermelha, porque eu queria ao menos fingir que podia afastar a sensação de seu toque. Bliss me encontrou ali e, com um tato inesperado, não disse nenhuma palavra. Ela me ajudou a enxaguar o resto do sabão e do condicionador e fechou a torneira do chuveiro, envolvendo meus cabelos na toalha enquanto eu terminava de me secar. Com meus cabelos desembaraçados e presos de novo em uma trança bem-feita, nós nos aconchegamos juntas embaixo dos cobertores.

Pela primeira vez, entendi por que ela tinha pensado em pular.

Pela primeira vez, aqueles anos extras não pareciam valer a possibilidade insignificante de fugir.

Pela primeira vez em um ano e meio, consegui sentir cada picada da agulha contra minha pele enquanto minha prisão era desenhada em meu corpo. Se nunca tinha sido muito afeita à esperança, tampouco era afeita ao desespero, mas eu o sentia me sufocando a cada lembrança. Respirei fundo, ouvindo o eco da voz de Desmond na caverna, e deixei que isso me fizesse lembrar de continuar respirando de modo que até Bliss, que havia me visto passar por coisas que as outras nem ao menos conseguiam imaginar que eu sentia, não conseguisse perceber que eu estava assustada pra caralho.

Ela falava aterrorizada, deixando as asas baixas até se arrastarem na terra – triste chorava, deixando as plumas baixas até se arrastarem na terra – até pesarosamente se arrastarem na terra.

Mas minhas asas não se mexiam e eu não conseguia voar, e eu não conseguia nem ao menos chorar.

Tudo o que restava para mim era o terror, o desespero e o sofrimento.

✦

Victor sai da sala sem dizer nada.

Um momento depois, Yvonne entra no corredor vindo da sala de observação, entregando a ele duas garrafas de água.

— Ramirez ligou para dar notícias — diz ela. — As garotas em condições mais delicadas estão se estabilizando. Elas ainda querem falar com Maya antes de responderem a um monte de perguntas. A senadora Kingsley está começando a perturbar Ramirez para chegar a Maya.

— Merda. — Ele passa a mão no rosto. — Ramirez pode mantê-la amarrada no hospital?

— Por um tempo, sim. Ela está negociando com a senadora e sua filha. Ela acha que pode nos conseguir algumas horas com tudo isso que está acontecendo.

— Certo, obrigado. Avise o Eddison quando ele voltar.

— Pode deixar.

Políticos são como assistentes sociais, na opinião dele. Acabam sendo úteis, mas são um saco até terem serventia.

Ele volta para a sala de interrogatório e entrega a Inara uma das garrafas.

Ela a aceita assentindo, gira a tampa com os dentes e não com as mãos delicadas. Metade do líquido da garrafa desaparece antes de ela pousá-la na mesa, com os olhos fechados. Um dedo faz desenhos na superfície de metal da mesa enquanto ela se prepara para a próxima pergunta.

Ele observa o movimento, sentindo um nó na garganta ao ver que o que pensava ser símbolos sem sentido eram asas de borboleta, traçadas sem parar no metal como um lembrete do que a levou ali.

— Estou ficando sem tempo de proteger você — diz ele, por fim.

Ela só olha para ele.

— Pessoas poderosas querem saber o que aconteceu. Elas não terão paciência com você, Inara, e eu tenho tido muita paciência.

— Eu sei.

— Precisa parar de dançar desse jeito. Diga-me o que preciso saber.

Por um tempo, o Jardineiro teve que continuar sendo surpreendido por seu filho mais novo. Desmond ia ao Jardim frequentemente, mas não tocava ninguém, só oferecia uma mão para ajudar as pessoas a se levantarem.

E ele levava seus livros.

Durante os dias, eu permanecia com a mais nova menina do Jardim, uma criatura encantadora de ascendência japonesa. À noite, Danelle ficava com a menina adormecida e eu me sentava na pedra, agarrando-me à ilusão de espaço. Com frequência, Desmond se unia a mim ali, e nas primeiras vezes ficamos em silêncio, cada um absorto em sua própria leitura. Fazia muito tempo que eu não me sentia ameaçada ao estar sentada perto de um homem. Não que eu me sentisse segura, mas não me sentia ameaçada. Falávamos sobre os estudos dele às vezes. Nunca sobre o Jardim. Nunca sobre seu pai.

Eu acho que o odiava por se recusar a unir as peças, mas não deixava que ele percebesse isso. O Jardineiro nunca nos deixaria partir, e Avery era perigoso demais para tentar influenciar. Eu não tinha certeza de que Desmond era uma esperança, mas ele era o mais próximo disso que eu conseguia ver.

Eu queria viver e queria que as outras meninas vivessem e, pela primeira vez, queria que o mito da Borboleta que escapou fosse verdade. Queria acreditar que podia ir embora sem acabar no vidro ou na barranca do rio.

E então, certa noite, Desmond levou o violino.

O Jardineiro havia me contado que seu filho era músico, e eu tinha visto o modo como seus dedos silenciosamente imitavam acordes em livros, pedras, joelhos ou qualquer superfície disponível enquanto ele pensava. Era como se ele traduzisse seus pensamentos em música para que pudessem fazer sentido.

Eu estava deitada de barriga para baixo na pedra com meu livro e uma maçã à minha frente, de olho em três das meninas no Jardim principal. Elas estavam mergulhadas até o pescoço brincando dentro do pequeno lago. Espirravam água umas nas outras da melhor maneira que conseguiam, e eu sabia que provavelmente os sensores deveriam ter alertado o Jardineiro sobre a presença de alguém na água, mas tudo que elas precisavam fazer era continuar brincando juntas o suficiente para que ele ficasse à vontade e fosse fazer outra coisa. Ele não estava no Jardim naquela noite – tinha dito algo sobre um evento de caridade com sua esposa quando eu fui receber a garota em seu quarto depois da primeira sessão de tatuagem –, mas eu não duvidava que ele tinha uma maneira de nos observar se quisesse. Eleni e Isra estavam ali havia três e quatro anos, respectivamente, o que significa que já deveriam ter passado do ponto de tolices, mas Adara havia chegado apenas cerca de dois meses antes de mim. Ela vivia bem ali, mas de vez em quando tinha acessos de depressão que eram quase paralisantes. Tinham motivo clínico, e eu me surpreendia por não serem mais frequentes sem os seus remédios, mas nós tentávamos cuidar para que ela não ficasse sozinha durante esses acessos. Ela já estava saindo do mais recente, mas seu humor ainda estava abalado.

Desmond subiu pelo caminho, com a mala na mão, e parou ao lado da pedra.

— Oi.

— Olá — respondi.

Normal era algo variável no Jardim.

Olhei a mala na mão dele. Será que, se pedisse para ele tocar para mim, ele se sentiria mal? Ou será que ficaria pensando que eu devia um favor? Eu era capacitada o suficiente para entender o Jardineiro e Avery. Desmond era mais difícil. Diferentemente de seu pai e de seu irmão, ele não sabia o que queria.

Eu era boa em fugir das pessoas, não em manipulá-las. Isso era um ambiente novo para mim.

— Toca para mim? — pedi, por fim.

— Você não se importaria? Tenho um teste de proficiência amanhã e não queria acordar minha mãe. Eu ia praticar do lado de fora, mas... uh... — disse ele.

Não olhei. Eu ouvia a chuva contra o vidro. Senti saudade de sentir a chuva.

Quase sempre tinha alguma música tocando no nosso apartamento. Kathryn gostava de música clássica, Whitney gostava de rap sueco e Noémie gostava de *bluegrass*, enquanto Amber gostava de country, e, no fim, tínhamos a experiência mais eclética imaginável. Ali, algumas das meninas tinham rádios ou tocadores no quarto, mas para a maioria de nós música era algo raro.

Fechei o livro e me ajeitei enquanto Desmond pegava seu arco e esticava os dedos. Foi fascinante observar todos os pequenos rituais que envolviam o aquecimento, mas, quando ele finalmente levou o arco às cordas para tocar de verdade, eu percebi por que seu pai o chamava de músico.

Era mais do que apenas tocar. Apesar de eu não ser especialista, ele parecia habilidoso de uma forma muito técnica, mas conseguia fazer as notas chorarem ou rirem pelas cordas. Ele enchia cada trecho com emoção. No lago, o trio parou de espirrar água e ficou boiando para poder ouvir. Fechei os olhos e deixei a música me envolver.

Às vezes, quando Kathryn e eu sentávamos na saída de emergência ou no telhado às três ou quatro da madrugada depois do trabalho, um rapaz do prédio ao lado saía no telhado para praticar o violino. Ele se atrapalhava com o dedilhado, e o deslizar do arco nem sempre ia no ritmo, mas, naquela semiescuridão que era o mais perto de uma noite de verdade que a cidade conseguia alcançar, era como se o violino fosse sua amante. Ele parecia não notar que tinha uma plateia e se concentrava totalmente no instrumento e no som que fazia. Era a única coisa que Kathryn e eu fazíamos juntas rotineiramente. Mesmo quando tínhamos a noite livre, permanecíamos acordadas para sair e ouvir aquele rapaz tocar.

Desmond era melhor.

Ele passava tranquilamente de uma música a outra e, quando finalmente deixou o arco descer até a lateral de seu corpo, as últimas notas ecoaram esperançosamente.

— Acho que você não vai ter problema em passar pela proficiência — sussurrei.

— Obrigado. — Ele conferiu o instrumento, aninhando-o com cuidado e, quando teve certeza de que tudo estava como deveria estar, guardou-o em um estojo forrado de veludo. — Quando eu era mais jovem, sonhava em ser músico profissional.

— Sonhava?

— Meu pai me levou a Nova York e organizou as coisas para que eu passasse alguns dias com um violinista profissional, para que eu pudesse ver como era. Eu detestei aquilo. Parecia... bem, sem alma, acho. Como se eu fosse passar a odiar música se começasse a de fato ganhar a vida fazendo aquilo. Quando falei para o meu pai que queria fazer algo que ainda me permitisse amar a música, ele disse que sentia orgulho de mim.

— Ele parece orgulhoso de você com bastante frequência — murmurei, e ele olhou para mim de um jeito esquisito.

— Ele fala sobre mim com você?

— Um pouco.

— Hum...

— Você é filho dele. Ele ama você.

— Sim, mas...

— Mas?

— Mas você não acha meio esquisito que ele fale sobre seu filho com suas reféns?

Decidi não contar a ele tudo o que o pai havia dito a seu respeito.

— Mais esquisito do que o fato de ele ter reféns?

— Verdade.

E lá estava ele, finalmente capaz de nos chamar de reféns e incapaz de tentar qualquer coisa que mudasse esse fato.

O riacho que ligava a cachoeira ao lago tinha menos de um metro de profundidade, mas Eleni deu um jeito de nadar até as pedras antes de ficar de pé.

— Maya, vamos entrar agora. Precisa de alguma coisa?
— Não que eu consiga me lembrar, obrigada.
Desmond balançou a cabeça.
— Às vezes você parece uma mãe.
— Que irmandade deturpada.
— Você me odeia?
— Por quê? Por ser filho de quem é?
— Estou começando a perceber o quanto — disse ele baixinho. Ele se sentou ao meu lado na pedra, passando os braços pelos joelhos dobrados. — Uma das garotas de minha aula de Freud e Jung tem uma tatuagem de borboleta no ombro. É feia e mal desenhada, uma daquelas fadas-borboleta com rosto que parece uma boneca derretida, mas ela estava usando um vestido azul tomara que caia e quando vi a tatuagem só consegui pensar, durante todo o resto da aula, em suas asas e como elas são lindas. São horríveis, mas também são lindas.
— É basicamente assim que encaramos o desenho — respondi de modo neutro, curiosa para ver aonde ele estava indo com aquilo.
— Duvido que ver suas asas irrite *você*.
Ah.
Sim, sem dúvida, filho de quem era.
Mas, diferentemente do pai, sentia vergonha desse fato.
— Numa outra aula, estávamos falando sobre colecionadores e eu me peguei pensando no meu pai e na história do pai *dele* sobre a coleção de borboletas, mas obviamente depois comecei a pensar na versão do meu pai sobre aquilo tudo e, de repente, me peguei pensando em você de novo e em como você consegue ser mais digna com apenas a tatuagem e as cicatrizes do que a maioria das pessoas consegue ser estando totalmente vestidas. Há semanas tenho tido uns... uns *sonhos*, e eu acordo suando e excitado, e não sei se são pesadelos ou não. — Ele afastou os cabelos do rosto, parando a mão na nuca. — Não quero acreditar que sou o tipo de pessoa que poderia fazer isso.
— Talvez você não seja. — Dei de ombros quando ele me olhou de soslaio. — É complicado concordar com isso por si só, mas não quer dizer que você próprio faria essas coisas.

— Mas ainda assim é concordar com isso.
— Certo ou errado não significa que seja uma escolha fácil.
— Por que você *não* me odeia?

Tinha pensado muito sobre isso nas últimas semanas e ainda assim não sabia se tinha encontrado a resposta.

— Talvez você esteja tão preso aqui quanto nós — falei lentamente. Mas, *sim*, eu o odiava, talvez de um jeito diferente com que odiava seu pai e seu irmão, mas com a mesma força.

Ele pensou nisso por um tempo. Num lampejo, tentei entender as emoções que passavam por seu rosto. Ele tinha os olhos do pai, mas era muito mais consciente de si do que o Jardineiro jamais seria. O Jardineiro se agarrava a suas desilusões. Desmond acabava confrontando as verdades duras, ou pelo menos o início delas. Ele não sabia o que fazer com elas, mas não tentava fazer com que elas fossem menos do que eram.

— Por que não tenta fugir?
— Porque garotas já tentaram antes de mim.
— Fugiram?
— Tentaram.

Ele fez uma careta.

— Tem só uma porta que leva para fora deste lugar, e ela fica trancada e codificada o tempo todo. É preciso inserir um código para entrar e para sair. Quando a manutenção vem, os quartos se tornam à prova de som. Poderíamos gritar e esmurrar a porta o quanto quiséssemos e ninguém iria nos ouvir. Poderíamos também tentar ficar aqui quando as paredes descessem para manutenção, mas alguém tentou fazer isso cerca de dez anos atrás e nada aconteceu, além de ela desaparecer.
— E reapareceu de novo em vidro e resina, mas Desmond ainda não tinha visto essas Borboletas. Ele parecia ter se esquecido do que seu pai dissera a respeito de nos guardar depois de nossa morte. — Não sei bem se seu pai contrata pessoas indiferentes ou se ele fez a coisa toda parecer comum, mas ninguém veio aqui nos salvar. No final das contas, nós sentimos medo.
— Da liberdade?

— Do que acontece se *quase* chegarmos lá. — Olhei para a noite além dos vidros. — Vamos admitir, ele poderia matar todas nós bem depressa se sentisse a necessidade. Como poderíamos saber se ele não castigaria todas nós caso uma tentasse e fracassasse?

Ou pelo menos, quem fez a tentativa e eu, porque, uma vez que ele acha que elas me contam absolutamente tudo, como eu não saberia de tal plano?

— Sinto muito.

Que coisa mais idiota para se dizer naquelas circunstâncias.

Balancei a cabeça.

— Sinto muito por você ter vindo aqui.

Mais um olhar de soslaio, meio magoado e divertido.

— Sente totalmente? — perguntou ele depois de um minuto.

Observei seu rosto à luz da lua. Por duas vezes, ele me ajudou a passar por ataques de pânico, apesar de só saber de um deles. Ele era frágil de um modo que seu pai e seu irmão não eram, alguém que queria ser bom, fazer o bem, mas não sabia como.

— Não — falei, por fim. — Não totalmente. — Não se eu conseguisse encontrar uma maneira de torná-lo útil.

— Você é uma pessoa muito complicada.

— E você é uma complicação.

Ele riu e estendeu a mão entre nós, com a palma para cima, e eu não hesitei em pegá-la, unindo nossos dedos. Eu me recostei nele, apoiando a cabeça em seu ombro, e houve um silêncio confortável entre nós. Ele me fazia lembrar um pouco de Topher, mas mais complexo, e por um tempo senti vontade de fingir que ele não era filho de quem era, que era meu amigo.

Eu adormeci desse jeito e, quando a luz do sol da manhã acertou meus olhos, lentamente me sentei e pude ver que tínhamos dormido aconchegados a noite toda, com a mão dele em meu quadril e o outro braço protegendo meu rosto da pedra. A nova garota ainda levaria umas horas para despertar, mas Desmond tinha aulas e, em algum momento, uma proficiência de violino na qual ele passaria sem nenhum esforço.

Estiquei meu braço e, hesitantemente, afastei uma mecha de cabelos escuros de sua testa. Ele se remexeu e inconscientemente acompanhou o gesto, e eu não consegui evitar um sorriso.

— Acorde.

— Não — murmurou ele, pegando minha mão para cobrir seus olhos.

— Você tem aula.

— Vou faltar.

— Você tem um exame de proficiência.

— Sou proficiente.

— Você tem provas finais semana que vem.

Ele suspirou, mas o suspiro acabou se tornando um bocejo enorme, e ele relutantemente se sentou e esfregou os olhos pesados de sono.

— Você é mandona, mas é bom acordar e ver você aqui.

Desviei o olhar porque não tinha certeza do que estava aparente em minha expressão. Ele tocou meu queixo com a ponta dos dedos, com leves calos devido às cordas, e aproximou meu rosto do dele, e o que vi ali foi um sorriso calmo.

Ele se inclinou para a frente e então se segurou e começou a se afastar. Diminuí a distância entre nós, seus lábios suaves contra os meus. Ele moveu a mão de meu queixo até que ela envolvesse todo meu rosto e então aprofundou o beijo até que eu comecei a me sentir zonza. Fazia muito tempo desde a última vez em que eu havia beijado alguém, em vez de apenas deixar que me beijassem à força. O Jardineiro achava que seu filho podia me amar, e eu achava que ele podia ter razão. Também achava que o amor poderia gerar uma motivação diferente no filho do que aquela que gerava no pai. Ao menos era assim que eu esperava que fosse.

Quando Desmond se afastou, deu um beijo em meu rosto.

— Posso vir ver você depois da aula?

Assenti enquanto silenciosamente reconhecia que minha vida tinha alcançado um nível totalmente novo de desgraça.

— E o Jardineiro estava feliz com isso?

— Na verdade, sim. Bem, tenho certeza de que havia um certo grau de interesse próprio nisso, afinal, se Desmond ficasse emocionalmente ligado a uma ou mais de nós, era improvável que ele deixasse alguma coisa acontecer conosco. Isso devia ser parte de tudo aquilo, mas acho que, mais do que qualquer coisa, ele realmente gostava de ver o filho feliz.

Victor suspira.

— Quando eu pensava que essa história não podia ficar mais maluca.

— Sempre dá para ficar mais maluca. — Ela sorri ao dizer isso, mas ele sabe que não deve confiar. Não se trata de um sorriso simpático, não é o tipo de sorriso que deveria ser facilmente exibido em uma garota de sua idade. — É a vida, certo?

— Não — diz Victor baixinho. — Não é. Ou, pelo menos, não deveria ser.

— Mas essas são coisas distintas. *Ser* e *não dever* são coisas completamente diferentes.

Ele está começando a achar que Eddison não vai voltar.

Dá para entender.

Se essa é a maluquice que ela está admitindo, a maluquice que ela ainda está escondendo deve ser muito pior.

— Como as coisas mudaram depois das provas dele?

Ele vinha mais vezes durante o verão, com exceção da hora no início da tarde em que caminhava com seus pais na estufa externa. Ficava no topo do penhasco ou na biblioteca quando vinha pelas manhãs, respeitando a privacidade de minhas conversas com as outras garotas na caverna. Danelle substituiu Lyonette como meu equilíbrio nas conversas mais delicadas, assim como ela também havia começado a fazer o turno da noite com as novas meninas.

Não havia muito a ser feito no turno da noite porque elas dormiam sob o efeito de drogas para dormir, mas mesmo assim eu gostava de poder ter meu próprio espaço ao menos um pouco.

E Danelle era confiável, apesar das asas que se espalhavam pelas suas bochechas e pela testa. Eu havia me acostumado com sua *Limenitis arthemis*, a Roxa de Pontos Vermelhos, com seus profundos contrastes de cor e quebra de estampas. Não digo que combinava com ela, assim como a das minhas costas não combinava comigo, mas ela havia feito com que o desenho se tornasse parte dela e aprendeu com a experiência. Ela e Marenka foram as últimas a receber as asas no rosto; depois disso, elas convenceram todo mundo a evitar ser uma puxa-saco. Havia algumas que chegavam perto, mas ainda não tinham cruzado esse limite.

Eu cuidava das primeiras conversas e ela trocava comigo quando a garota dava sinais de estar despertando. Danelle evitava conhecer as garotas novas antes de elas estarem mais ou menos adaptadas, e assim também o faziam as outras meninas com asas no rosto.

Depois da primeira sessão, eu estava na sala sempre que o Jardineiro fazia a tatuagem da nova garota. Ela detestava agulhas, mas se eu lesse para ela e se deixasse que ela apertasse pra caralho o meu braço – ela ficava deitada e quieta. Foi a pedido dela, e não do Jardineiro, que eu fiquei ali, mas acho que ele ficou satisfeito com isso. Enquanto eu lia em voz alta *O Conde de Monte Cristo* e me perguntava se isso contava como ironia, observava o azul brilhante de uma *Celastrina ladon*, ou Azul Primavera, se espalhar por sua pele de porcelana, interrompida por algumas veias ou detalhes branco-prateados e uma faixa estreita de azul-marinho nas pontas das asas de cima.

Bliss trouxe um saco de gelo junto com as bandejas do almoço para que eu pudesse colocar em meu braço agora sempre cheio de hematomas.

O Jardineiro não me tocava quando Desmond estava no Jardim, mas o interesse de seu filho em mim criou nele um entusiasmo correspondente. Não era segredo entre as garotas que eu era a preferida dele – na verdade, acho que elas ficavam aliviadas –, mas ele passou a vir me procurar quase todos os dias, em vez das duas ou três vezes semanais de antes.

Ele ainda procurava as outras garotas, claro, mas quando estava com outra pessoa não se importava em saber se o filho mais novo estava no Jardim ou não. E ainda havia Avery, mas este estava um pouco desanimado com a destruição em sua sala e com o orgulho nítido que seu pai tinha por Desmond. Com seu irmão mais novo sendo um forte exemplo de como seu pai queria que fôssemos tratadas, era difícil para ele se entregar às coisas de que gostava.

Eu passei a odiar o almoço porque ele me procurava todo dia, enquanto Desmond saía para almoçar e passar a tarde com a mãe, e o desejo fazia suas mãos tremerem. Comecei a almoçar em meu quarto para não ter que passar pela humilhação de ele entrar na sala de jantar chamando meu nome em meio às conversas. Apesar de ele saber que Desmond não tinha feito nada além de me beijar, só a ideia de que ele podia fazer mais bastava para fazer o Jardineiro quase ejacular na calça.

E, puta que o pariu, apenas a mais remota possibilidade de pensar que ele poderia analisar as gravações das câmeras de segurança na esperança de ver seu filho comigo bastava para fazer meu cérebro se desligar totalmente.

Pelo menos, aquelas visitas tinham uma duração específica, uma vez que ele tinha que estar em casa às quinze para as duas para encontrar a esposa para sua caminhada. Enquanto a família passeava pela praça da estufa, eu passava a hora com a garota que ele rebatizou como Tereza. Ela tinha pouco menos de dezessete anos e era filha de dois advogados, e quase nunca elevava a voz além de um sussurro. Quando o fazia era sempre por algo importante, como por exemplo quando pediu para que eu lesse para ela enquanto o Jardineiro desenhava suas asas. Ela também se envolvia em conversas sobre música. Tocava piano, nós soubemos, e queria ser uma pianista profissional. Ela e Ravenna podiam passar horas falando sobre pontuação no balé. Ela prestava muita atenção e era capaz de perceber os detalhes de qualquer situação; por isso, parecia compreender nossa existência precária antes mesmo de eu mostrar os vidros para ela naquela primeira semana.

Para seu próprio bem e para que ela tivesse como se manter calma, pedi ao Jardineiro que lhe desse um teclado.

Ele instalou um piano em um dos quartos vazios, substituindo a cama pelo lindo instrumento e uma parede repleta de armários de partituras. Só na hora das refeições, do sono e de receber as visitas do Jardineiro – que eram inúmeras pelo fato de ela ser nova – ela saía daquele quarto, onde tocava o piano até sentir cãibra nas mãos.

Desmond me encontrou no corredor certa tarde, recostado na parede do lado do Jardim. Ele mantinha a cabeça inclinada para o lado enquanto ouvia.

— O que acontece quando alguém tem um colapso? — perguntou ele, baixinho.

— Como assim?

Ele acenou com a cabeça na direção da porta.

— Dá para ouvir na música. Ela está se desintegrando. Está agitada, mudando o ritmo, batendo com tudo nas teclas... talvez ela não fale, mas isso não quer dizer que ela esteja se adaptando.

Não dava para esquecer que ele era um estudante de psicologia.

— Pode ser que ela tenha um colapso, pode ser que não. Existe um limite do que eu posso fazer para prevenir isso.

— Mas e se ela tiver?

— Você sabe o que acontece. Só não quer admitir. — Ele nunca perguntou por que Simone não tinha voltado. A chegada de Tereza foi recebida com um ar de consternação seguida por um esforço óbvio e consciente para não pensar demais sobre isso.

Desmond empalideceu, mas assentiu para mostrar que compreendia. E então mudou rapidamente de assunto. Se você não olhar para a coisa ruim, a coisa ruim não poderá ver você, certo?

— Bliss está cuidando de algum projeto que está todo espalhado na pedra. Ela me disse que, se eu me sentar em qualquer parte da argila, ela vai enfiar tudo no meu nariz.

— No que ela está trabalhando?

— Não faço a menor ideia; ela ainda estava amaciando as argilas.

As tardes de verão eram quase insuportáveis de tão quentes no Jardim, o calor atravessando e sendo espalhado pelo vidro. A maioria das meninas tentava escapar passando a tarde na água ou na sombra, ou ainda no quarto, onde podiam sentir o ar mais frio passando pelas janelas. Eu não pretendia perturbar Bliss se ela estava fazendo algo, principalmente se estivesse na parte mais quente do Jardim, por isso peguei a mão de Desmond e desci o corredor com ele. Estava mais frio nos fundos, onde a base do penhasco ficava diretamente de frente para o corredor de vidro e bloqueava a luz do sol.

Entramos no meu quarto e Desmond imediatamente começou a observar a estante acima da minha cama. Tocou o carrossel para fazê-lo girar.

— Por algum motivo, não vejo você como uma pessoa que goste de carrossel — disse ele, virando-se para olhar para mim.

— Não sou.

— Então, por que...

— Outra pessoa gostava.

Ele voltou a olhar para o carrossel e não disse nada. Não podia fazer mais perguntas sem tocar em assuntos sobre os quais ele fazia tanto esforço para não pensar.

— Os presentes que damos dizem tanto sobre nós quanto os presentes que recebemos e guardamos — disse ele, por fim. Tocou o focinho do dragãozinho triste, que agora tinha um ursinho de pelúcia de pijama pequenininho para lhe fazer companhia. — São as coisas que importam ou as pessoas?

— Pensei que as aulas tinham acabado durante o verão.

Ele abriu um sorriso tímido para mim.

— Hábito?

— Sei.

Meu quarto tinha mudado um pouco desde o primeiro dia. Meus lençóis eram de um cor-de-rosa intenso, o cobertor era de um tom roxo brilhante, com montes de travesseiros em uma colcha bege. Meu vaso sanitário e o chuveiro ficavam escondidos por cortinas do mesmo tom, com decorações rosadas e roxas penduradas na parede para o caso de eu querer prendê-las por algum motivo. Havia duas estantes curtas ao longo de uma parede com os diversos livros que o Jardineiro tinha me dado pessoalmente, em vez de colocá-los na biblioteca, e os penduricalhos transbordavam das estantes, e os mais importantes – ou pelo menos os mais pessoais – ficavam na estante acima da cama.

Com exceção dos penduricalhos, era difícil dizer que o quarto refletia algo sobre mim, já que eu não tinha escolhido nada ali. Até mesmo os enfeites eram difíceis de explicar. Certa vez, Evita havia pintado para mim um lindo crisântemo em uma pedra, mas isso mostrava a personalidade ensolarada dela, não a minha. O fato de eu mantê-lo comigo só significava que *ela* era importante para mim.

E então havia aquilo que me fazia consciente de que aquele espaço não era *nada* meu: a luz vermelha piscante da câmera acima da porta.

Eu me sentei na cama com as costas na parede e o observei enquanto ele se inclinava para os lados para ler as lombadas dos livros.

— Quantos destes foram escolhidos pelo meu pai?

— Talvez a metade.

— *Os irmãos Karamázov?*

— Não, esse era meu.

— Sério? — Ele sorriu para mim olhando para trás. — Intenso, não?

— No primeiro contato. É divertido de discutir.

Eu discutia muitos livros com Zara, mas nunca os clássicos. Isso era algo que Noémie e eu tínhamos feito, dissecando-os, entrando em debates que podiam durar dias ou até semanas sem nunca chegarem a ser resolvidos de fato. Reler Dostoiévski mantinha Noémie fresca em minha mente de um jeito que não era tão doloroso quanto me lembrar diretamente dela e das outras em Nova York. Havia um livro para cada uma das garotas do apartamento. Era mais sutil do que os desenhos de Nazira ou os bonecos de Bliss, mas tinha a mesma motivação.

— Por que não me surpreende o fato de você gostar de livros com camadas? — Ele terminou sua análise e ficou de pé ao lado da cama, com as mãos nos bolsos.

— Pode se sentar na cama, sabia?

— Eu... hum... este é seu espaço — disse ele sem jeito. — Não quero me atrever.

— Pode se sentar na cama, sabia?

Dessa vez, ele sorriu e tirou os sapatos, sentando-se ao meu lado em cima dos cobertores. Nós tínhamos nos beijado algumas vezes desde aquela primeira, cada vez de modo mais desajeitado e um pouco arrebatador. Seu pai e, com menos intensidade, seu irmão, ficavam perto de nós sempre que parecia que podíamos ir um pouco além e eu não tinha certeza do que pensava sobre isso.

Na verdade, eu não tinha certeza de muita coisa no que dizia respeito a Desmond.

Conversamos um pouco sobre seus amigos, sobre a faculdade, mas até mesmo isso era difícil, às vezes. Eu já tinha estado no Jardim tempo suficiente para que o mundo de fora se tornasse meio surreal, como uma lenda meio difícil de acreditar. Em dado momento, chegou a hora do jantar, hora de ele voltar para casa por um tempo para que sua mãe não tentasse descobrir onde ele havia estado todo esse tempo, e então nós atravessamos o corredor de mãos dadas. Será que, se eu o levasse até a entrada, ele me mandaria embora antes de digitar o código na fechadura? Eu fiquei tentando imaginar se aquela medida de precaução tinha sido dada por seu pai. Se eu corresse pela porta, ele sentiria pena e me deixaria partir?

Será que eu conseguiria fazer a polícia vir para salvar as meninas antes que algo acontecesse com elas?

Se eu não tivesse me distraído com o problema da porta, talvez poderia ter notado na hora, poderia ter percebido que aquele silêncio era muito esquisito, mas demorei um minuto para perceber que deveríamos estar ouvindo um piano pela extensão toda do corredor. Soltei a mão dele, sem me importar se ele me seguiria, e corri até a sala de música, morrendo de medo do que pudesse ver.

Tereza estava viva e bem.

Mas arrasada.

Ela estava sentada no banco do piano e sua postura estava correta e perfeita, e ela até mesmo estava com as mãos sobre as teclas do piano, arqueadas e posicionadas. Parecia que ela poderia começar a tocar a qualquer momento.

Mas, ao ver em seu rosto as lágrimas que desciam silenciosamente e perceber seu olhar totalmente vago, consegui compreender que algo se ausentara; o que existia em Tereza não estava mais ali. Às vezes, acontecia depressa como uma piscada, como uma batida de coração, como qualquer coisa que deveria estar normal e passava a não estar.

Eu me sentei no banco ao lado dela, com uma mão em suas costas. Ainda olhando para a frente, para o nada, ela estremeceu.

— Se puder voltar, por favor, tente — sussurrei. — Eu sei que é ruim, mas depois disso não tem mais nada. É pior do que nada.

— Você acha que podemos piorar as coisas tentando algo? — perguntou Desmond com cuidado.

— Tentar o quê?

— Venha, saia do banco e a segure na beirada. — Ele se sentou na ponta e cuidadosamente se ajeitou até ter acesso a todas as teclas. Tereza não relutou nem hesitou quando eu tirei suas mãos. Desmond respirou fundo e começou a tocar algo suave, leve e cheio de dor.

A respiração de Tereza falhou, o único sinal de que ela tinha ouvido.

Fechei os olhos quando a música prosseguiu, com o peito apertado pelas lágrimas que eu não sabia como derramar. Ele tocou de forma intensa e, quanto mais tocava, mais Tereza tremia em meus braços, até finalmente se entregar aos soluços e enterrar o rosto em meu peito. Desmond continuou tocando, mas agora a música era algo leve e suave, não tão alegre quanto confortante. Tereza chorava, mas ela estava *ali*, ainda um pouco arrasada, com algumas partes essenciais faltando, mas respondendo. Eu a abracei com força e, por um momento agonizante, fiquei pensando que talvez fosse mais gentil deixar que ela ficasse arrasada. Deixar que morresse.

Quando não aparecemos para jantar e nem pedimos comida, Lorraine contou ao Jardineiro. Ainda estávamos na sala de música, incentivando Tereza a tocar algo para nós, quando ele apareceu na porta. Notei que ele estava ali, mas não lhe dei muita atenção, ainda concentrada na garota que tremia como vara verde. Desmond falava com delicadeza, sem fazer movimentos bruscos, e finalmente ela levou as mãos às teclas de novo, apertando uma única tecla.

Desmond pressionou uma tecla mais adiante.

Tereza tocou outra, ao que ele respondeu, e gradualmente as teclas se tornaram notas e progressões, até eles estarem tocando um dueto que eu quase reconheci. Quando acabou, ela respirou fundo e lentamente, soltou o ar e respirou de novo.

— Você se acostuma — ela sussurrou quase de um jeito inaudível.

Tomei o cuidado de não olhar para a porta.

— Sim, você se acostuma.

Ela assentiu e, usando a saia para secar o rosto e o pescoço, começou outra música.

— Obrigada.

Nós a ouvimos durante algumas canções, até que o Jardineiro entrou na sala para chamar minha atenção. Ele entortou o dedo e eu controlei um suspiro, levantando-me para acompanhá-lo até o corredor. Desmond nos seguiu.

Desmond a havia salvado, mas não admitia a si mesmo do que ele a tinha salvado.

— Lorraine disse que você não jantou — disse ele baixinho.

— Tereza estava tendo problemas — respondi. — Ela é um pouco mais importante do que jantar.

— Ela vai ficar bem?

Tinha que ficar, ou então iria para o vidro. Olhei para Desmond, que pegou minha mão e a apertou de leve.

— Acho que esse não será o último momento difícil pelo qual ela vai passar, mas acho que será o pior. Choque tardio, imagino. Mas Desmond fez com que ela voltasse a tocar, então é um bom sinal.

— Desmond? — O Jardineiro sorriu, e a preocupação foi substituída por orgulho. Ele apoiou a mão no ombro do filho. — Fico feliz em saber. Posso fazer alguma coisa para ajudá-la? — Mordi o lábio e ele balançou o dedo para mim. — Maya, a verdade agora.

— Seria melhor se você não fizesse sexo com ela por um tempo.

— Suspirei. — Tudo bem passar um tempo com ela, mas acho que o sexo vai exigir mais dela do que ela pode dar agora.

Ele piscou para mim, meio surpreso, mas Desmond assentiu.

— E mantenha Avery longe dela — acrescentou o Jardineiro. — Ele sempre gostou de quebrar as coisas.

— Por quanto tempo?

— Por algumas semanas, talvez? Teremos que ficar de olho nela para ver como está.

Consciente demais de seu filho para admitir o que estava na sua cara, o Jardineiro deu um beijo em minha testa.

— Você cuida muito bem delas, Maya. Obrigado.

Assenti porque parecia mais seguro do que falar.

Ele passou por nós e entrou de novo na sala, e ouvimos a música que Tereza tocava vacilar, mas ganhou força novamente quando ele só puxou uma cadeira do canto para ouvi-la tocar.

Desmond e eu ficamos no corredor ao longo de várias canções, esperando para ver se a hesitação voltaria, mas ela tocava como se estivesse em um recital, com graça e memorização. Quando acreditamos que não havia ameaça de um novo colapso, ele delicadamente puxou minha mão para atravessarmos o corredor.

— Está com fome?

— Não estou, não.

O pai dele teria insistido para que eu comesse mesmo assim, dizendo que pular refeições não era saudável. O irmão dele teria insistido para que eu comesse porque teria se deliciado ao me ver fazendo esforço para comer apesar de minha náusea. Mas Desmond simplesmente disse:

— Tudo bem. — E me levou para a caverna.

Estava vazia, pois todo mundo comia na sala de jantar. Quando estávamos no meio da caverna úmida, ele parou, virou-se e me envolveu com os braços, segurando-me contra seu corpo.

— Ele tem razão a respeito de uma coisa — disse contra meus cabelos. — Você cuida mesmo delas.

E eu só sabia como fazer aquilo por causa do apartamento porque, de seu jeito meio grosseiro, Sophia cuidava de todas nós. E também por causa de Lyonette. Sophia cuidava de suas meninas, mas Lyonette me ensinou a cuidar de Borboletas.

— Deve ser difícil se adaptar a um lugar como este, se você já morou na rua — disse ele. — Estar em segurança, mas não poder ir embora.

Não éramos da rua e muito menos estávamos seguras; eu só não sabia como fazer com que ele entendesse isso, uma vez que as garotas no vidro estavam escondidas.

Acabamos indo para a cozinha quando o pânico diminuiu o bastante a ponto de fazer meu apetite aparecer, e, enquanto comíamos bananas e biscoitos, Adara enfiou a cabeça pela porta e prometeu ficar com Tereza durante as noites. Por conta de sua depressão, Adara tinha uma perspectiva diferente de todas nós sobre as coisas, porque ela já teve que se recompor sozinha muitas vezes antes.

Dei um beijo em seu rosto porque não tinha palavras para agradecer direito.

Danelle se ofereceu para ajudar também, convidando o Jardineiro para ir a seu quarto do mesmo modo que ela costumava fazer nos dias em que recebera as asas no rosto. Acho que ele percebia os motivos para aquilo, mas acredito que ele se sentia tocado da mesma forma, porque, ainda que não fosse por sua causa, pelo menos era por causa de Tereza. Fazer algo de bom para outra Borboleta era a mesma coisa que fazer por ele.

Desmond serviu um copo de leite e se posicionou ao meu lado no balcão, colocando o copo entre nós.

— Se eu fizesse algo bem patético, você acha que poderia fingir gostar para massagear meu ego?

Olhei para ele desconfiadamente.

— Adoraria ser motivadora e dizer sim, mas não posso prometer isso sem saber o que é.

Ele bebeu o líquido todo num gole.

— Venha comigo. Vou lhe mostrar.

— Ainda é ser motivadora dizer que estou com medo, mas que vou mesmo assim?

— Ajuda. — Ele me ergueu do balcão e pegou minha mão enquanto saíamos da cozinha e íamos para o Jardim. Ainda estava um pouco iluminado, uma pintura escura no céu, e eu observei as cores mudando. Ele nos levou por trás da queda-d'água para dentro da caverna e então soltou minha mão. — Espere aqui.

Ele voltou menos de um minuto depois.

— Feche os olhos.

Quando Desmond me falava para fazer alguma coisa – ou melhor, quando eu fazia –, não tinha a sensação de que estava apenas obedecendo. Eu obedecia ao Jardineiro, eu obedecia a Avery.

Desmond era mais cuidadoso em relação ao que me pedia para fazer.

O barulho da cachoeira abafou o som de seus movimentos, mas, depois de um momento, ouvi a música e reconheci imediatamente. "Sway" era a música preferida de Sophia, aquela com a qual ela dançava com as meninas no fim de cada visita, e ela não conseguia ouvir as últimas notas sem chorar. Desmond segurou minhas mãos, colocou uma delas em sua cintura e se aproximou.

— Abra os olhos.

Um iPod e uma caixa acústica estavam em uma parte seca do chão, perto do corredor. Ele sorriu para mim, com certo nervosismo, e deu de ombros.

— Dança comigo?

— Nunca... eu não... — Respirei fundo e, de algum modo, seu sorriso nervoso estava em meus lábios. — Não sei dançar.

— Tudo bem. Eu só sei dançar valsa.

— Sabe dançar valsa?

— Por causa dos eventos beneficentes de minha mãe.

— Ah. — Ele me puxou para mais perto ainda, até meu rosto encostar em seu ombro, e nos balançou de um lado a outro. Ele mantinha nossas mãos unidas encostadas em seu peito, a outra mão escorregando para a minha lombar. Suavemente, quase de modo inaudível, a princípio, ele começou a cantar. Deixei que ele guiasse, encostando o rosto em seu ombro para esconder o que meu rosto mostrava.

Há aquele momento em que sabemos que de repente tudo mudou. A maioria das pessoas tem esse momento muitas vezes na vida.

Eu vivi um momento assim quando tinha três anos e percebi que meu pai não era como o resto de sua família.

Vivi um momento assim quando tinha seis anos e estava no maldito carrossel enquanto todo mundo se afastava.

Vivi um momento assim quando tive que pegar um táxi para a casa de minha avó, quando minha avó morreu, quando Noémie me serviu a primeira bebida no apartamento.

Vivi um momento como aquele quando acordei no Jardim, quando recebi um nome novo que tinha como propósito destruir tudo o que eu tinha sido antes.

E agora, nos braços daquele rapaz desconhecido e inexplicável, eu sabia que, mesmo que nada mais mudasse, tudo estava diferente.

Talvez eu pudesse mudá-lo, quem sabe eu conseguisse convencê-lo, enganá-lo ou manipulá-lo para que contribuísse com a liberdade que eu queria para todas nós – mas isso tudo teria um preço.

— Des...

Senti o sorriso dele em minha testa.

— Sim?

— Neste momento, eu poderia odiar você um pouco.

Ele não parou de dançar, mas seu sorriso desapareceu.

— Por quê?

— Porque isso é totalmente absurdo. — Respirei fundo e lentamente, pensando no que dizer em seguida. — E porque isso vai despedaçar meu coração.

— Isso quer dizer que você também me ama?

— Minha mãe me ensinou a esperar que o homem sempre diga antes.

Ele se afastou um pouco, o suficiente para ver meu rosto.

— É mesmo?

— Sim.

Acho que ele não sabia se eu estava falando sério ou não.

A música terminou, passando a algo que eu provavelmente deveria ter reconhecido, e ele abriu um espaço entre nós.

— Para quem estou dizendo isso? Porque você pode atender pelo nome de Maya, mas essa não é você.

Balancei a cabeça.

— Não consigo pensar assim. Não se não tenho a oportunidade de ser aquela pessoa de novo.

Desmond pareceu decepcionado, mas, sinceramente, o que ele esperava? Em seguida, ele se apoiou em um dos joelhos, segurando minhas duas mãos, e sorriu para mim.

— Amo você, Maya, e juro que nunca vou machucar você.

Eu acreditava naquilo em parte.

Não queria me sentir culpada por aquilo.

Mas me senti, por isso me sentei em seu joelho e o beijei, e ele se distraiu tanto me beijando que se desequilibrou e nós dois caímos na pedra úmida. Ele riu e continuou me beijando e beijando, e eu sabia que nunca conseguiria acreditar no resto. Desmond não era bom, por mais que quisesse ser, e ser melhor do que o resto da sua família não bastava. Todos os dias que ele ajudava a nos manter ali, ele me machucava.

— Não recitei Poe naquela vez, se por acaso quer saber.

— Não, dessa vez eu tenho certeza de que você estava prestando total atenção — Victor concordou de modo seco. — Então, era sério isso?

— O quê? Eu e Des?

— Bem, sim, mas mais especificamente o que você disse sobre sua mãe.

— Na verdade, sim.

Ele pensa nisso por um momento, tentando entender.

Não consegue.

— Ainda quer descobrir quem sou e de onde vim?

— Sim.

— Por quê?

Ele suspira e balança a cabeça.

— Porque não posso levar uma pessoa falsa ao tribunal.

— Não sou uma pessoa falsa. Eu fui confeccionada cuidadosamente e de forma genuína.

Ele não deveria rir. Ele realmente não deveria rir, mas ri e não consegue parar e se inclina sobre a mesa tentando ao menos abafar o som. Quando finalmente olha para a frente, ela está sorrindo para ele, um sorriso de verdade dessa vez, e ele responde de modo grato.

— O mundo real atrapalha, não é? — pergunta ela delicadamente, e o riso dele desaparece.

— Me mantendo honesto?

— Dói para você perguntar essas coisas e dói ouvir, apesar de você já ter ouvido muito disso antes. Gosto de você, agente especial Victor Hanoverian. Suas filhas têm sorte por ter você. A história está quase acabando, de qualquer modo, e então não irá machucar por um tempo.

🦋

O fim do verão chegou trazendo mudanças ao Jardim. Desmond havia passado tanto tempo conosco que já tinha se tornado uma presença constante, e, apesar de eu ser a única que ele tocava, não fui a única que conseguiu conhecê-lo. Tereza conversava com ele mais do que conversava comigo, porque a música excedia os limites de nossa jaula e fazia com que ela se esquecesse, mesmo que fosse por um tempo. Até mesmo Bliss parecia gostar de Desmond, apesar de eu me arriscar a pensar que muito daquilo era por minha causa.

Aos poucos, as meninas começaram a se sentir confortáveis com ele por perto, de um modo que elas nunca haviam sido nem com o pai nem com o irmão dele, porque sabiam que Desmond nunca iria exigir nada delas. A maioria havia perdido a esperança de ser salva e, por isso, não havia muita amargura a respeito do motivo pelo qual ele não reportava nada.

E o Jardineiro estava muito feliz.

Na primeira vez em que conversamos sobre Des, o Jardineiro dissera que a mãe dele sentia muito orgulho do filho. Pensei que isso significava que ele próprio não sentia orgulho dele, mas agora eu sabia que não era assim. Ele sempre se orgulhara de Desmond, mas, diante de uma garota que só conhecia Avery, ele tinha que falar do filho que dividia com ele o mesmo fascínio por manter um harém à força. Agora que Desmond fazia parte do Jardim, a felicidade de seu pai estava completa. O acesso nervoso de Tereza foi o único naquele verão. Não houve acidentes, aniversários de vinte e um anos e nada mais que pudesse nos forçar a lembrar que não podíamos nos divertir um pouco.

Bem, exceto o fato de o Jardineiro e Avery ainda estuprarem à vontade. Isso piorava as coisas.

Mas o Jardineiro mudou o modo de me tratar. Depois que Desmond e eu transamos, o Jardineiro não me tocou mais daquele modo. Ele me tratava como... bem, como uma empregada, acho. Ou como uma filha. Eu não era como Lorraine e não havia sido exilada de seu afeto, mas de algum modo ele concluiu que agora eu era de Desmond. Com Avery, ele compartilhava; com Desmond, ele dava.

Absurdo, não?

Mas eu estava disposta a aceitar aquilo sem questionar, ao menos durante um tempo. Se eu pensava em ter esperança de sensibilizar Desmond, não podia deixar que aquilo fosse apenas uma paixão momentânea. Precisava que ele me amasse de verdade, que estivesse disposto a brigar por mim, e isso não aconteceria se ele ainda estivesse me dividindo com o pai e o irmão.

O Jardineiro até desativou a câmera em meu quarto a pedido de Des, porque ele disse que se incomodava ao pensar que seu pai o estava observando fazendo sexo, e será que não podiam confiar que ele não me machucaria, já que me amava tanto?

Claro, tenho certeza de que a conversa foi um pouco mais animada e machista do que isso, mas Bliss mantinha as garotas sob controle com sua versão.

No entanto, Desmond continuava sendo filho de quem era. Sempre que eu tentava levá-lo até a porta, ele me mandava ir embora, com educação porém firmemente, para que eu não visse quando ele inserisse o código.

— Isso acabaria com a minha mãe — disse ele, quando eu finalmente toquei no assunto. Tomar uma atitude direta contra o pai dele seria complicado, eu entendia, mas por que não nos dar a chance de nos salvar? — O nome de minha família, nossa reputação, nossa empresa... Não posso ser o responsável por destruir isso.

Como pode um nome significar mais do que uma vida? Do que todas as nossas vidas?

No fim de semana antes de o semestre do outono começar, houve um show no Jardim. Desmond trouxe alto-falantes bons e os montou no penhasco, e naquela noite o Jardineiro nos deu cores vivas e guloseimas e, porra, foi patético ver como estávamos felizes. Ainda éramos reféns, ainda tínhamos a morte pesando em nossos ombros e estávamos na contagem regressiva para nossos aniversários de vinte e um anos, mas aquela noite foi mágica mesmo assim. Todo mundo riu, dançou e cantou, ainda que mal, e o Jardineiro e Desmond dançaram conosco.

Avery ficou sentado num canto com a cara fechada, porque a coisa toda tinha sido ideia de Desmond.

Depois que limpamos tudo e as meninas foram para os quartos dormir, Des levou a menor caixa acústica para o meu quarto e nós dançamos, balançando o corpo sem sair do lugar enquanto nos beijávamos. A intimidade com Des não era real, assim como não era com seu pai, mas ele não conseguia perceber isso. Ele achava que eu também o amava, apesar de eu nunca ter dito. Ele achava que aquilo era felicidade, que aquilo era, de algum modo, uma coisa saudável e estável, o tipo de coisa ao redor da qual se constrói uma vida. Ele não entendia ou fingia não entender quando eu sempre relembrava que as coisas enjauladas têm vida mais curta.

Des queria muito ser bom, fazer o bem, mas nossas circunstâncias não tinham mudado, tampouco tinham chance de mudar.

Quando finalmente fomos para a cama, eu estava quase zonza com os beijos dele, e ele não parava de rir. Ele passava as mãos por todos os lados, e as acompanhava com a boca, sua risada arrepiando minha pele. O sexo com Des não era íntimo, mas era divertido. Ele me enlouqueceu com suas provocações, até eu finalmente rolar para cima dele e prendê-lo, mordendo meu lábio enquanto me afundava nele. Ele gemeu e mexeu o quadril e então riu quando uma música muito inadequada começou a tocar. Quando eu dei um tapa em sua barriga, ele se sentou para me deixar zonza com seus beijos de novo e então me virou de bruços na ponta da cama.

E foi quando eu vi Avery, de pé na porta e fazendo uma carranca enquanto se masturbava.

Eu gritei – não me orgulho disso – e Desmond olhou para a frente para ver o que havia me assustado.

— Avery! Saia daqui!

— Tenho tanto direito a ela quanto você — Avery resmungou.

— Saia. Já.

Uma pequena parte de mim queria morrer de tanto rir. Felizmente, essa parte foi abafada em meio às sensações de fúria e medo. Pensei em pegar um cobertor, mas Avery já tinha me visto nua antes, e Desmond... bem, suas partes não estavam exatamente aparentes naquele momento. Fechei os olhos enquanto eles discutiam perto de mim porque não queria saber se Avery ainda estava com aquilo na mão enquanto brigava com o irmão.

E porque a risada estava ameaçando vencer.

E então entrou o Jardineiro. Afinal de contas, por que não?

— Mas que porra está acontecendo? Avery, guarde isso.

Abri os olhos e vi Avery fechando a calça enquanto o Jardineiro tentava abotoar sua camisa. Ah, que ótimo, a família toda, menos Eleanor. Praquejando baixinho, Desmond saiu de dentro de mim e me entregou meu vestido antes de pegar sua calça.

Às vezes os pequenos gestos importam.

— Podem, por favor, explicar o motivo dessa discussão que pode ser ouvida por todo o Jardim? — exigiu o Jardineiro, com a voz baixa e ameaçadora.

Os irmãos começaram a falar alto, um mais alto do que o outro, mas o pai os interrompeu com um gesto repentino.

— Maya?

— Des e eu estávamos transando, e Avery decidiu entrar de penetra na festa. Estava parado na porta se masturbando.

Depois de um leve estremecimento perante minhas palavras tão diretas, o Jardineiro olhou para seu primogênito, a raiva sendo pouco a pouco transformada em uma indignação crescente.

— O que raios você tem na cabeça?

— Por que ele pode ficar com ela? Ele nunca ajudou você a trazer alguém para cá, nunca saiu com você para encontrar ninguém, mas você a deu para ele como se fosse uma porra de uma noiva enquanto eu nem posso encostar nela?

O Jardineiro demorou um pouco para conseguir falar.

— Maya, por favor, pode nos dar licença?

— Claro — respondi educadamente. Porque a Gentileza é uma vadia, assim como o Desdém. — Quer que eu saia?

— De jeito nenhum, este é seu quarto. Desmond, venha, por favor. Avery. Vamos.

Fiquei na cama até não conseguir mais ouvir os passos deles e então me vesti e atravessei o corredor depressa até o quarto de Bliss. Ela estava sentada no chão com um monte de argila ao seu lado e o que parecia um massacre de ursinhos em formas de cookies à sua frente.

— O que foi toda essa confusão?

Eu me deitei na cama ao contar para ela, que riu até quase parecer histérica.

— Quanto tempo você acha que demora para ele expulsar Avery totalmente?

— Não sei se ele faria isso — falei, irritada. — Se Avery já é difícil de controlar quando está aqui, imagina lá fora.

— Nunca saberemos.

— Verdade.

Ela me deu uma bola de argila para amassar.

— Posso perguntar algo pessoal?

— Pessoal como?

— Você o ama?

Quase perguntei a quem ela se referia – principalmente porque tínhamos acabado de falar de Avery –, mas me dei conta do que ela estava falando meio segundo antes de fazer papel de idiota. Olhei para a luz vermelha e piscante da câmera e saí da cama para ficarmos juntas.

— Não.

— Então por que está fazendo tudo isso?

— Você acredita que uma Borboleta tenha de fato escapado?

— Não. Talvez. Mais ou menos? Espera... Ah, porra. De repente, o mundo volta a fazer sentido. Acha que vai dar certo?

— Não sei. — Suspirei, amassando a bola de argila. — Ele tem horror de ser filho de quem é, mas também tem... orgulho? Pela primeira vez em sua vida ele consegue perceber que o pai tem orgulho dele. Isso ainda representa mais para ele do que eu, e ele está assustado demais para pensar no que é certo e o que é errado.

— Se nunca tivesse existido um Jardim, se você o tivesse conhecido na biblioteca ou em outro lugar, você acha que o amaria?

— Sinceramente? Acho que não sei o que é esse tipo de amor. Eu o vi em outras pessoas, mas por conta própria? Talvez eu não seja capaz disso.

— Não consigo decidir se isso é triste ou seguro.

— Não consigo pensar em um motivo para não ser as duas coisas.

O casal do outro lado da rua se amava tanto que parecia quase absorto de tudo mais que o envolvia, e a chegada do filho deles de algum modo tornou os dois mais completos, em vez de afastá-los do amor que já existia entre eles. Rebekah, a recepcionista do Evening Star, amava seu marido profundamente – que por acaso era sobrinho de Guilian – e às vezes vê-los juntos era tão bonito que nós todas derretíamos um pouco.

Mesmo apesar das piadas que fazíamos com eles, claro.

Taki e Karen também tinham isso, a filha e a esposa dela também.

Mas, sempre que eu via, sabia que estava na presença de algo extraordinário, algo que nem todo mundo encontrava nem era capaz de reconhecer e manter.

E eu sou a primeira pessoa a admitir que sou um indivíduo bem fodido.

— Isso é justo. E sincero. — Ela pegou a argila de minha mão e me deu outra, dessa vez de um fúcsia chamativo que deixou manchas coloridas na minha pele. — Não agradecemos nunca.

— Pelo quê?

— Por você cuidar de nós — disse ela baixinho, os olhos azuis brilhantes grudados no ursinho que formava com as mãos. — Não que você seja maternal nem nada assim, porque, por favor, isso é bobagem, mas você dá amor, atenção e tem também as intervenções que você faz com o Jardineiro naquele quarto particular dele.

— Não é algo que precisamos discutir.

— Está bem. Me dê a argila e vá lavar as mãos.

Achando graça, eu fiz o que ela disse, esfregando as manchas coloridas de minha pele. Ela me deu uma bola de argila turquesa. Dessa vez, quando me sentei ao seu lado, olhei para todos os pedaços. Metade das partes espalhadas do urso – cabeça, patas e rabo – era preta, e a outra metade, branca. Algumas delas tinham sido montadas com um padrão, as pretas em tons de vermelho e as brancas em tons de azul. Metade de cada cor era levemente maior e os padrões combinavam mais, e vários deles pareciam existir em pares.

— Está fazendo um jogo de xadrez?

— O aniversário de vinte e um anos de Nazira será daqui a duas semanas.

E meu aniversário de dezoito anos seria algumas semanas depois disso, mas aniversários normalmente não eram comemorados no Jardim. Era meio como se fosse piada, como se estivéssemos comemorando a proximidade com a morte. Outras pessoas viam um aniversário como algo bom, pensando *Oba! Mais um ano!* Nós, no entanto, pensávamos *Porra. Um ano a menos*.

— Não é um presente de aniversário — ela continuou de um jeito amargo. — É mais um presente para dizer "sinto muito que sua vida seja tão merda assim".

— Bom presente.

— E num momento péssimo — ela concordou. Enrolou uma bolinha de argila dourada para formar uma corda, cortou-a na metade, a retorceu e o rei vermelho ganhou uma trança para a ombreira de seu uniforme. — Você também o odeia um pouco?

— Mais do que somente um pouco.

— Ele estaria agindo contra a própria família.

— Enquanto no momento ele está apenas agindo contra a decência e a lei. — Suspirei. Coloquei no chão a argila já amaciada e ela me deu outra, uma bola de cor azul royal. Eu sabia que não podia pedir para fazer um dos ursos, pois minhas habilidades com argila eram ridículas. — Bliss, posso garantir a você que eu revirei toda e qualquer possibilidade disso na minha mente. Tudo isso deixou de fazer sentido há muito tempo, se é que já fez.

— Então siga em frente e veja o que acontece.

— É basicamente isso.

— Ele está vindo.

Ouvimos passos pelo corredor, cada vez mais altos, e um momento depois Desmond entrou e se sentou no chão ao meu lado, dando uma laranja para cada uma de nós.

— Isso é um jogo de xadrez?

Bliss revirou os olhos e não respondeu e, enquanto ela fazia os soldados de ursinhos, eu amaciava a argila e Desmond brincava com seu iPod e alto-falante para continuar o show.

E aquela laranja? Foi a primeira e única vez que consegui tirar a casca toda numa espiral perfeita.

Eddison finalmente volta, trazendo consigo duas bolsas, uma cheia de garrafas de refrigerante e de água e a outra com sanduíches de carne. Quando entrega um dos sanduíches para a garota, ele puxa também um pequeno saco plástico do bolso e o coloca na mesa na frente dela.

Ela pega o saco e observa seu conteúdo.

— Meu dragãozinho azul!

— Falei com os peritos. Eles disseram que seu quarto foi protegido pelo penhasco. — Ele se senta na frente dela, ocupado desembrulhando seu sanduíche. Em um ato de gentileza, Victor finge não perceber que o colega está corado. — Eles vão colocar todos os seus pertences em caixas para você assim que forem liberados, mas se adiantaram e me deram esse para passar adiante.

Ela abre a sacola e pega o bicho de argila, passando o polegar pelo pequeno ursinho de pelúcia preso em seu braço.

— Obrigada — ela sussurra.

— Você está sendo um pouco mais acessível, de certa forma.

Ela sorri.

— Vic, os peritos estão analisando a casa. Vão nos contar se encontrarem as fotos.

A conversa para por um tempo enquanto eles comem, e a menina tem que envolver suas delicadas mãos com guardanapos para poder segurar o sanduíche, que estava muito quente. Quando terminam de comer e jogam fora os restos, ela pega o pequeno e triste dragão e o envolve na mão.

Victor decide que é sua vez de ser corajoso.

— O que aconteceu com Avery?

— Como assim?

— Ele foi castigado pelo pai?

— Não, eles só tiveram uma longa conversa sobre como eles deveriam respeitar a privacidade um do outro, e sobre como as Borboletas são pessoas que devem ser valorizadas e não objetos para serem passados de mão em mão. Ouvir Des dizer isso também foi um bom lembrete de que Avery não tinha permissão de me tocar, devido à questão de como eu havia sido marcada por ele. Bem, "devido ao acidente de antes", e Des nunca tinha perguntado sobre a cicatriz em meu quadril. Se você não perguntar, você pode manter a cabeça enterrada na areia como um avestruz.

— Então, as coisas voltaram ao normal.

— Pois é.

— Mas algo teve que mudar.
— Algo mudou. Seu nome era Keely.

Melhor dizendo, o nome era Avery e o nome de sua vítima era Keely. Quando o semestre começou, passei a ver Desmond com menos frequência. Era seu último ano e seu curso tinha uma carga horária muito pesada, mas ele vinha durante a noite e trazia seus livros para poder estudar e eu o ajudava, assim como eu havia ajudado Whitney, Amber e Noémie a estudar no passado. Sem bebida. Bliss também ajudava tirando sarro dele sempre que ele errava alguma coisa.

Ou mesmo quando não acertava totalmente.

Bliss aproveitava todas as chances que tinha para poder tirar sarro dele, na verdade.

O humor de Avery foi de mal a pior conforme ele via o irmão se tornar parte do Jardim. Como eu disse, a maioria das Borboletas gostava de Desmond, pois ele não pedia nada para elas. Bem, ele fazia perguntas e deixava que elas decidissem se responderiam ou não.

Às vezes ele perguntava o nome delas, mas havia surgido uma espécie de tradição no Jardim de só dizermos nosso verdadeiro nome antes de morrer. Dissemos para ele que Simone antes se chamava Rachel Young e que Lyonette tinha sido Cassidy Lawrence. Qualquer uma das que sabíamos que não se magoariam com a lembrança.

Desmond não era uma ameaça a elas.

Por outro lado, Avery machucou tanto Zara durante o sexo que o pai dele o expulsou por um mês e então teve que dopá-lo para evitar toda a briga e drama que quase veio depois disso. Zara mal conseguia andar depois de tudo o que ele fizera, e seu corpo todo estava machucado. Alguém permanecia com ela o tempo todo para ajudá-la nas coisas básicas, como tomar banho, usar o banheiro e comer.

Lorraine era uma enfermeira bem competente – ainda que não tivesse nenhum tipo de compaixão por nós –, mas não era capaz de operar milagres.

Zara teve uma infecção no quadril, e a solução era levá-la ao hospital ou colocá-la no vidro.

Acho que dá para adivinhar com facilidade o que o Jardineiro escolheu.

Pela primeira vez ele nos contou o que aconteceria pela manhã, para que pudéssemos ter um dia todo de despedida com ela.

Lancei a ele um olhar de soslaio quando ele me disse isso e recebi como resposta um sorriso torto e um beijo na testa.

— Ainda que seja só um abraço rápido e um sussurro aqui e ali, vocês compartilham coisas umas com as outras nesses momentos. Se puder dar para Zara, e para vocês, um consolo, gostaria de garantir que isso aconteça.

Eu agradeci porque parecia que ele esperava que eu assim o fizesse, mas uma parte de mim se perguntava se não seria melhor deixar que tudo acontecesse logo de uma vez, em vez de fazer aquilo durar um dia todo.

Antes de sair para a aula, Desmond nos trouxe um carrinho de mão para que pudéssemos levar Zara para passear pelo Jardim. Ele sorriu quando o levou, sorriu quando beijou meu rosto e foi para a faculdade, e Bliss xingou tanto que Tereza corou.

— Ele não sabe, não é? — ela perguntou quando foi capaz de dizer algo que não fosse palavrões. — Ele realmente não faz ideia.

— Ele sabe que Zara está doente. Ele acha que está fazendo algo bom.

— Aquele... aquele...

Algumas coisas não precisam de tradução.

Naquela tarde, enquanto o Jardineiro caminhava com sua esposa naquela outra estufa que era muito mais próxima do que parecia ser, Zara se ergueu para se sentar na cama, e o suor molhava seus cabelos cor de laranja.

— Maya? Bliss? Será que vocês poderiam me empurrar no carrinho um pouco?

Nós dobramos um cobertor para pôr dentro do carrinho de mão e colocamos alguns travesseiros embaixo dela e ao redor de seu corpo, procurando estabilizar seu quadril o máximo possível. Não era o único osso que ela havia quebrado, mas certamente era o que mais doía.

— Quero só dar uma volta pelo corredor — ela disse.

— Está procurando um imóvel? — Bliss perguntou, e Zara assentiu.

Era irresistível pensar nisso. Quando morrêssemos, em qual caixa seríamos colocadas? Eu tinha certeza de qual o Jardineiro tinha escolhido para mim; ficava bem ao lado de Lyonette e posicionada de modo a ser vista da caverna. Bliss acreditava que ficaria do meu outro lado, só nós três, juntas para sempre na merda da parede para que futuras gerações de Borboletas pudessem se perguntar sobre nós e, ao mesmo tempo, sentir medo.

Caminhamos lentamente pelo corredor; eu fui empurrando o carrinho enquanto Bliss fazia o melhor que podia para estabilizar a parte da frente. Zara nos parou perto da porta de entrada, onde o cheiro de madressilva tomava o ar e se misturava ao de algum produto químico que emanava de um daqueles quartos que nunca, jamais, víamos abertos. As paredes eram opacas e grossas, assim como as da sala de tatuagem, do quarto de Lorraine e do antigo quarto de brinquedos de Avery, com um teclado numérico ao lado de uma porta gigantesca. Não deveríamos estar ali.

E eu ainda não tinha visto Des digitar o código da porta principal.

— Você acha que se eu pedisse essa vitrine ele me daria?

— Pela madressilva?

— Não, porque todas evitamos essa parte e, então, eu não seria vista com tanta frequência.

— Pergunte para ele. O máximo que ele pode fazer nesse momento é dizer não.

— Se eu pedisse neste momento para vocês me matarem, vocês me matariam?

Olhei para a caixa de vidro vazia porque não queria saber se ela estava falando sério ou não. Zara sabia ser cruel, azucrinando as outras garotas até fazê-las chorar, mas não tinha muito senso de humor.

— Acho que não sou tão boa amiga assim — respondi, por fim.

Bliss não disse nada.

— Vocês acham que dói?

— Ele diz que não.

— E você acredita nele?

— Não. — Suspirei, recostando-me na porta. — Acho que ele não sabe se realmente dói ou não. Acho que ele quer acreditar que não tem dor.

— Como você acha que ela vai ser?

— Quem?

— A próxima Borboleta. — Ela virou a cabeça para trás para olhar para mim, com os olhos castanhos brilhando devido à febre. — Ele não sai para caçar há muito tempo. Desde Tereza. Está tão feliz com Desmond aqui que nem saiu à procura de mais ninguém.

— Pode ser que não saia para procurar.

Ela bufou.

Mas ele nem sempre saía. Às vezes, uma garota morria e ele não saía à caça até que alguém mais morresse. Às vezes, ele trazia uma garota ou de vez em quando trazia duas, apesar de não ter feito isso durante todo meu período no Jardim. Era inútil tentar entender por que aquele homem fazia as coisas do jeito que fazia.

Ainda estávamos ali quando Lorraine saiu de seu quarto para começar a fazer o jantar. A princípio ela pareceu assustar-se com a nossa presença, levando uma das mãos aos cabelos escuros, meio desbotados e com muitos fios brancos, que ela ainda mantinha compridos e presos em um coque, do jeito que o Jardineiro gostava. Ela ainda usava o cabelo exatamente daquele jeito, apesar de ele nunca olhar para ela ou nunca fazer nenhum tipo de comentário a respeito. Ela olhou para Zara toda enfaixada, reparando sua palidez, interrompida apenas pelas manchas vermelhas em seu rosto, e então olhou para a caixa vazia.

Zara estreitou os olhos.

— Desejando que você estivesse ali dentro, Lorraine?

— Não tenho que tolerar você — a mulher respondeu.

— Sei como você é.

A desconfiança se misturou à esperança nos olhos azul-claros.

— Sabe?

— Sim. Tente rejuvenescer trinta anos, usando alguma mágica. Tenho certeza de que, nesse caso, ele adoraria matar e expor você.

Lorraine fungou e passou por nós, dando um tapa no tornozelo de Zara no caminho. O movimento atingiu o osso quebrado e infeccionado do quadril e ela controlou um grito.

Bliss acompanhou a cozinheira com os olhos.

— Vou mandar Danelle ajudar vocês a voltarem.

— Por quê? Aonde você... — Olhei novamente para a expressão de seu rosto. — Certo, tudo bem. Danelle.

Ficamos ambas, Zara boquiaberta e eu, observando enquanto Bliss se afastava rapidamente.

— O que você acha que ela vai fazer? — Zara perguntou depois de um minuto.

— Não vou perguntar e não quero saber com antecedência — respondi fervorosamente. — Dependendo do que for, pode ser que eu não queira saber, nem antes nem depois.

Alguns minutos depois, não só Danelle, mas também Marenka, muito confusa, atravessaram o corredor e nos alcançaram.

— Devo perguntar o que Bliss está fazendo?

— Não — respondemos juntas.

— Então não devo perguntar por que ela pegou minha tesoura emprestada? — perguntou Marenka, levando a mão ao pescoço onde costumava ficar sua tesourinha de bordar.

— Isso.

Danelle pareceu refletir sobre isso, aceitou e tocou a borda do carrinho com cuidado.

— Quer ir ao Jardim ou voltar ao seu quarto?

— Quarto — resmungou Zara. — Acho que preciso tomar outro analgésico.

Danelle, Marenka e eu a colocamos de volta na cama com um copo de água e um comprimido da felicidade. E então Bliss entrou com as mãos escondidas atrás das costas e um olhar de plena satisfação.

Ah, Deus, eu não queria saber.

— Tenho um presente para você, Zara — ela disse, toda animada.

— A cabeça de Avery numa bandeja?

— Quase. — Ela jogou algo no cobertor.

Zara ergueu a coberta para ver e então começou a rir histericamente. A coisa estava pendurada em sua mão, pouco a pouco se desfazendo de seu laço. — A trança de Lorraine?

— Toda sua!

— Acha que posso levá-la comigo?

Danelle esfregou as pontas dos cabelos entre os dedos.

— Provavelmente poderíamos retrançar uma parte dela para fazer uma extensão capilar para você.

— Ou trançá-la unindo a seus cabelos, como se fosse um aplique.

— Uma coroa, com certeza.

À tarde e à noite, todo mundo que chegava tinha outra sugestão para dar, e o fato de que ninguém expressasse nenhum pesar ou solidariedade pela nossa cozinheira-enfermeira demonstrava claramente o nosso desprezo por ela. Na hora do jantar, pegamos nossas bandejas e fomos para o quarto de Zara, todas as vinte e poucos de nós, e ficamos ali sentadas lado a lado, no chão e até mesmo no chuveiro.

Adara ergueu um copo de suco de maçã.

— A Zara, capaz de cuspir sementes mais longe do que qualquer pessoa.

Todas rimos, até Zara, que ergueu seu copo de água para brindar.

Nazira levantou seu copo em seguida, e todas nós ficamos um pouco apreensivas em relação a esse brinde, pois Nazira e Zara se davam tão bem quanto Avery e Desmond.

— A Zara, que pode ser uma vaca, mas é *nossa* vaca.

Zara jogou um beijo para ela.

Aquilo era doentio. Acho que não tem ninguém ali que duvidasse disso. Era doentio, errado e bem absurdo, mas ainda assim, de algum modo, fez com que nos sentíssemos bem melhor. Uma a uma, todas ficamos de pé e fizemos um brinde a Zara, algumas de forma mais zombeteira, outras mais sérias, e claro que muitas lágrimas caíram, ainda que não minhas.

No entanto, talvez o Jardineiro estivesse certo. Talvez aquilo ajudasse.

Quando chegou a minha vez, fiquei de pé e levantei meu copo de água.

— A Zara, que vai nos deixar cedo demais, mas de quem lembraremos de um modo bom pelo resto da vida.

— Por mais curta essa nossa vida possa ser — Bliss acrescentou.

Não é bizarro que tenhamos rido?

Depois que todo mundo falou, Zara ergueu o copo mais uma vez.

— A Zara — ela disse baixinho —, porque, quando ela morrer, Felicity Farrington finalmente descansará em paz.

— A Zara — todas dissemos juntas, e bebemos todo o líquido do copo.

Quando o Jardineiro chegou, trazia consigo Desmond em vez de um vestido, e ele sorriu ao nos ver todas juntas.

— Está na hora, meninas.

Lentamente, todo mundo beijou Zara, pegamos nossas bandejas e saímos do quarto com um beijo no rosto que o Jardineiro deu em cada uma. Esperei até o fim, permanecendo ao lado da cama para poder segurar a mão úmida dela. A trança de fios brancos de Lorraine tinha sido presa como uma grinalda ao redor de seu coque.

— Tem algo que eu possa fazer? — sussurrei.

Ela enfiou a mão embaixo do travesseiro e me deu uma cópia de *Sonho de uma noite de verão* toda velha, surrada, amassada e com anotações e trechos destacados.

— Quando fui levada do parque, estava indo encontrar meus amigos para um ensaio. Passei três anos escrevendo anotações para uma produção que nunca farei. Você acha que você e Bliss poderiam organizar uma leitura para todas? Não sei... alguma coisa para que vocês se lembrem de mim?

Peguei o livro e o segurei contra meu coração.

— Prometo.

— Cuide da próxima garota e tente não me visitar demais, está bem?

— Está bem.

Ela me puxou para um abraço apertado, afundando os dedos em meus ombros. Apesar de parecer bem calma, pude ver que ela tremia. Deixei que me abraçasse o quanto quisesse e, quando ela finalmente respirou fundo e me afastou, dei um beijo em seu rosto.

— Acabamos de nos conhecer, Felicity Farrington, mas já posso dizer que te amo e que nunca me esquecerei de você.

— Acho que não posso pedir mais do que isso — ela disse, com um sorriso amarelo. — Obrigada, de verdade, por tudo. Você fez tudo ser muito mais fácil do que poderia ter sido.

— Gostaria de ter feito mais.

— Você faz o que pode fazer. O resto depende deles. — Ela apontou os homens na porta com a cabeça. — Acredito que você me verá daqui a alguns dias.

— Perto da madressilva, então quase nunca veremos você — afirmei, com a voz bem baixa. Eu a beijei de novo e saí da sala, segurando o livro com tanta força que minhas falanges estalaram.

O Jardineiro olhou para a trança que obviamente não era de Zara e então olhou para mim.

— Lorraine andou chorando — disse ele em voz baixa. — Ela diz que Bliss a atacou.

— É só cabelo. — Olhei bem dentro dos olhos dele. — Ela não é você nem seus filhos. Não temos que tolerá-la nos ferindo.

— Vou falar com ela. — Ele beijou meu rosto e foi até Zara, mas Desmond ficou parado com uma expressão confusa e levemente preocupada no rosto.

— Estou perdendo alguma coisa? — perguntou ele, baixinho.

— Muita coisa.

— Sei que você vai sentir falta dela, mas ela receberá cuidados. Vai ficar bem.

— Não.

— Maya...

— Não. Você não sabe. Deveria saber, pois já viu o suficiente... Bem. Eu sei. Você não pode me dizer que ela vai ficar bem. No momento, você não deveria me dizer absolutamente nada.

Avery era o primogênito do Jardineiro, mas, no que importava, Desmond era seu herdeiro.

E em pouco tempo descobriríamos o quão parecido ele era com o pai.

Olhei para Zara, mas o Jardineiro estava no caminho. Ignorando o olhar magoado de Desmond, eu me afastei.

Ao devolver minha bandeja à cozinha – e dando uma olhada com ódio para Lorraine fungando com seu cabelo curto e despenteado – recusei os pedidos das meninas para que eu ficasse ali com elas e voltei sozinha para meu quarto. Depois de cerca de meia hora, as paredes desceram. Zara estava machucada demais para que o Jardineiro pudesse ter um último encontro amoroso com ela, e Desmond estava ali com eles. Eu me aconcheguei na cama com a peça, li todas as anotações nas margens e pude conhecer Felicity Farrington um pouco.

Perto das três da manhã, a parede que me bloqueava do corredor foi erguida. Só aquela parede. As outras, que escondiam os dois lados de vitrines e, se você estreitasse os olhos, os quartos de Marenka e Isra, permaneceram no lugar. Elas estavam ali havia semanas, e era um tipo diferente e esquisito de conforto não ver cadáveres sempre que eu abria meus olhos. Fechei o livro com meu dedo no meio, preparando-me para ver o Jardineiro na porta, com a mão no cinto e os olhos cheios de excitação.

Mas era Desmond, com os olhos verde-claros assustados e feridos de um jeito que eu não via havia meses. Ele se segurava à parede de vidro para se manter de pé, os joelhos tremendo a cada tentativa de suportar seu peso.

Fechei o livro direito, guardei-o na estante e me sentei na cama.

Ele deu alguns passos hesitantes para dentro do quarto e caiu de joelhos, escondendo o rosto com as mãos até se retrair de uma vez, olhando para as mãos como se de algum modo elas tivessem criado vida própria. Um cheiro químico azedo e ruim o envolvia, o mesmo cheiro que eu percebia sempre que me aproximava das madressilvas na porta da frente. Seu corpo todo tremeu quando ele se dobrou para a frente, encostando a testa no piso frio de metal.

Quase dez minutos se passaram até ele dizer alguma coisa, e, mesmo naquele momento, sua voz soou rouca e esquisita.

— Ele prometeu que cuidaríamos dela.

— E ele cuidou.

— Mas ele... ele...

— Tirou a dor dela e a impediu de apodrecer — falei de maneira neutra.

— Ele a matou.

Então ele não era totalmente filho de quem era.

Tirei minhas roupas e me ajoelhei na frente dele, desabotoando sua camisa. Ele me olhou com nojo e afastou minhas mãos de seu corpo.

— Vou dar um banho em você. Você está fedendo.

— Formaldeído — ele disse. Ele permitiu que eu o despisse dessa vez e caminhou cambaleante atrás de mim enquanto eu o puxava pela sala para poder colocá-lo no chuveiro. Com um movimento do pulso, a água quente caiu sobre ele.

Não houve nada sexual no que ocorreu em seguida. Foi como dar banho nas crianças de Sophia quando elas estavam meio adormecidas. Quando pedia que ele se inclinasse para a frente, levantasse o braço ou fechasse os olhos, ele obedecia, mas como se estivesse entorpecido, como se aquilo não fizesse sentido totalmente. Meu xampu e meu sabonete líquido tinham cheiro forte de frutas, mas eu o lavei da cabeça aos pés até que o único cheiro de produto químico que restasse fosse aquele que emanava de suas roupas.

Eu o envolvi com toalhas e usei um de seus sapatos para empurrar as roupas para o corredor, e então voltei para poder nos secar. Tive que secar seu rosto sem parar – não tinha visto durante o banheiro, mas um fluxo constante de lágrimas escorria de seus olhos.

— Ele injetou algo para fazê-la dormir — sussurrou ele. — Pensei que fôssemos levá-la para o carro, mas ele abriu a porta de uma sala que eu nunca tinha visto. — Um calafrio tomou seu corpo. — Quando ela adormeceu, ele a colocou em um vestido amarelo e laranja e a deitou em uma maca de embalsamento, e então ele... ele pendurou...

— Por favor, não me conte — falei baixinho.

— Não, eu tenho que contar, porque ele vai fazer isso com você algum dia, não vai? É assim que ele *guarda* vocês, embalsamando-as enquanto ainda estão vivas. — Mais um calafrio e um soluço que fez com que sua voz falhasse, mas mesmo assim ele prosseguiu. — Ele ficou ali *explicando* todos os passos para mim. Segundo ele, para que eu possa fazer sozinho um dia. Disse que o amor era mais do que só o prazer, que tínhamos que estar dispostos a fazer as coisas ruins também. Ele disse... ele disse...

— Venha, você ainda está tremendo.

Ele me deixou levá-lo para a cama e cobri-lo, e eu me sentei ao lado dele, em cima do cobertor, com as mãos no colo.

— Ele disse que, se eu realmente amasse você, não deixaria que outras mãos além das minhas próprias cuidassem de você.

— Des...

— Ele me mostrou algumas das outras. Eu achava... achava que ele as deixava voltar para a rua! Não sabia... — Ele se descontrolou totalmente, chorando com uma intensidade que quase chacoalhava a cama. Esfreguei a mão em círculos em suas costas enquanto ele engasgava com os soluços, impossibilitada de o confortar mais porque ele ainda não sabia de toda a verdade. Zara teve a infecção, e ele certamente achava que as pessoas feridas se matavam ou se rendiam tanto que morriam. Ele não sabia nada sobre atitudes e idades.

E naquele momento, quando ele estava tão perto de ter um colapso, não consegui contar a ele. Não poderia usá-lo se estivesse arrasado. Precisava que ele fosse corajoso.

E não achava que ele seria corajoso.

— Ela escolheu sua caixa — disse ele depois de alguns minutos. — Ele me fez carregá-la até lá, mostrou como eu deveria posicioná-la, como fechar o vidro completamente para despejar a resina ali dentro e então, antes de ele fechar o vidro, ele... ele...

— Ele deu um beijo de despedida nela?

Ele assentiu com intensidade, soluçando com força.

— Ele disse que a amava!

— Na cabeça dele, ele a ama.

— Como você consegue ficar perto de mim?

— Às vezes, não consigo — admiti. — Eu fico repetindo para mim mesma que você não sabe de tudo ainda, que você ainda não tem conhecimento de tudo aquilo que seu pai e seu irmão fazem, e tem dias que somente fazendo isso eu arranjo forças para olhar para você. Mas você...

— Por favor, me conte.

— Você é um covarde. — Suspirei. — Você sabe que é errado nos manter aqui. Sabe que é contra a lei, sabe que ele nos estupra e agora sabe que ele nos mata. Algumas dessas garotas podem ter família à procura delas. Você sabe que é errado, mas mesmo assim você não denuncia. Você disse que aprenderia a ser mais corajoso por mim, mas não aprendeu. E, sinceramente, eu não sei se você consegue.

— Descobrir tudo isso... Ver tudo isso se tornar público... Isso mataria minha mãe.

Dei de ombros.

— Dê tempo ao tempo e irá me matar também. A covardia pode ser um estado natural nosso, mas ainda assim é uma escolha. Cada dia que você passa sabendo do Jardim sem ligar para a polícia nem deixar que saiamos, você faz a mesma escolha. É o que é, Desmond. Não dá mais para fingir.

Ele começou a chorar de novo, ou talvez ainda estivesse chorando, um enorme choque que ultrapassava sua capacidade de suportar aquilo.

Ele passou o resto daquela manhã escura deitado em silêncio na minha cama e, quando a luz do sol chegou ao Jardim, pegou suas roupas fedendo a formaldeído e foi embora.

Passou semanas sem falar comigo e só foi ao Jardim uma vez, para ver Zara depois que a resina solidificou e a parede que escondia sua caixa foi erguida. Todas as paredes foram erguidas, e a realidade que havia sido camuflada durante o verão voltou com força redobrada. Éramos Borboletas, e nossa curta vida terminava no vidro.

— Espere, pensei que você tivesse dito que as coisas mudaram com Keely — diz Eddison.

— Eu disse, sim, vou chegar lá.

— Ah.

Ela passa os polegares no pescoço do dragão azul e respira fundo.

— Keely chegou há quatro dias.

Levou algum tempo para que eu conseguisse cumprir a promessa que havia feito a Zara. O Jardineiro concordou prontamente em nos dar um conjunto completo de *Sonho de uma noite de verão* quando eu expliquei o propósito para ele, mas ele queria que as coisas fossem "feitas do jeito certo". Ele encomendou fantasias de todos os tipos e deu a Bliss uma caixa de argilas que pesavam tanto quanto ela para nos fazer coroas de flores. Dividimos as tarefas e orientamos as garotas em relação à linguagem. Algumas delas já tinham lido uma peça ou outra durante as aulas de inglês, mas a maioria não tinha muita experiência se apresentando.

Eu havia morado por quase dois anos com Noémie, que caminhava pelo apartamento de calcinha e sutiã lendo monólogos em voz alta enquanto escovava os dentes.

Sim, escovava os dentes, o que, exatamente por esse motivo, levava tempo pra caralho.

Quando a noite chegou, o Jardineiro fez com que Lorraine organizasse um banquete no Jardim, espalhado pelos dois lados do pequeno riacho. Nos sentamos em cadeiras esquisitas, que pareciam mais uma mistura de banquinhos ou pufes e muito coloridas. Cada uma de nós usava um vestido de seda simples com cores lindas e que, pela primeira vez, nada tinham a ver com as asas desenhadas em nossas costas. Eu estava lendo para Helena, e o Jardineiro tinha me dado um vestido verde cor de floresta e de musgo com uma camada simples cor-de-rosa queimado. Era a cor que Bliss combinou para a minha coroa de rosas de argila.

A maioria de nós estava com os cabelos soltos sob as coroas, simplesmente porque naquela noite nós *podíamos* usá-los assim.

Nossa risada estava mais estridente enquanto nos aprontávamos. Estávamos fazendo aquilo por Zara, mas o Jardineiro criara uma ilusão. Mesmo sabendo o que nos motivara a fazer aquilo, tenho certeza de que de algum modo ele se convencera de que o fazíamos como uma mostra de nossa felicidade e gratidão pelos seus cuidados amorosos, uma tentativa de agradá-lo. Aquele homem tinha um talento impressionante para ver somente o que queria.

Ele nem parecia ter notado que Lorraine havia comprado uma peruca para ainda parecer ter cabelos compridos e bem cuidados com os quais ele pudesse querer brincar, aquela vaca maluca.

E ele convenceu Desmond a comparecer.

Acho que ele ficou surpreso com a reação do filho à morte de Zara. Des era filho de quem era, mas não tinha a mesma visão do pai. Desmond não via aquilo como algo além de assassinato, embora mesmo assim não tomasse nenhum tipo de atitude.

Depois de uma semana de silêncio e ausência do filho, o Jardineiro foi ao meu quarto antes do café da manhã.

— Desmond está meio esquisito — disse ele assim que eu despertei. — Por acaso vocês discutiram?

Bocejei.

— Ele está com dificuldade para processar o que aconteceu com Zara.

— Mas Zara está bem. Está livre da dor. — Ele parecia estar de fato confuso.

— Quando você disse que cuidaria dela, ele pensou que você a levaria para um hospital.

— Isso seria tolice. Fariam perguntas.

— Só estou traduzindo os pensamentos dele.

— Sim, claro. Obrigado, Maya.

Eu tenho certeza de que nas semanas seguintes ocorreu uma série de conversas entre pai e filho, às quais não tive acesso, mas Desmond apareceu para a leitura com cara de quem não tinha dormido nada.

Acredito que ele tenha feito algum tipo de apresentação naquele dia, porque vestia uma camisa social e gravata com a calça cáqui. Tudo bem que a camisa estava aberta na gola, a gravata estava afrouxada e as mangas enroladas, mas ainda assim ele estava mais arrumado do que o normal, e eu senti um pouco de nojo de mim mesma por ter pensado, por segundos, que a camisa verde combinava com os olhos dele.

Ele teve dificuldade em olhar diretamente para nós, principalmente para mim. Eu resumi os fatos mais importantes de nossa conversa para Bliss em uma noite que passamos fazendo biscoitos com gotas de chocolate de mentira para enganar Lorraine. Ela deu de ombros e disse que eu havia sido mais delicada do que jamais poderia ter sido.

Já que os cookies de argila tinham sido ideia dela, não discuti.

A leitura começou muito bem. Eu nunca havia prestado a devida atenção às palavras da peça até as anotações de Zara – afinal, quando ouvimos "ser ou não ser" sendo dito a torto e a direito, fica meio difícil se importar – mas aquela peça era muito engraçada, e ficamos tão empolgadas quanto podíamos com a leitura. Bliss interpretou Hermia, e ela de fato pulou em mim do outro lado do riacho durante uma das cenas em que discutimos, fazendo o Jardineiro gargalhar.

No meio de uma das falas de Marenka como Puck, a porta da frente se abriu e Avery apareceu, com um saco apoiado em um dos ombros. Marenka parou e olhou para mim, com os olhos arregalados dentro de sua máscara de Pavão Branco. Fiquei de pé e me pus ao lado dela, observando Avery correr Jardim adentro. Depois de um momento, o Jardineiro e Desmond vieram e pararam ao nosso lado.

— Eu trouxe uma nova pra gente! — Avery anunciou, o rosto tomado por um sorriso. Ele tirou o saco do ombro, deixando-o cair na areia. — Eu a vi e a peguei. Olha, pai! Veja o que eu trouxe para nós!

O Jardineiro estava muito ocupado encarando seu filho mais velho, então eu me ajoelhei ao lado do saco e, com as mãos trêmulas, afastei o cobertor. Algumas garotas gritaram. Ah, merda, merda, caralho, puta merda.

A menina ali dentro mal havia chegado à puberdade. O sangue cobria um lado de seu rosto e escorria por sua têmpora e sua pele alva já começava a exibir um hematoma. Conforme eu afastei o resto do cobertor, pudemos ver, em meio a suas lágrimas, mais arranhões, machucados e marcas em seu corpo. Mais sangue marcava suas coxas e o tecido ao redor dela. Merda, a calcinha dela tinha a palavra *Sábados* estampada com letra cursiva roxa e rosa, aquele tipo de calcinha que sabemos que não é fabricada para mulheres adultas. Uma parte muito inconveniente de minha mente notou que ainda estávamos na quinta-feira.

Ela era pequena, com braços compridos que passavam a impressão de que ela logo daria uma estirada. Bonita com seus traços de pré-adolescente, seus cabelos cor de cobre presos em um rabo de cavalo que estava todo desfeito e bagunçado; era muito, muito jovem. Eu a envolvi com o cobertor de novo para esconder o sangue e a segurei contra meu corpo, totalmente sem palavras.

— Avery — o Jardineiro sussurrou, chocado. — Que merda você fez?

Eu realmente não queria fazer parte daquela conversa. Danelle me ajudou a ficar de pé com a menina no colo, segurando sua cabeça.

— Bliss, você poderia ir buscar aquele seu vestido fechado nas costas?

Ela assentiu e correu em direção a seu quarto.

Danelle e eu caminhamos depressa para o meu quarto, onde despimos a menina e jogamos sua roupa suja no cesto da lavanderia, e a levamos para tomar banho. Tive que lavar o sangue de suas coxas e cuidadosamente enxaguar o sangue que escorria de sua genitália machucada; Danelle estava ocupada vomitando no vaso. Ela voltou, passando uma mão trêmula pela boca.

— Ela ainda nem tem pelos lá embaixo — sussurrou.

Ela era sem dúvida uma criança: não tinha pelos em sua vagina nem embaixo dos braços, não tinha seios ou quadris.

Danelle a manteve de pé para que eu pudesse lavar seus cabelos. Nesse momento, Bliss chegou com o vestido – a única coisa que poderia servir nela e mantê-la totalmente coberta, ainda que fosse um pouco larga – e, então, a secamos, vestimos e a colocamos na cama.

— Agora que ela está aqui, você acha... — Nem mesmo Bliss conseguia concluir o pensamento.

Balancei a cabeça e observei que a menina tinha várias unhas quebradas em suas mãos. Ela deve ter resistido.

— Eles não vão encostar nela.

— Maya...

— Eles *não* vão encostar nela.

Um uivo de dor atravessou o Jardim, e nós nos retraímos.

Mas não nos mexemos porque aquele não havia sido um grito de uma mulher.

Outras garotas vieram para meu quarto a fim de fugir do grito, até que eu finalmente tive que mandar a maioria delas sair. Não fazíamos ideia de quando aquela criança acordaria, e ela com certeza estaria aterrorizada e com dor, e a última coisa que precisaria era ter vinte e poucas pessoas a encarando. Só Danelle e Bliss ficaram, e Danelle se manteve atrás da menina para que seu rosto não fosse visto imediatamente.

Mas a estante na parede do meu lado direito não escondia Lyonette completamente.

Bliss puxou a cortina do meu banheiro o máximo que conseguiu, prendendo a ponta dela embaixo de vários livros. Você ainda conseguiria ver os cabelos e a curva de sua espinha caso soubesse que havia algo ali, mas se olhasse casualmente não conseguiria ver nada.

E esperamos.

Bliss foi buscar algumas garrafas de água e aspirinas com a vaca da Lorraine. A aspirina seria uma ajuda de curto prazo – era ótima contra a dor de cabeça causada pelas drogas, ainda que esse não fosse o caso da menina –, mas era melhor do que nada.

E, então, o Jardineiro apareceu na minha porta. Olhou para a parede e para a posição da cortina e em seguida para a menina na cama. Ele assentiu, enfiando a mão no bolso e puxando um controle pequeno. Depois de passar cerca de um minuto mexendo nele, as paredes desceram dos dois lados, deixando a parte da frente aberta.

— Como ela está?

— Inconsciente — falei brevemente. — Ela foi estuprada, levou uma pancada forte na cabeça e vai com certeza sentir muitas dores.

— Havia alguma coisa no cobertor que indicasse o nome dela? Ou o endereço?

— Não. — Dei a mão da menina a Bliss para que eu pudesse atravessar o quarto, parando ao lado do homem pálido e de aparência repentinamente cansada. — Ninguém encosta nela.

— Maya...

— Não, ninguém toca nela. Nada de asas, nada de sexo, nada. Ela é uma *criança*.

Fiquei chocada quando ele concordou.

— Vou deixar você cuidar dela.

Danelle pigarreou.

— Senhor? Ela ainda não acordou. Será que ela não poderia ser levada para algum lugar? Deixá-la em um hospital ou algo do tipo? Ela não saberia de nada.

— Não posso confiar que ela não tenha visto Avery — disse ele, com seriedade. — Ela tem que ficar.

Danelle mordeu o lábio e desviou o olhar, as mãos acariciando os cabelos da menina.

— Acho melhor você sair daqui — eu disse a ele com a voz calma. — Não sabemos quando ela vai acordar. Seria melhor que não houvesse nenhum homem presente.

— Claro, sim. Me avise se... ela precisar de alguma coisa.

— Ela precisa da mãe dela e da virgindade de volta — rebateu Bliss. — Ela precisa estar segura em casa.

— Bliss.

Ela resmungou, mas se calou diante do tom de advertência presente na voz dele.

— Me avise — ele repetiu, e eu assenti. Não me dei ao trabalho de observá-lo sair.

Não muito tempo depois, Desmond chegou com aquele olhar magoado ainda mais forte.

— Ela vai ficar bem?

— Não — falei rigidamente. — Mas acho que vai sobreviver.

— Ouviu aquele grito? Meu pai bateu em Avery.

— Sim, porque isso vai fazê-la se sentir muito melhor — Bliss respondeu. — Vá se foder.

— O que ele fez com ela?

— O que você acha que ele fez com ela? Deu um aperto de mão?

— Desmond. — Eu não continuei a falar até que ele olhasse para mim, em meus olhos. — Seu irmão é assim, mas é o que vocês três fazem, por isso, neste momento, você não pode estar aqui. Sei que está cheio de autopiedade e ódio, mas não vou deixar nenhum homem chegar perto desta criança. Você precisa sair.

— Não fui eu quem a machuquei!

— Foi você, sim — rebati. — Você poderia ter evitado isso! Se tivesse procurado a polícia, ou tivesse deixado uma de nós sair para que *nós* pudéssemos chamar a polícia, Avery não estaria livre para sequestrar a menina, machucá-la, estuprá-la, trazê-la para cá onde isso com certeza irá acontecer muitas outras vezes até ela morrer jovem demais. Você permitiu que isso acontecesse, Desmond, permitiu ativamente que isso acontecesse e por isso, sim, você machucou essa menina. Se não vai fazer nada para ajudá-la, precisa dar o fora daqui, e agora.

Ele ficou olhando para mim com o rosto pálido, em choque. E então ele se virou e se afastou.

Como pode uma criança valer menos do que um sobrenome? Como pode uma reputação valer mais do que a vida de todas aquelas meninas?

Bliss o observou se afastar e depois tocou minha mão.

— Você acha que ele vai voltar?

— Não me importo.

Era quase totalmente verdade. Eu estava cansada de um jeito profundo. Simplesmente não tinha energia para pensar na inutilidade contínua de Desmond.

A menina finalmente recobrou a consciência por volta das duas da madrugada, gemendo quando começou a sentir as várias dores e incômodos. Eu me sentei na cama e apertei gentilmente a mão dela.

— Fique com os olhos fechados — falei baixinho, mantendo a voz mais contida e consoladora que podia, do jeito que Lyonette tinha me ensinado a fazer. Eu nunca havia feito isso, mas aquela menina precisava que eu fosse mais gentil com ela, mais corajosa por ela. Sophia, eu pensei, teria reconhecido aquela distinção. — Vou colocar um pano úmido em seu rosto para ajudar a tirar um pouco dessa dor.

Danelle torceu o pano e o entregou a mim.

— Onde... o quê?

— Vamos falar sobre isso daqui a pouco, eu prometo a você. Consegue engolir comprimidos?

Ela começou a chorar.

— Por favor, não me dope! Vou ficar boazinha, prometo, não vou mais brigar!

— É só aspirina, nada mais. Prometo. É só para ajudar um pouco com a dor.

Ela permitiu que eu a sentasse o suficiente para colocar os comprimidos em sua língua e para que ela bebesse um pouco de água.

— Quem é você?

— Meu nome é Maya. Eu fui levada pelas mesmas pessoas que pegaram você, mas não vou deixar que machuquem você de novo. Eles não vão encostar em você.

— Quero ir para casa.

— Eu sei — sussurrei, ajustando o pano sobre seus olhos. — Sei que você quer. Sinto muito.

— Não quero mais ficar cega. Por favor, me deixe ver!

Protegi seus olhos e retirei o pano e a observei piscar para acostumar seus olhos com tanta luz. Seus olhos eram de cores diferentes, um era azul e o outro, verde, e o azul tinha pontinhos na íris. Virei o rosto para que ela pudesse me ver sem ter que olhar diretamente para a luz.

— Melhor assim?

— Estou com dor — ela choramingou. Lágrimas escorreram dos cantos dos olhos para os cabelos.

— Eu sei que você está, querida. Eu sei.

Ela se virou e deitou o rosto em meu colo, com os braços magricelas envolvendo meu quadril.

— Quero minha mãe!

— Eu sei, querida. — Eu me curvei sobre ela, com os cabelos espalhados ao seu redor como se fosse um tipo de escudo, e a abracei com o máximo de força que podia aplicar sem lhe causar dor. — Sinto muito. — Jillie, a filha de Sophia, deveria ter cerca de onze anos agora; a menina parecia ter a mesma idade, talvez um ano a mais. Mas pensar em Jillie me deixou triste. Aquela menina parecia tão pequena e frágil, tão prejudicada. Eu não queria pensar na pequena Jillie, tão corajosa, da mesma forma.

Ela chorou até adormecer, e, quando acordou de novo algumas horas depois, Bliss trouxe frutas para nós.

— Lorraine não fez café da manhã — sussurrou para mim e Danelle. — De acordo com Zulema e Willa, ela passou a noite toda na cozinha, olhando para as paredes.

Assenti e peguei uma das bananas, sentando-me ao lado da menina.

— Toma, você deve estar com fome.

— Não muita — disse com tristeza.

— Em parte isso foi causado pelo choque, mas tente comer mesmo assim. O potássio irá ajudar seus músculos a não ficarem tão tensos e doloridos.

Ela suspirou, trêmula, mas pegou a banana e deu uma mordida.

— Esta é Bliss — falei, apontando minha pequena amiga. — E esta é Danelle. Pode nos dizer seu nome?

— Keely Rudolph — ela respondeu. — Moro em Sharpsburg, Maryland.

Há muito tempo, Guilian havia dito algo sobre Maryland.

— Keely, você acha que consegue ser corajosa para mim?

Lágrimas encheram seus olhos novamente, mas graças a Deus ela acenou que sim com a cabeça.

— Keely, este lugar se chama o Jardim. Há um homem e seus dois filhos que nos pegam e nos mantêm aqui. Eles nos dão comida e roupas e o que mais precisarmos, mas não nos deixam ir embora. Sinto muito que você tenha sido sequestrada e trazida para cá, mas não posso mudar isso. Não posso prometer que você vai ver sua família ou sua casa de novo.

Ela fungou e eu passei meu braço ao redor de seus ombros, abraçando-a e a puxando para mais perto de mim.

— Sei que é difícil. Não estou falando por falar, eu realmente sei como é difícil. Prometo que vou cuidar de você e não vou deixar que eles a machuquem. Nós, que somos mantidas aqui, formamos uma espécie de família. Às vezes discutimos, e nem sempre gostamos umas das outras, mas somos uma família, e as pessoas de uma família cuidam umas das outras.

Bliss me deu um sorriso torto; apesar de ela não saber de muita coisa, sabia que eu não tinha sido criada assim.

Mas eu tive um pouco dessa experiência no apartamento e aprendi o resto no Jardim. Éramos uma família problemática, mas ainda assim éramos uma família.

Keely olhou para Danelle e se retraiu contra meu corpo.

— Por que ela tem uma tatuagem no rosto? — perguntou, sussurrando.

Danelle se ajoelhou na frente da cama, segurando as duas mãos de Keely.

— É outra coisa para a qual você vai ter que ser corajosa — disse delicadamente. — Quer ouvir agora ou quer esperar um pouco?

Mordendo o lábio, a menina lançou um olhar incerto em minha direção.

— Você escolhe — eu disse a ela. — Agora ou depois, pode escolher. Prometo que isso não irá acontecer com você, se isso ajudar de alguma forma.

Com um suspiro profundo e trêmulo, ela assentiu.

— Agora, então.

— Sabe o homem que nos mantém aqui? Nós o chamamos de Jardineiro — Danelle disse sem rodeios. — Ele gosta de nos ver como Borboletas em seu Jardim e tatua asas em nossas costas porque isso o ajuda a fingir que somos borboletas de verdade. Assim que cheguei aqui, pensei que ele me deixaria ir embora para casa se eu fizesse com que ele gostasse mais de mim do que de qualquer outra menina. Eu estava enganada, mas demorei para perceber isso, e então ele fez essas asas em meu rosto para poder mostrar para outras meninas que ele achava que eu estava feliz com o que ele fazia conosco.

Keely olhou para mim de novo.

— Você também tem asas?

— Tenho nas minhas costas.

Ela olhou para Bliss, que acenou positivamente com a cabeça.

— Mas vocês não vão deixar que ele faça isso comigo?

— Não vou deixar que ele encoste em você.

Nós a levamos para o Jardim no começo da tarde, e Bliss foi na nossa frente para alertar as outras meninas. Normalmente, a maioria de nós ficava longe da nova garota até ela se acostumar. Com Keely foi diferente. Da maneira menos ameaçadora possível, todas as meninas, com exceção de Sirvat, se aproximaram para dizer oi para ela, sozinhas ou em duplas. Elas se apresentavam e, talvez o mais importante, prometiam que ajudariam a protegê-la. Eu não achei ruim Sirvat não fazer isso.

Marenka ajoelhou e deixou Keely tocar os traços brancos, marrons e pretos da tatuagem de seu rosto, a fim de fazê-la perder o medo.

— Vou mudar minhas coisas de lugar para você poder ficar perto de Maya — disse à menina. — Assim, se você sentir medo ou não quiser ficar sozinha, não vai ter que temer se perder. Vai estar do lado dela.

— Obrigada — a menina respondeu.

Lorraine despertou o suficiente para preparar um almoço frio para nós, apesar de ter passado o tempo todo chorando. Eu queria acreditar que talvez ela tivesse finalmente percebido o que o Jardineiro era, que estava horrorizada por uma criança tão pequena ter sido levada para lá, que estava muito arrependida por ter sentido ciúme e inveja das garotas mortas. Eu queria muito acreditar que havia um pouco de coisa boa dentro dela. Mas não acreditava. Não sabia por que ela estava tão chocada e triste, mas não achava que era pela situação de alguém além da dela. Talvez ter comprado a peruca – ou, mais provavelmente pelo fato de Bliss não ter tido problemas por tê-la atacado – finalmente tivesse feito com que ela percebesse que o Jardineiro nunca mais a amaria.

Levamos nosso almoço para a pedra, onde o sol estava quente e tínhamos bastante espaço ao nosso redor. Keely não tinha muito apetite, mas comeu para nos deixar contentes. E, então, ela viu Desmond subindo pelo caminho e voltou a se encostar em mim. Bliss e Danelle se aproximaram também, protegendo-a de todos os lados.

Desmond não era quem a havia sequestrado, mas ainda assim era um homem. Eu entendia o impulso.

Ele parou a uma distância segura, ajoelhando-se na pedra e abrindo os braços.

— Não vou machucar você — disse baixinho. — Não vou tocar em você nem me aproximar mais do que isso.

Eu balancei a cabeça, reprovando.

— Por que está aqui?

— Para perguntar o nome dela e de onde ela veio, para eu poder fazer a coisa certa.

Comecei a me levantar da pedra, mas Keely me agarrou pela cintura.

— Está tudo bem — sussurrei, abraçando-a mais. — Só vou conversar com ele. Você pode ficar aqui com Bliss e Danelle.

— E se ele machucar você? — ela choramingou.

— Ele não vai fazer isso. Este, não. Volto já. Você vai me ver o tempo todo.

Lentamente, ela me soltou e se agarrou a Danelle. Bliss era macia e rechonchuda, mas não era boa de se abraçar.

Passei por Desmond em direção à beirada do penhasco e, algum tempo depois, ele me seguiu. Permaneceu a meio metro de distância, enfiando as mãos nos bolsos.

— O que você vai fazer?

— O que é certo — respondeu ele. — Vou chamar a polícia, mas preciso saber o nome dela. Com certeza seus pais emitiram algum alerta de rapto de criança.

— Por que agora? Você já sabe sobre o Jardim há seis meses.

— Quantos anos ela tem?

Olhei para trás para poder olhar para ela.

— Ela e as amigas estavam no shopping comemorando seu décimo segundo aniversário.

Ele disse um palavrão e olhou para seus pés, com as pontas um pouco para fora da pedra.

— Tenho me esforçado muito em me convencer que meu pai está de alguma forma dizendo a verdade, que, mesmo que vocês não estejam aqui por vontade própria, pelo menos ele de alguma forma as resgatou de alguma situação ruim.

E ainda assim, diante daquela menina de doze anos, ele continuava se iludindo.

— Talvez das ruas ou de famílias ruins — ele continuou. — Algo que tornasse as coisas só um pouco melhores, mas não consigo... Eu sei que foi Avery quem a pegou, não meu pai, mas isso tem que parar. Você tem razão: eu *sou* um covarde. Sou egoísta porque não quero machucar minha família e não quero ser preso, mas essa menina... — Ele parou, ofegante com a força das palavras e com a emoção por trás delas. — Fico dizendo a mim mesmo que preciso aprender a ser mais corajoso, e, meu Deus, que coisa mais idiota de se pensar. Ninguém aprende a ser corajoso. Temos apenas que fazer o que é certo, ainda que seja assustador. Por isso vou ligar para a polícia e dar o máximo de nomes que eu sei e vou contar sobre o Jardim.

— Você vai ligar mesmo? — perguntei.

Ele me lançou um olhar raivoso.

— Sim, estou querendo confirmar porque não posso dizer àquela menina que ela receberá ajuda se você for voltar a enterrar a cabeça na areia. Você vai mesmo fazer isso?

Ele respirou fundo.

— Sim, vou mesmo fazer isso.

Estiquei a mão e toquei seu rosto com delicadeza para que ele olhasse para mim.

— O nome dela é Keely Rudolph, e ela mora em Sharpsburg.

— Obrigado. — Ele se virou para se afastar e então parou, voltou e me puxou para me dar um beijo arrebatador.

E então se afastou sem dizer mais nada.

Eu voltei para a pedra.

— Precisamos passar o resto do dia no meu quarto — eu disse às meninas. — Podem ir sem mim, só vou avisar as outras meninas.

— Você acha mesmo que ele vai fazer isso? — Bliss perguntou.

— Acho que ele finalmente vai tentar, e que Deus o ajude se não der certo. Podem ir, depressa.

Encontrar cada menina para dizer que ela deveria ficar dentro de seu quarto pareceu uma última brincadeira de esconde-esconde. Eu não me importava se elas estavam em seus quartos desde que ficassem longe do Jardim, porque as paredes desceriam assim que o Jardineiro descobrisse sobre o telefonema, e eu não queria pensar no que aconteceria com qualquer garota que ele encontrasse fora delas. Cada palavra era sussurrada porque eu não sabia quão potente eram os microfones e nem se o Jardineiro já sabia das intenções do filho.

Encontrei Eleni e Isra na caverna, Tereza na sala de música, Marenka com Ravenna e Nazira no quarto que não seria mais dela, guardando todas as suas coisas de bordado. Willa e Zulema estavam na cozinha observando Lorraine chorar tanto a ponto de a peruca entortar, Pia estava no lago observando os sensores de nível de água. Uma por uma, eu as encontrei e dei a notícia, e elas se afastaram depressa.

Sirvat foi a última que encontrei, com o corpo grudado na vitrine de Zara. Suas costas estavam tomadas pelas asas complexas de uma *Phyciodes tharos*, a Perolado Crescente, de cor preta, branca e amarelo--alaranjado, e seus olhos estavam fechados enquanto ela permanecia imóvel.

— Sirvat, o que está fazendo?

Ela abriu um olho para olhar para mim.

— Tentando imaginar como é estar ali dentro.

— Não acho que ela pode ajudar você com isso, dado que ela está morta. Ela também não sabe.

— Está sentindo o cheiro?

— De madressilva?

Ela negou balançando a cabeça e se afastou do vidro.

— Do formaldeído. Meu professor de biologia preservava espécies para autópsia. Deve ter um monte naquela sala, porque o cheiro ali é muito forte.

— É onde ele nos prepara para as caixas. — Suspirei. — Sirvat, precisamos ficar nos quartos. A merda está sendo jogada no ventilador.

— Por causa de Keely?

— E de Desmond.

Ela tocou a porta trancada, protegida pelo código da trava.

— Sempre tínhamos que tomar muito cuidado com o formaldeído. Ele nem sempre é estável, mesmo quando diluído no álcool.

Nunca me senti mal por não ser próxima de Sirvat. Ela era bem esquisita.

Mas ela deixou que eu a levasse e a colocasse no seu quarto. Eu corri até o penhasco e subi uma das árvores para tentar ver se havia algo acontecendo, mas, se eu mal conseguia ver a casa em si, quem diria a frente da propriedade. O Jardineiro tinha muito dinheiro e muito espaço, uma combinação muito perigosa quando se tratava de pessoas com tendências psicopatas.

As luzes piscaram violentamente e eu me atirei de volta ao penhasco, agarrando-me a tudo que podia enquanto me apressava descendo pela cachoeira a fim de chegar a meu quarto antes que as paredes descessem.

Bliss me deu uma toalha.

— Sei que é um pouco tarde para isso, mas eu pensei que talvez fosse mais seguro se todas nós nos reuníssemos em um lugar só no Jardim. Se Desmond contar aos policiais que estamos na estufa de dentro, eles insistirão em checar, certo? Se estivermos lá fora, eles conseguirão nos ver.

— Acredite se quiser, mas eu pensei exatamente a mesma coisa. — Tirei meu vestido ensopado e troquei pelo vestido que recebera na chegada de Desmond, aquele fechado nas costas. Não era um dos preferidos do Jardineiro porque escondia as asas, mas, naquele momento, eu não me importava. Queria estar correndo, lutando, fazendo qualquer coisa que não fosse esperar naquele quartinho.

— Mas se ele conseguir convencer a polícia a não investigar, ou se conseguir convencer Desmond a não ligar, o que você acha que ele vai fazer com qualquer uma de nós que desobedecer à regra dos quartos?

— Droga.

— Bliss... estou com medo — sussurrei. Afundei-me na cama e estiquei a mão para Keely. Ela a pegou e se aconchegou perto de mim, procurando conforto. — Detesto não conseguir ouvir nada.

Marenka e eu certa vez tentamos gritar o máximo que conseguíamos durante uma sessão de manutenção. Nossos quartos eram lado a lado e não conseguimos ouvir nada.

Até mesmo as passagens de ar eram fechadas quando as paredes desciam.

Horas se passaram antes de as paredes subirem novamente. Por mais que detestássemos ficar paradas, estávamos assustadas demais para nos movermos no primeiro momento. Depois, não aguentamos mais e saímos no Jardim para ver como nosso mundo havia mudado.

Talvez, finalmente, estivesse melhor.

— Estava? — Eddison pergunta quando fica claro que ela não vai continuar.

— Não.

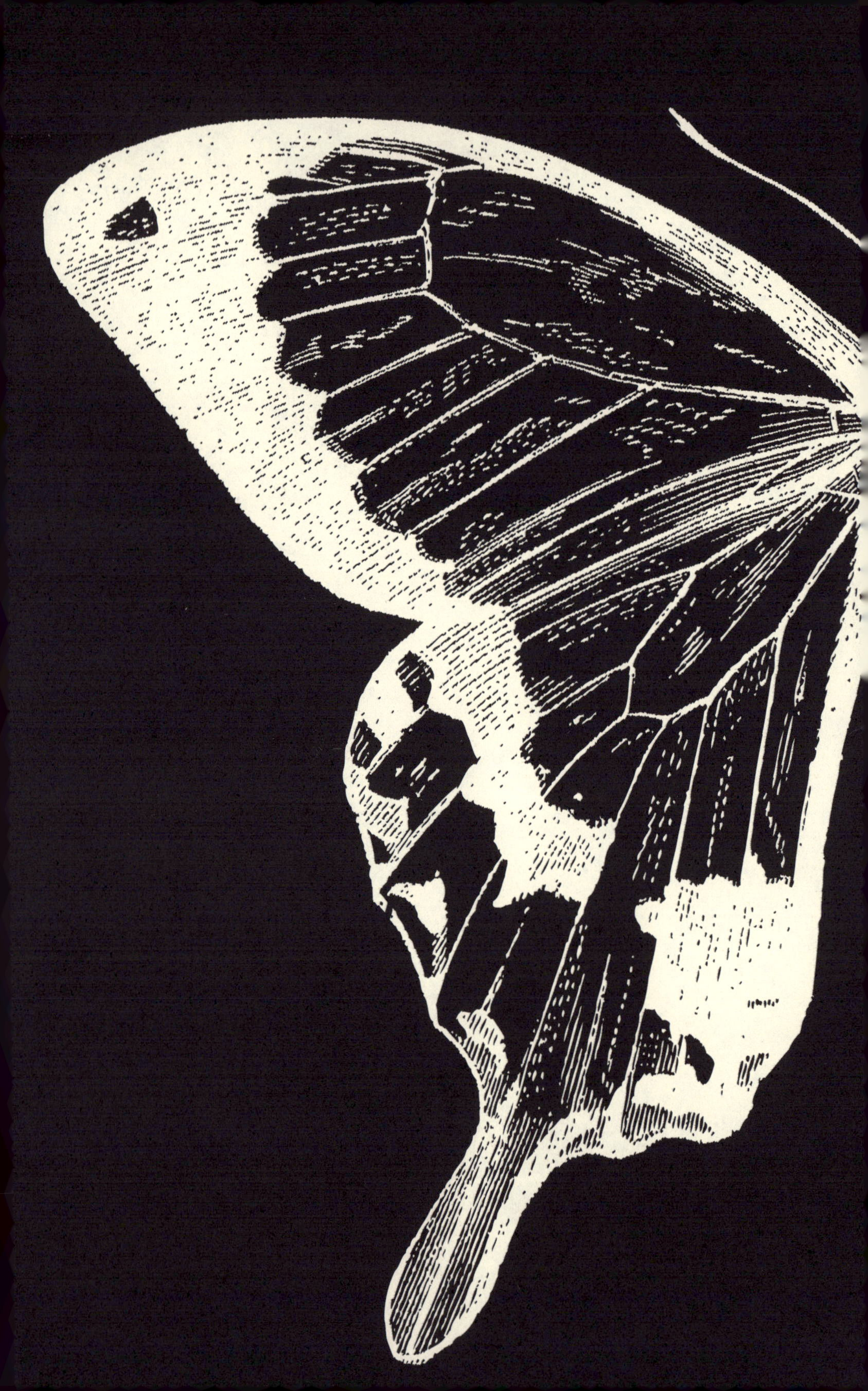

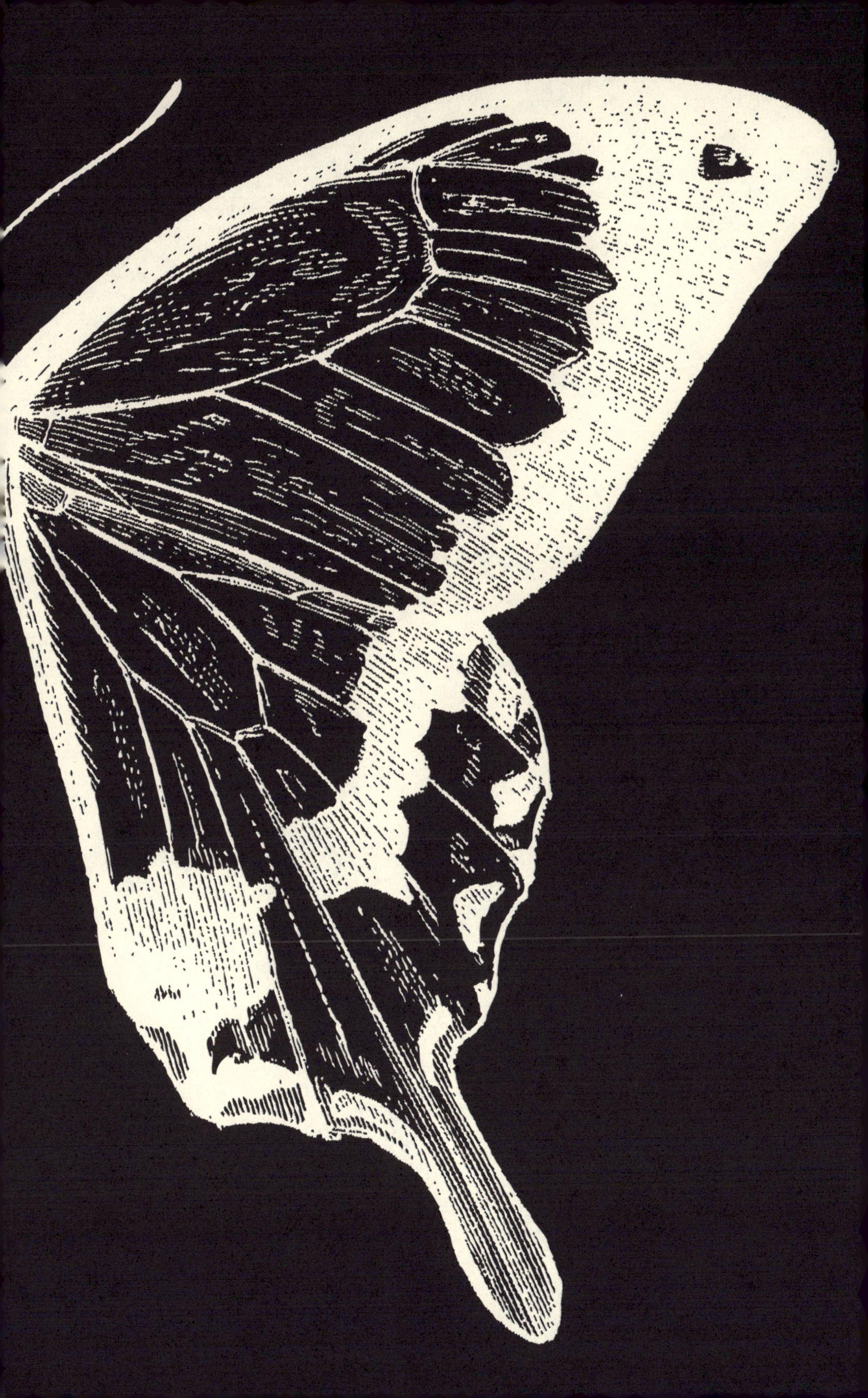

III

Inara esfrega os polegares no dragãozinho triste, e uma casquinha enrosca na saliência da testa e cai.

Victor olha para o parceiro.

— Pegue o casaco — diz, já se afastando da mesa.

— O quê?

— Vamos dar uma voltinha.

— Vamos o quê? — Eddison resmunga.

A menina simplesmente pega a jaqueta dele e se veste sem fazer perguntas. O dragãozinho azul continua em uma das mãos.

Ele os leva até a garagem e abre a porta do passageiro para a garota. Ela olha para o carro por um momento, a boca encurvada em uma expressão que não dá para chamar de sorriso.

— Algum problema?

— Com exceção de quando vim para cá e fui para o hospital, e possivelmente quando fui de Nova York para o Jardim, não entro em um carro desde aquele táxi que me levou para a casa da minha avó.

— Nesse caso, deve entender por que não sugiro que você dirija.

Os lábios dela tremem. O riso fácil e a atmosfera confortável que finalmente haviam estabelecido na sala desaparecem, somem diante do objetivo pelo qual estão trabalhando desde o começo.

— Algum motivo para eu ter que ir no banco de trás? — Eddison reclama.

— Você gostaria que eu inventasse um?

— Tudo bem, mas eu escolho a música.

— Não.

A menina arqueia uma sobrancelha, e Victor faz uma careta.

— Ele gosta de música country.

— Por favor, não o deixe escolher — ela fala com um tom simpático ao entrar no carro.

Rindo, Victor a espera puxar as pernas para dentro do automóvel antes de fechar a porta.

— Qual é o objetivo dessa excursãozinha? — Eddison pergunta ao ver o parceiro entrar no carro do outro lado.

— A primeira parada vai ser para um café, depois vamos ao hospital.

— Para ela poder ver as meninas?

— Também.

Eddison revira os olhos, desiste de fazer perguntas e se acomoda no banco de trás.

Quando chegam ao hospital carregando os copos de café – Inara tomava um chá –, o prédio está todo cercado por vans da mídia e curiosos. Há uma parte de Victor, aquela que se dedica a esse trabalho há tempo demais, que especula se todos os pais que perderam uma filha entre dezesseis e dezoito anos estão lá fora com uma vela e uma foto em mãos, esperando o melhor ou até mesmo o pior, desde que traga um fim ao pesadelo de não saber o que aconteceu. Alguns olham para o celular esperando um telefonema que, para muitos, nunca vai acontecer.

— Os quartos das meninas estão isolados? — ela pergunta, virando o rosto para dentro do carro e deixando o cabelo cair para a frente para escondê-la um pouco mais.

— Sim, com guardas nas portas. — Ele olha adiante, para a entrada de emergência, para ver se é possível entrar por ali, mas há quatro ambulâncias paradas na passagem e muita atividade em torno delas.

— Posso passar por alguns repórteres, se for preciso. Honestamente eles não podem estar esperando que eu vá falar algo sobre isso.

— Você já assistiu aos jornais?

— De vez em quando víamos alguma coisa no Taki's quando íamos buscar comida — ela responde, dando de ombros. — Não tínhamos televisão, e a maior parte das pessoas com quem andávamos mantinha o aparelho ligado no videogame ou no DVD player. Por quê?

— Porque eles esperam que você fale alguma coisa sobre o que aconteceu, eles contam com isso mesmo quando sabem que a pessoa não pode falar. Enfiam o microfone na sua cara e fazem perguntas pessoais sem nenhuma sensibilidade, depois compartilham suas respostas com quem quiser ouvir.

— Então... eles são como o FBI?

— Primeiro Hitler, agora os repórteres — diz Eddison. — É uma delícia saber que tem uma opinião tão boa sobre nós.

— É evidente que não sei o suficiente sobre repórteres para considerá-los perigosos ou ofensivos, então não teria como saber que essa era uma comparação ruim.

— Se você não se importa em passar no meio deles, podemos entrar — Victor fala antes de um dos dois poder acrescentar mais alguma coisa. Ele para o carro e vai abrir a porta do outro lado para ela. — Eles vão gritar — avisa. — Vão gritar na sua cara, e câmeras aparecerão com seus flashes por todos os lados. Pais farão perguntas sobre as filhas, querendo saber se você as viu. E vai ter gente ofendendo você.

— Ofendendo?

— Sempre tem quem pensa que a vítima fez por merecer — ele explica. — São idiotas, mas sempre se expressam. É claro que você não merece nada disso, mas eles vão falar do mesmo jeito, porque acreditam nisso ou porque querem alguns segundos de atenção, e, como defendemos a liberdade de expressão, não há nada que possamos fazer.

— Acho que me acostumei tanto com os horrores do Jardim que esqueci quão horrível o mundo exterior também pode ser.

Ele daria qualquer coisa para poder dizer que aquilo não era verdade.

Mas era, e então ele simplesmente fica em silêncio.

Os três saem da garagem a caminho da entrada principal, a menina sendo protegida pelos dois agentes enquanto luzes e sons ganham uma intensidade quase febril. A menina ignora tudo com dignidade, olhando para a frente e se recusando a ouvir e responder às perguntas. A polícia local cercava a entrada do hospital, montando barricadas para manter a multidão longe. Eles estão quase na porta quando uma repórter mais arrojada engatinha por baixo da barricada e por entre as pernas de um oficial, arrastando o fio do microfone atrás dela.

— Qual é seu nome? Você é uma das vítimas? — pergunta, brandindo o microfone diante dela.

A menina não responde, nem olha para ela, e Victor gesticula para um policial remover a mulher dali.

— É sua obrigação contar para o público a história inteira, diante de uma tragédia como essas!

A menina ainda esfrega o polegar no dragãozinho azul, mas vira para olhar para a repórter, que se debate para escapar do policial que a segura pelos braços.

— Acho que, se você realmente soubesse alguma coisa sobre o caso que alega querer divulgar — fala em voz baixa —, teria bom senso suficiente para não sugerir que eu devo alguma coisa a *alguém*. — A menina acena com a cabeça para o policial e segue em direção às portas deslizantes. Gritos a acompanham, os que estão mais próximos perguntam sobre as desaparecidas, mas tudo se transforma em sons distantes quando as portas se fecham depois que ela entra.

Eddison sorri para a garota.

— Fiquei esperando você mandar um vai se foder para aquela mulher.

— Eu pensei nisso — ela confessa. — Depois lembrei que vocês dois deviam estar enquadrados na imagem, e não quero que a mãe do Hanoverian lave as orelhas dele com sabão por ter ouvido esse vocabulário imundo.

— Sei, sei, vamos lá, crianças.

Por ser um hospital, havia uma grande presença de policiais, até mesmo no saguão. FBI, polícia local, representantes de outros departamentos da polícia, serviços de proteção à criança, todos falando ao telefone ou digitando em laptops ou tablets. Os que não estavam conectados à tecnologia lidavam com uma coisa mais difícil: as famílias.

Quando Eddison joga os copos vazios na lata de lixo perto da porta, Victor acena para o terceiro membro da equipe, que está sentado ao lado de um casal de trinta e poucos anos. Ramirez assente, mas não remove o braço de cima dos ombros da mulher de aparência exausta ao lado dela.

— Inara, esta é...

— Agente Ramirez — ela termina a frase. — Nós nos conhecemos antes de eu ser levada. Ela prometeu impedir que os médicos fossem babacas.

Victor se encolhe perceptivelmente.

Ramirez sorri.

— Autoritários — ela corrige. — Prometi que ia *tentar* impedir que eles fossem *autoritários*. Mas acho que você ainda era Maya naquele dia.

— Era. Sou. — Ela balança a cabeça. — É complicado.

— Esses são os pais de Keely — Ramirez apresenta apontando o casal.

— Ela não para de perguntar de você — diz o pai. O homem está pálido e com os olhos vermelhos de tanto chorar, mas estende a mão. Inara mostra a mão queimada e cortada num pedido silencioso de desculpas. — Pelo que entendi, você ajudou a protegê-la naquele lugar?

— Eu tentei. Não que tenha sido sorte em ir parar naquele lugar, mas ela teve sorte por ter ficado pouco tempo ali.

— Íamos transferi-la para um quarto particular — a esposa dele comenta choramingando. Ela se agarra a uma mochila da Hello Kitty e um punhado de lenços de papel. — Ela é muito nova, e os médicos estão fazendo perguntas muito pessoais. — A mulher esconde o rosto com os lenços.

O marido toma a palavra.

— Ela entrou em pânico e disse que, se não podia ficar com você, ela queria ficar com... com...

— Danelle e Bliss?

— Sim. Eu não... não entendo por que ela...

— É coisa demais para entender — Inara fala com delicadeza. — É assustador. Keely não ficou lá por muito tempo, mas durante aqueles dois dias ela não esteve sozinha. Nós três ficamos com ela o tempo todo, e havia outras meninas também. É confortante estar com pessoas que sabem exatamente pelo que você está passando. Ela vai melhorar. — E olha para o dragão em sua mão. — Não é que ela não esteja contente por ver vocês. Ela está, com certeza, e ela sentiu muita saudade de vocês dois. Mas ficar sozinha em um quarto nesse momento é... é motivo para entrar em pânico. Tenham paciência com ela.

— O que eles fizeram com a nossa garotinha?

— Ela vai contar quando puder. Tenham paciência com ela — Inara repete. — Desculpem, sei que devem ter um milhão de perguntas e preocupações, mas preciso ir ver as meninas. Inclusive Keely.

— Sim, sim, é claro. — O pai de Keely pigarreia várias vezes. — Obrigado por ajudá-la.

A esposa abraça a menina assustada, que olha desconfiada para o sorridente Victor. Quando ele não faz nada para ajudá-la, a garota faz uma careta e se solta gentilmente dos braços da mulher.

— Quantos pais tem aqui? — ela resmunga quando se afastam.

— Mais ou menos metade dos pais das sobreviventes estão aqui, e ainda tem mais a caminho — Ramirez responde, apressando o passo para alcançar os três perto dos elevadores. — Os pais das meninas mortas ainda não foram notificados. É preciso ter certeza absoluta de que são elas.

— Sim, isso seria bom.

— Agente Ramirez! — chama uma voz estridente, seguida pelos estalos rápidos de saltos altos no assoalho.

Victor geme. Quase haviam conseguido passar despercebidos.

Mas ele se vira e, com os acompanhantes, vê a mulher que se aproxima. Inara continua olhando para a tela sobre o elevador, observando os números em contagem regressiva.

A senadora Kingsley era uma elegante mulher de cerca de cinquenta anos, e seus cabelos pretos estavam arrumados em volta de seu rosto para dar uma impressão de suavidade que era contestada por uma expressão severa. Ela ainda conserva uma aparência descansada, apesar de estar no hospital desde a noite anterior. O tailleur vermelho contrasta com a pele escura, e a bandeirinha americana presa na lapela quase desaparece encoberta pela cor.

— É ela? — a mulher pergunta ao parar diante deles. — Essa é a menina que estavam escondendo?

— Entrevistando, senadora, não escondendo — Victor a corrige com tom moderado. Ele segura o ombro de Inara e a vira firmemente, embora com gentileza.

Inara olha para a mulher, exibindo um sorriso tão forçado que o agente se encolhe por dentro.

— Você deve ser a mãe da Ravenna.

— O nome dela — a senadora responde com tom seco — é Patrice.

— Era — Inara retruca. — E vai voltar a ser. Mas agora ainda é Ravenna. O Exterior ainda não é real.

— E que diabos isso significa?

O sorriso desaparece e Inara afaga com o polegar o dragão triste. Depois de um momento, ela endireita as costas e encara a mulher.

— Significa que você ainda é real demais para ela lidar nesse momento. Os últimos dois dias foram muito pesados para nós. Passamos tanto tempo vivendo na fantasia terrível de outra pessoa que não sabemos mais como lidar com o real. Vai acontecer, com o tempo, mas o seu real é muito... — Ela olha para o grupo de funcionários e ajudantes parado a uma distância respeitosa. — Muito público — diz finalmente. — Se conseguir se livrar dessa sua comitiva, talvez fique mais fácil para ela.

— Só estamos tentando investigar tudo isso.

— E não seria isso trabalho do FBI?

A senadora a encara.

— Ela é minha filha. Não vou ficar sentada assistindo...

— Como todos os outros pais?

Victor se encolhe de novo.

— Você defende a lei, senadora. Às vezes, isso significa recuar para que ela faça seu trabalho.

Eddison se vira e aperta o botão para chamar o elevador de novo. Victor consegue perceber seus ombros tremendo.

Mas Inara ainda não havia acabado.

— Às vezes, significa ser mãe *ou* senadora, não as duas coisas. Acho que ela gostaria de ver a mãe, mas depois de tudo aquilo pelo qual ela passou, com os ajustes que terá que fazer, duvido que ela seja capaz de lidar com a senadora. Agora, se puder nos dar licença, temos que ir ver Ravenna e as outras.

O elevador apita, e ela entra na cabine assim que a porta se abre. Ramirez e Eddison a seguem.

Victor acena sugerindo que eles subam. A senadora pode ter ficado sem falar durante alguns instantes, mas isso geralmente não durava muito tempo.

E não dura.

— Fui informada de que aquela mulher, Lorraine, é cúmplice do que foi feito com minha filha. Pode ter certeza, agente, se eu tiver a menor suspeita de que essa menina também fez parte daquilo, eu vou trazer tudo...

— Senadora, deixe-nos fazer nosso trabalho. Se você quer saber o que aconteceu com a sua filha, se quer chegar até a verdade, terá que nos deixar trabalhar. — Ele estende a mão e toca seu cotovelo. — Tenho uma filha um pouco mais nova que Patrice. Garanto que não estou tratando esse caso com pouca atenção. Elas são jovens incrivelmente fortes que viveram um inferno, e vou fazer o melhor que puder por elas, mas você precisa se afastar do caso.

— Você conseguiria? — ela pergunta rispidamente.

— Espero nunca ter que descobrir.

— Vai precisar da ajuda de Deus, agente, se isso tudo explodir na sua cara.

Victor a vê se afastar e aperta o botão do elevador para subir. Enquanto espera, ele a vê se reunir ao grupo de pessoas, dando ordens e fazendo perguntas, enquanto os membros mais jovens da equipe correm para atendê-la. Os mais velhos se mantêm firmes, menos impressionáveis.

Ele sobe ao quarto andar e encontra um corredor silencioso, muito diferente do saguão cheio e barulhento. Os outros esperavam por ele. Um grupo de médicos e enfermeiros conversa na área da enfermaria, mas a presença de guardas armados diante das portas mantém a conversa baixa.

Uma das enfermeiras acena para Ramirez.

— Precisa falar com as meninas de novo?

— Trouxemos alguém que precisa vê-las. — Ela aponta a garota, e a enfermeira sorri.

— Ah, sim, eu me lembro de você. Como estão suas mãos?

Ela as levanta para a enfermeira examiná-las.

— Os pontos estão limpos e não há sinal de inchaço — ela murmura. — Isso é bom. Está tirando as casquinhas dos ferimentos menores?

— Um pouco?

— Bom, não faça mais isso porque prejudica a cicatrização. Vou fazer outro curativo só por precaução.

Minutos depois, Inara está novamente com as mãos enfaixadas, com a gaze envolvendo os dedos individualmente para permitir mobilidade. A enfermeira aproveita que estava com seus utensílios para examinar rapidamente os ferimentos menores no braço e na lateral do corpo.

— Está ótimo, querida — a mulher conclui tocando um de seus ombros. — Agente, você pode levá-la agora.

A menina bate uma continência, o que faz a enfermeira sorrir e acenar.

Quando chegam à primeira porta, Inara inspira devagar e pega novamente o dragãozinho azul em busca de conforto.

— Não consigo imaginar como vai ser — ela confessa.

Victor bate de leve no ombro dela.

— Vá e descubra.

O guarda na porta muda de posição, jogando o peso para a outra perna.

— Estão todas no segundo quarto do corredor.

— Todas? — Eddison estranha.

— Elas insistiram.

— Aquelas moças traumatizadas?

— Sim, senhor. — Ele tira o quepe para coçar a cabeça de cabelos claros. — Uma delas me ensinou algumas frases que eu não tinha escutado nem mesmo quando trabalhava em operações envolvendo traficantes.

— Deve ter sido a Bliss — murmura a menina. Em vez de falar com o homem, ela simplesmente segue em frente até a segunda porta sendo seguida pelos três agentes e então acena com a cabeça para o policial ali parado. — Posso entrar?

Ele olha para os agentes, que assentem.

— Sim, senhora.

Embora não consigam distinguir palavras e vozes individuais, é possível ouvir o som de conversa no corredor, que é interrompido imediatamente quando a porta se abre, seguido por um barulho mais alto quando as garotas lá dentro identificam a recém-chegada.

— Maya! — Um lampejo preto e branco de traseiro nu atravessa o quarto e se joga nos braços da menina. — Onde você estava, porra?

— Oi, Bliss. — Afagando os cachos negros e rebeldes da menina um pouco menor que ela, Inara olha em volta. O quarto que teoricamente comporta duas camas tinha agora quatro leitos. Todas as meninas que conseguem se movimentar, ainda que feridas, estão reunidas em volta da cama daquelas que sofreram ferimentos mais graves, de mãos dadas ou com o braço sobre os ombros ou em torno da cintura de outra menina. Alguns dos pais mais corajosos ocupavam cadeiras ao lado das camas, mas a maioria está reunida junto da parede do outro lado, conversando entre eles e de olho nas filhas.

Victor se apoia à parede com um sorriso, vendo a sombra menor se esgueirar entre duas camas e passar entre duas jovens. É uma alegria ver o sorriso suave da menina, como ela abraça a criança e a aperta contra o peito.

— Oi, Keely. Conheci seus pais.

— Acho que magoei os dois — Keely cochicha, mas Inara balança a cabeça.

— Eles estão assustados, só isso. Tenha paciência com eles e com você mesma.

Victor e os parceiros ficam parados perto da porta por quase uma hora, vendo as garotas rirem e trocarem piadas e insultos, consolando as que começavam a chorar ou ameaçavam ter um colapso. Apesar do desgosto evidente, a menina se deixa apresentar aos pais. Ela os escuta com paciência enquanto contam como procuraram as filhas, como nunca perderam a esperança, e o único sinal de cinismo aparente nela é a sobrancelha arqueada que faz Danelle rir tanto que seu monitor cardíaco até dispara.

Ele consegue identificar Ravenna, que é uma versão mais nova da mãe, e observa com atenção a conversa breve entre as duas garotas, lamentando não conseguir ouvir nada. A filha da senadora tem uma das pernas quase toda enfaixada. Ravenna é a bailarina, ele lembra. Inara toca os curativos com mão leve, e ele pensa em como tudo isso vai afetar sua dança.

Victor consegue nomear algumas das outras Borboletas através das histórias que havia ouvido. Para saber quem são as outras, tem que ouvir os nomes que elas falam entre elas e tentar associá-los às suas donas. Com exceção de Keely, que nunca foi renomeada, nenhuma delas usa o nome original. Ainda são os nomes do Jardim que saem da boca das meninas, que estão na cabeça delas, e ele vê que os pais reagem incomodados sempre que os escutam. Inara disse que às vezes era mais fácil esquecer. Pela primeira vez, ele se pergunta se algumas delas esqueceu. Ou então ela estava certa e, talvez, as meninas ainda não estivessem prontas para que aquilo se tornasse de alguma forma real.

É tentador ficar ali por mais tempo e apreciar a cena para apagar alguns dos horrores dos últimos dias, mas Victor não consegue relaxar completamente. Ela ainda tem que ver mais e ainda tem mais para contar a eles.

Há mais coisas que eles precisavam saber.

Ele levanta o braço para olhar o relógio, e Inara se vira para ele imediatamente, fazendo uma pergunta que não precisa de palavras.

Victor assente. Ela suspira, fecha os olhos por um momento para recompor-se e depois começa a dizer a todas que vai voltar. Ela está quase alcançando a porta quando Bliss segura sua mão.

— Quanto contou para eles? — a menina pergunta sem rodeios.

— A maior parte do que é importante.

— E o que eles contaram para você?

— Avery está morto. O Jardineiro vai sobreviver para ir a julgamento, provavelmente.

— E então todas nós vamos ter que falar.

— Está na hora, e pense por esse ângulo: pode ser mais fácil contar para o FBI do que para seus pais.

Bliss faz uma careta.

— Os pais dela estão a caminho — Ramirez cochicha para Victor. — Já decolaram de Paris, onde o pai dela tem um novo emprego de professor. É difícil dizer se desistiram de procurá-la, ou se apenas fizeram o que era melhor para os filhos que ainda tinham.

A expressão de Bliss anuncia que ela não está preparada para dar aos pais o benefício da dúvida.

Depois de abraçar Keely pela última vez, Inara sai do quarto com Victor e Eddison. Ramirez fica para conversar com os pais. Eles passam por uma sequência de quartos, todos vazios e com guardas na porta. As meninas deveriam estar lá, mas não estavam, preferindo ficarem juntas. Então, eles passam por mais quartos desocupados que funcionam como uma barreira entre as garotas e o fim do corredor, onde há mais guardas.

Quando param, Eddison olha pelo visor de vidro na porta e encara o parceiro com uma expressão curiosa. Victor se limita a assentir.

— Eu espero aqui fora — diz o seu companheiro.

Victor abre a porta, convida a menina a entrar e a segue, fechando a porta em seguida.

O homem na cama está preso a uma quantidade inacreditável de máquinas, todas apitando baixinho com sons e ritmos próprios. Uma cânula nasal leva oxigênio para dentro do organismo, mas ao lado da cama há um kit de intubação pronto para ser usado, caso necessário.

Curativos feitos com gaze ou com pomadas e materiais sintéticos que absorvem o calor das queimaduras e previnem de infecções escondem a maior parte do que o cobertor deixa à mostra. As queimaduras cobrem um lado do couro cabeludo, uma confusão borbulhante de pele descolorida e coberta de bolhas.

A menina arregala os olhos, os pés colados no chão a um metro da porta.

— O nome dele é Geoffrey MacIntosh — Victor informa com tom suave. — Ele não é mais o Jardineiro. Tem um nome e uma coleção de lesões que o desfiguram, e ele não é mais o deus do Jardim. Nunca mais será. Seu nome é Geoffrey MacIntosh, e ele vai ser levado a julgamento por tudo que fez. Esse homem *não pode mais machucar você*.

— E Eleanor? A mulher dele? — ela sussurra.

— Está no quarto ao lado, em monitoramento cardíaco; sofreu um colapso em casa. Até onde sabemos, ela nunca soube de nada disso.

— E Lorraine?

— Ela está em um dos quartos do corredor. Tem sido interrogada para que seja determinado em que medida ela pode ser processada por sua participação em tudo isso. Ela também será avaliada psicologicamente antes que uma decisão sobre a sua situação seja tomada.

Ele vê o nome que se forma nos lábios de Inara, embora ela não o pronuncie. Ela se senta em uma das cadeiras encostadas à parede, inclinando-se para a frente sobre os joelhos para estudar o homem inconsciente no leito de hospital.

— Nenhuma de nós nunca o viu tão bravo — ela comenta em voz baixa. — Nem mesmo com todos os problemas que Avery causou. Ele estava *furioso*.

Victor oferece a mão e tenta esconder a surpresa quando ela a aceita, a gaze roçando sua pele.

— Nenhuma de nós nunca o tinha visto daquele jeito.

Eles estavam os três parados do outro lado do Jardim, perto da porta, e podia-se ver que o Jardineiro tinha claramente perdido a cabeça. Ele gritava com Desmond enquanto Avery ficava ali com um sorriso mais arrogante do que nunca em seu rosto. Acho que percebeu que o pai não estava mais tão irritado assim por causa de Keely.

Tentei inspecionar o máximo que podia do Jardim em vez de me aproximar deles. Era visível que pessoas haviam estado ali. Havia marcas de botas visíveis na areia e plantas pisoteadas. Alguém até havia deixado uma embalagem de goma de mascar na margem do riacho. A polícia não ficou curiosa? Será que o Jardineiro deu uma explicação que fizesse sentido?

— As dimensões — cochichou Bliss. — Se ele abaixou *todas* as paredes, talvez não tenham percebido que havia corredores. Há trilhos dos dois lados da porta principal.

Talvez eles tenham procurado e só não tenham conseguido nos encontrar.

Desmond tinha de fato chamado a polícia.

Meu coração doía porque, embora eu quisesse sentir orgulho dele, tudo que eu conseguia pensar era que tinha passado da hora de ele fazer isso. Saber que fomos raptadas, estupradas, assassinadas e exibidas não era o suficiente, mas ao menos ver uma menina de doze anos violentada e brutalizada havia sido.

— Isso é errado! — ele gritou quando o pai finalmente parou para respirar. — É errado raptá-las, é errado mantê-las presa e é errado matá-las!

— Essa não é uma decisão que caiba a você tomar!

— Cabe, sim! Porque isso é ilegal!

O pai o esbofeteou com tanta força que ele cambaleou para trás e caiu.

— Esta é minha casa e meu jardim. Aqui eu sou a lei, e você desrespeitou essa lei.

Rindo como uma criança no Natal, Avery desapareceu e voltou momentos depois com um bambu, provavelmente o mesmo que havia sido usado nele no dia anterior. Sério, um bambu. Quem bate com uma merda de um bambu nos filhos adultos? Na verdade, quem faz isso com filhos de qualquer idade? Mas Avery entregou o bambu ao pai e atacou o irmão mais novo, rasgando parte de suas roupas até deixar as costas e parte da bunda à mostra.

— É para o seu próprio bem, Desmond — o Jardineiro falou enquanto arregaçava as mangas. Desmond se debatia, mas Avery o imobilizou passando um braço em torno de seu pescoço.

Com o rosto de Keely apertado contra minha barriga para que ela não pudesse ver, todas nós assistimos à surra que o Jardineiro deu no filho com um bambu. Avery, aquele imbecil doente, vibrava a cada pancada que o Jardineiro dava, deixando marcas que inchavam rapidamente. Desmond continuava se debatendo, mas não chorava, apesar de aquilo provavelmente doer demais. O Jardineiro contava os golpes e, depois de vinte pancadas, ele jogou o bambu longe.

A torcida eufórica de Avery parou.

— Só isso? — ele perguntou. — Você me deu o mesmo castigo por ter marcado aquela vadia!

Toquei o quadril e senti a cicatriz grossa deixada por aquela marca feita a ferro. Será que vinte golpes de bambu eram equivalentes àquilo?

— Avery, fique fora disso.

— Não! Ele poderia ter mandado nós dois para a prisão, ou até mesmo para o corredor da morte, e você acha que vinte pancadas são suficientes? — Ele solta o irmão na areia e fica em pé. — Ele quase destruiu tudo em que você vem trabalhando durante trinta anos. Deu as costas para o que significa ser seu filho. Deu as costas para você!

— Avery, já disse...

Avery puxou alguma coisa do cinto nas costas e de repente não importava mais o que seu pai dizia, pois ele comandava a situação.

Uma arma tem esse poder.

— Você deu tudo para ele! — ele gritava, apontando a arma para o irmão. — Seu precioso Desmond, que nunca fez nada para ajudar a abastecer o Jardim, e mesmo assim você sempre foi tão orgulhoso dele. Dizia o quanto as Borboletas gostavam dele, que ele não as machucava, que ele as entendia melhor. Quem se importa com essa merda? Eu também sou seu filho, o primogênito. É de mim que deveria se orgulhar.

O pai levanta as mãos e olha para a arma.

— Avery, eu sempre tive orgulho de você...

— Não, você sempre teve medo de mim. Até eu sei a diferença entre uma coisa e outra, pai.

— Avery, por favor, abaixe a arma. Não tem lugar para isso aqui.

— Não tem lugar para isso aqui — ele repetiu com uma careta. — É o que você sempre disse sobre qualquer coisa que eu queria!

Com um gemido profundo de dor, Desmond virou de costas e apoiou o corpo sobre os cotovelos.

A arma disparou.

Desmond gritou e caiu deitado no chão, e podia-se ver o sangue desabrochando como uma flor na altura do peito de sua camiseta rasgada. O Jardineiro pulou para a frente com um soluço e a arma disparou de novo, e então ele caiu de joelhos, segurando um lado do corpo.

Deixei Keely com Danelle e empurrei as duas para baixo, atrás de uma pedra.

— Fiquem aqui — sussurrei.

Bliss agarrou minha mão.

— Acha que ele realmente vale a pena para você tentar fazer isso?

— Provavelmente não — reconheci. — Mas ele de fato fez a denúncia.

Balançando a cabeça com tristeza, ela soltou minha mão, e eu corri para a frente da pedra e das meninas. Estava quase alcançando Desmond quando Avery me agarrou pelo cabelo e me puxou, levantando-me com força do chão.

— E aqui está a vadia em pessoa, a pequena rainha do Jardim. — Ele me bateu tão forte com a pistola que meus ouvidos apitaram, e uma parte da arma fez um corte em meu rosto com o impacto. Avery soltou a arma, me derrubou de joelhos com um chute e começou a abrir o cinto. — Bom, agora eu sou o rei do Jardim, então acho melhor você aprender a me respeitar.

— Se você colocar isso aí perto da minha boca, eu vou arrancar fora com uma mordida — rosnei, e Bliss aplaudiu de trás da pedra.

Ele me bateu de novo, e de novo, e quando levantou a mão para bater mais uma vez, a voz de Nazira o deteve.

— Estou ouvindo sirenes!

Eu não conseguia ouvir nada além de sinos badalando dentro do meu crânio, mas algumas das outras meninas disseram que também conseguiam ouvir as sirenes. Eu não sabia se realmente era verdade ou se estavam apenas tentando distrair Avery.

Ele me soltou e correu pelo Jardim em direção ao caminho para o penhasco, subindo ali para poder ver com os próprios olhos. Rastejei para perto de Desmond, que tentava apertar o peito com uma das mãos. Afastei a mão dele e fiz pressão com as minhas, sentindo seu sangue quente e pegajoso bombeando embaixo da minha palma.

— Por favor, não morra — sussurrei.

Ele afagou minha mão com um gesto fraco, mas não tentou responder.

O Jardineiro gemeu e se colocou do outro lado do filho.

— Desmond? Desmond, me responda!

Os olhos verde-claros – iguais aos do pai – se abriram com dificuldade.

— O único jeito de proteger as meninas dele é deixá-las irem embora — ele arfou. O suor formava gotas em seu rosto. — Ele vai matar todas elas de forma cruel, e elas sentirão dor a cada segundo.

— Fique acordado, Desmond — o pai pediu. — Vamos levar você para o hospital e ajeitar tudo isso. Maya, continue fazendo pressão!

Eu não havia parado.

Mas agora eu também conseguia ouvir as sirenes.

Avery pulava e praquejava em cima do penhasco, e as meninas correram para nos cercar, provavelmente pensando que o Jardineiro e Desmond eram opções mais seguras que estarem próximas de um Avery surtado. Até Lorraine estava ali, e ninguém tentou afastá-la. Bliss pegou a arma com mãos trêmulas, mas mantinha os olhos fixos em Avery.

E as sirenes se aproximavam.

— Não consigo entender por que eles voltaram — ela sussurra, agarrando a mão dele como se a sua vida dependesse disso. — Não encontraram nada na primeira vez, certo? O Jardineiro não teria levantado as paredes se eles tivessem encontrado.

— Um dos policiais que ficou na delegacia verificou os nomes que Desmond forneceu pelo telefone. Eles reconheceram o de Keely imediatamente porque ela havia desaparecido recentemente, mas, quando ele começou a verificar os outros nomes fornecidos, encontrou bandeiras do FBI que sinalizavam pessoas desaparecidas. O supervisor dele entrou em contato conosco e fomos encontrá-los lá. Cassidy Lawrence, por exemplo. Ela desapareceu de Connecticut há quase sete anos. Não há motivo para o nome dela ser dito com o de Keely, a menos que haja uma conexão entre elas.

— Quer dizer que Lyonette foi parte do motivo para finalmente nos encontrarem? — ela pergunta com um sorriso pálido.

— Sim, foi.

Eles ficaram em silêncio por alguns minutos, olhando para o homem na cama de hospital.

— Inara...

— O resto da história.

— Espero que essa seja a última coisa difícil que eu tenha que pedir para você.

— Até me pedir para depor. — Ela suspira.

— Eu sinto muito, de verdade, mas o que aconteceu depois?

A porra da Sirvat.

O Jardineiro tirou o controle remoto do bolso e digitou uma sequência de números no pequeno teclado numérico.

— Sirvat, por favor, vá buscar toalhas e tubos de borracha no quarto ao lado da porta.

— Aquele perto de Zara? — ela perguntou.

— Sim, esse mesmo.

Um sorriso lento se espalhou por seu rosto, e ela se virou com uma gargalhada. Sirvat estivera ali cerca de um ano e meio, e por todo esse tempo que a conheci ela foi uma menina solitária e... esquisita.

O Jardineiro ajeitou o cinto para fazer pressão no ferimento de um lado do corpo e afagou o cabelo do filho, dizendo para ele ficar acordado, fazendo perguntas e implorando para que ele respondesse. Des afagou minha mão em resposta a algumas coisas e ainda estava respirando, mas não tentou falar, o que eu achei que era melhor naquela situação.

— Quando o embrulharmos com as toalhas, você vai deixar a gente tirar o Desmond daqui? — perguntei.

O Jardineiro só olhou para mim, quase através de mim, aparentemente comparando a importância das Borboletas e a do filho, mesmo nesse momento. Finalmente, ele assentiu.

Então senti o cheiro e gelei.

Danelle também sentiu o cheiro e torceu o nariz.

— O que é isso?

— Formaldeído — sussurrei. — Temos que nos afastar daquele quarto.

— Que quarto?

O Jardineiro ficou ainda mais pálido.

— Sem perguntas agora, meninas, venham.

Tivemos que arrastar Desmond pela areia e o Jardineiro veio atrás de nós cambaleando e tropeçando. Passamos pela cachoeira – Bliss empurrava todo mundo que tentava passar por trás dela para permanecer seco – e nos reunimos na caverna.

Em meio ao som da cachoeira, ouvimos as gargalhadas de Sirvat, e depois...

Ela balança a cabeça.

— Não sei bem ao certo como descrever a explosão — diz. — Foi enorme, uma mistura descomunal de som e calor. Algumas pedras caíram do alto do precipício, mas a caverna não desmoronou como eu tinha medo que acontecesse. Havia chamas e vidro por todos os lados, e todos aqueles pequenos pulverizadores de água idiotas começaram a espirrar. O ar entrou pelo teto destruído e as chamas subiram. A fumaça ultrapassou o telhado com as borboletas de verdade, mas mesmo assim era uma fumaça tão densa que não conseguíamos respirar. Tínhamos que sair dali.

— Entraram no riacho?

— E seguimos nele até a lagoa. Os cacos de vidro espalhados cortavam muito nossos pés, mas a água parecia ser a melhor opção para se abrigar contra as chamas que se espalhavam. A metade frontal do Jardim havia se transformado em uma enorme fornalha. Perguntei ao Jardineiro... — Ela engole em seco e olha para o homem na cama. — Perguntei ao senhor MacIntosh se tinha alguma saída de emergência, algum outro jeito de sair, mas ele disse... que nunca pensou que pudesse acontecer alguma coisa.

Ela torce a mão na dele até que sua outra mão consiga alcançar os curativos e tocar as casquinhas. O agente empurra a mão dela com delicadeza.

As chamas se espalhavam depressa. Painéis de vidro estilhaçavam lá em cima, provocando uma chuva de cacos e estilhaços sobre nós. Willa desviou de um, mas foi atingida por outro que quase cortou sua cabeça ao meio. Víamos as chamas além do vidro, devorando a estufa externa.

O Jardineiro balançou a cabeça, apoiando-se em Hailee para não cair.

— Se o fogo chegar ao quarto com os fertilizantes, vai haver uma segunda explosão — disse, tossindo.

Àquela altura, a maioria das meninas estava chorando.

Tentei pensar em algum jeito de não acabarmos presas e fodidas.

— O penhasco — falei. — Se quebrarmos uma parte do vidro na parede, podemos sair pelo telhado dos corredores.

— E depois, escorregamos pelos painéis quebrados para a estufa externa? — resmungou Bliss. — E ainda correndo o risco de quebrarmos tornozelos, pernas ou até mesmo *colunas* quando aterrissarmos no chão?

— Tudo bem. Sua vez.

— Não tenho porra nenhuma para sugerir. Sua vez.

Desmond riu, depois gemeu de dor.

Pia gritou e todos nos viramos para trás. Avery estava parado atrás dela, envolvendo seu pescoço com o antebraço queimado e cheio de bolhas. Um caco de vidro tremulava em seu ombro, e havia fuligem e cortes em seu rosto. Ele riu e mordeu o pescoço da menina, que se debatia contra ele.

— Avery, solta a garota — o Jardineiro gemeu.

Apesar do barulho das chamas, ouvimos o estalo do pescoço dela se quebrando.

Ao ouvir um barulho seco, ele jogou o corpo para o lado e deu um passo para trás. Virei e vi Bliss com a arma apontada para ele, seus pés firmes no chão. Ela atirou de novo. Avery gritou de dor e se jogou para a frente, e ela atirou mais duas vezes antes de ele finalmente cair de cara no meio das flores.

Uma das árvores maiores, completamente em chamas, se quebrou na altura da raiz e caiu contra a parede, provocando um rangido assustador. O vidro estilhaçou, painéis de metal entortaram sob o peso, e o telhado preto que se estendia entre duas seções da estufa desabou embaixo dela. Dava para ver a estufa externa em meios às chamas dançantes.

— Ainda não tenho nenhuma ideia — Bliss falou, tossindo sufocada com a fumaça. — É sério, sua vez de pensar em alguma coisa.

— Vai se foder — resmunguei, e ela olhou para mim com um sorriso fraco.

Com o tornozelo, puxei Ravenna pelo joelho para ela ocupar meu lugar ao lado de Desmond e fazer pressão sobre o ferimento em seu peito. Nós o movemos tanto que eu achava que não ia adiantar muito continuar pressionando a ferida, mas não conseguia suportar a ideia de não tentar. Ele havia tentado, mesmo sem sucesso. Nós podíamos tentar também.

E eu não queria que ele morresse. Não depois que ele finalmente nos deu uma chance de viver.

Corri para a árvore caída, afastando os pedaços maiores de vidro e os galhos mais afiados. A dor rasgava minhas mãos, mas, se havia alguma chance de abrir um caminho e sair dali, eu tinha que tentar. Glenys e Marenka foram me ajudar, e depois Isra se juntou a nós, e tentamos abrir um caminho em volta do tronco. Conseguimos liberar um lado dele e, quando nós quatro empurramos com força do outro lado, conseguimos deslocar o tronco para dentro da estufa externa o suficiente para passarmos.

Marenka puxou um caco de vidro do meu braço e o jogou longe.

— Acho que sei como carregar Desmond por aqui.

— Vamos tentar.

Ela levantou Desmond pelos ombros, enganchando as mãos nas axilas dele. Eu me posicionei entre as pernas dele, segurando a parte de trás de seus joelhos. Não era nada elegante, e certamente não era fácil, mas conseguimos nos mover desse jeito, em fila única.

Bliss abria caminho, e Danelle e Keely a seguiam de perto. Isra ficou para trás e foi removendo mais destroços que caíam, com o Jardineiro ao lado dela. Ele não ajudava, porque realmente não podia, mas conseguia fazer com que as meninas mais amedrontadas – ou mesmo paralisadas – nos seguissem. A fumaça piorava, ficava mais densa, e todo mundo tossia. Silhuetas se moviam além da estufa externa, e de repente ouvimos um estalo alto ecoar de um dos painéis de vidro de dois metros que encostavam no chão. Alguém batia nele com um machado. Nós recuamos, esperando para ver se conseguiam quebrar o vidro, e depois de mais alguns golpes o centro do painel se estilhaçou. Com a parte de trás do machado, um bombeiro removeu o resto do vidro do painel e jogou uma lona grossa e dobrada sobre os cacos.

— Venham — gritou ele (ou ela?) de trás da máscara.

Outros bombeiros vieram em seguida, e dois deles tiraram Desmond de nós. Não estava exatamente puro, mas respiramos ar fresco pela primeira vez em uma eternidade, e as poucas meninas que ainda não estavam chorando começaram a chorar quando pisaram na grama tenra de outono e sentiram o ar frio. Em choque, algumas caíram de joelhos e tiveram que ser carregadas.

Eu tentava contar cabeças depois que levaram Desmond, e vi que Isra fazia a mesma coisa na estufa externa, nós duas tentávamos calcular quantas havíamos perdido até ali. Depois ouvimos um... um... *uuummp* e outra explosão surgiu de um dos quartos, e a última imagem que tenho de Isra é dela voando de lado no meio de uma bola de fogo, com outras meninas ainda coladas nela, o Jardineiro no chão com chamas dançando sobre dele. Tentei fazer as meninas correrem, mas um dos bombeiros agarrou meu pulso e me puxou dali.

Depois vieram as ambulâncias, o hospital, e a sala onde conheci você. — Ela suspira. — E é isso. A história inteira.

— Quase.

Ela fecha os olhos, levando a mão com o dragãozinho azul até seu rosto.

— Meu nome.

— O Jardineiro agora tem o nome dele. O seu é tão terrível assim?

Ela não responde.

Ele se levanta e a põe em pé.

— Vamos. Falta uma coisa para ver.

Ela o segue para fora do quarto. Eles passam por Eddison, que conversava seriamente com um perito vestido com uma jaqueta quebra-vento, e passam pela porta do outro lado do corredor. Dessa vez ele a leva até perto da cama antes que a menina possa ver quem está nela, e, quando vê, ela para de respirar por um instante.

Os olhos de Desmond se abrem lentamente, desfocados pelos medicamentos, mas, quando a vê, ele distende os lábios num sorriso fraco.

— Oi — o rapaz sussurra.

Ela move os lábios diversas vezes tentando falar, até que a voz finalmente consegue sair.

— Oi.

— Desculpa.

— Não... não, você... você fez a coisa certa.

— Mas devia ter feito bem antes. — A mão dele se move sobre o cobertor, com uma agulha ligada a um tubo plástico presa por um esparadrapo.

Ela se move como se fosse segurar a mão dele, mas, antes que consiga tocá-lo, ela automaticamente fecha o punho. A menina o encara, a boca ligeiramente aberta, o lábio inferior tremendo com o choque.

Os olhos dele se fecham lentamente e ele fica quieto. Dormindo ou inconsciente, ninguém sabe ao certo.

— Ele ainda está fraco – Victor diz em voz baixa. — Ele ainda tem uma longa recuperação à frente, mas os médicos dizem que vai sobreviver.

— Ele vai? — ela sussurra. Os olhos dela brilham com a umidade, mas nenhuma lágrima cai. Segurando o dragãozinho azul com uma das mãos, passa um braço sobre a barriga, um gesto de proteção que ela não devia precisar mais.

— Ele vai ser processado como cúmplice — ela fala depois de um tempo.

— Não somos nós que decidimos. Talvez haja algum tipo de acordo para ele, mas...

— Mas ele devia ter feito a denúncia seis meses antes, e em breve todos irão saber disso.

Victor coça a cabeça.

— Confesso que achei que você ficaria mais aliviada em ver que ele está vivo.

— Estou. É que...

— É complicado?

Ela concorda.

— Talvez tivesse sido mais generoso deixá-lo escapar das consequências de sua covardia. Ele finalmente fez o que era certo, embora tenha sido pouco e muito tarde. Mas agora ele será punido por ter demorado a tomar uma atitude. Talvez pudesse ter morrido como herói, mas vai viver como um covarde.

— E nunca teria se tornado real?

— Real o bastante para deixar cicatrizes. Então não seria muito real. E como poderia ter sido mais?

— Ele vai ser processado, provavelmente. E você vai ser chamada para depor contra ele.

Ainda olhando para o jovem na cama, ela não responde.

O agente não sabe se ainda tem alguma coisa a ser dita.

— Inara...

— Inara! — uma voz feminina chama do corredor. — *Ina*... sim, já vi seu distintivo, seu filho da mãe arrogante, mas é minha família lá dentro! Inara! — Ruídos de um confronto físico precedem o estrondo da porta se abrindo. Uma mulher de estatura mediana entra no quarto. Ela tem trinta e poucos anos e cabelo castanho desbotado que ameaça desabar de um coque improvisado.

Inara paralisa antes mesmo de se virar completamente para ver a recém-chegada, seus olhos muito abertos. Sua voz é pouco mais que um suspiro.

— Sophia?

Sophia corre para dentro do quarto, mas Inara a encontra no meio do caminho, e as duas se abraçam com desespero. Elas balançam de um lado para o outro com a força do abraço.

Aquela Sophia? A mãe do apartamento? Como raios ela soube que Inara estava ali?

Furioso, Eddison entra no quarto e olha feio para a mulher ao passar por ela. Ele entrega um álbum de recortes preto simples e muito grosso para Victor.

— Estava em uma gaveta escondida e trancada na mesa do escritório dele. Os peritos estavam verificando os nomes quando encontraram uma coisa interessante.

Victor quase não quer saber, mas esse é seu trabalho. Desviando o olhar das duas mulheres, ele vê uma nota adesiva verde pendurada no meio das páginas, a mais ou menos dois terços da capa frontal. Ele abre o álbum algumas páginas antes desse marcador.

Uma jovem de olhar aterrorizado e lacrimejante o encara na foto, os ombros encurvados e as mãos parcialmente erguidas, como se tentasse de alguma forma esconder seus seios nus da câmera. Ao lado dela, uma foto das costas mostra asas feitas recentemente. Embaixo, aquelas mesmas asas em uma vitrine nova, as beiradas das asas meio turvas pelo vidro e a resina transparente. No espaço vazio há dois nomes, escritos com a mesma caligrafia firme e masculina: em cima, Lydia Anderson e, embaixo, Siobhan. O registro é finalizado com o nome *Agraulis vanillae*, ou Fritilária do Golfo, escrito acima de duas datas separadas por um espaço de quatro anos.

Na página seguinte há outra menina, e na outra, a que foi marcada pelo adesivo, apenas duas fotos e uma só data. Embaixo da fotografia de uma linda menina de cabelos castanhos e olhos cor de âmbar, a legenda diz:

— Sophia Madsen — Victor lê em voz alta, perplexo.

A mulher olha para ele por cima do ombro de Inara. Ela fala o outro nome na legenda.

— Lara.

— Como...

— Se nenhuma Borboleta jamais houvesse escapado, ninguém falaria da Borboleta fugitiva — Inara murmura com o rosto entre os cabelos de Sophia. — Teria sido doloroso demais.

— A fuga existiu. Você... você escapou?

As duas assentiram.

Eddison franze a testa.

— Os peritos jogaram o nome no banco de dados e o encontraram na nossa lista de empregados do Evening Star. Eles mandaram alguém ao restaurante e aos dois endereços residenciais registrados, mas ela não estava lá.

— É claro que eu não estava — Sophia responde. — Como poderia estar lá, se já estava vindo para cá? — Ela se afasta de Inara. Não a solta, só recua um passo, abrindo espaço suficiente para conseguir vê-la por completo. Sophia usava uma camisa velha e grande, com a gola caída em um dos lados revelando um ombro, a alça do sutiã e o contorno desbotado da ponta de uma asa, o traço deformado pelo ganho de peso. — Taki viu você nos jornais quando foi trazida para o hospital, e ele correu ao apartamento para contar para todo mundo. Elas telefonaram para mim e, ai, Inara!

Inara bufa no abraço apertado de Sophia, mas não tenta escapar.

— Você está bem? — Sophia pergunta.

— Vou ficar — Inara responde em voz baixa, quase tímida. — Minhas mãos estão piores, mas vão cicatrizar, se cuidar delas direito.

— Não é só isso que estou perguntando, e eu *estou* perguntando. Agora tenho minha própria casa e, por isso, posso desrespeitar as regras do apartamento.

O rosto de Inara se ilumina; a incerteza e o choque desaparecem.

— Você recuperou as meninas!

— Sim, e elas vão ficar felizes quando virem você. Sentiram saudades, tanto quanto todas nós. Elas dizem que ninguém lê histórias como você.

Eddison quase não consegue encobrir a risada com uma tosse disfarçada.

Inara olha para ele com uma expressão ácida.

Victor se sente quase aliviado por vê-la se esquivando da pergunta mais invasiva. Ao menos ela faz isso com todo mundo. Ele pigarreia para chamar sua atenção.

— Desculpem se interrompo, mas tenho que insistir em uma explicação.

— Ele sempre insiste — Inara resmunga.

Sophia sorri.

— É basicamente o trabalho dele. Mas talvez... — Ela olha para o rapaz na cama, e os olhos de Victor seguem os dela. Desmond nem se mexeu com o barulho. — Outro lugar?

Victor concorda e as leva para fora do quarto. No corredor, ele vê a senadora Kingsley parada sozinha na frente da porta do quarto das Borboletas, respirando e inspirando profundamente. Vestida com uma saia e uma blusa simples ela deveria parecer mais branda, mas em vez disso aparentava estar mais assustada. Victor se pergunta se a roupa da senadora funcionava como o brilho labial de Inara, um jeito de se proteger do resto do mundo.

— Você acha que ela vai entrar? — Inara pergunta.

— Em algum momento — ele responde. — Quando ela perceber que é impossível se preparar para enfrentar esse tipo de coisa.

Ele as leva para uma sala na zona de proteção entre as Borboletas e a família MacIntosh. De certo modo é como se fosse uma sala particular, e um dos guardas cuida para que ninguém os interrompa. Inara e Sophia se sentam lado a lado em uma das camas, de frente para a porta e para qualquer pessoa que possa tentar entrar. Victor se senta na cama oposta. Ele não se surpreende ao ver que Eddison decide ficar andando pela sala em vez de permanecer sentado.

— Sra. Madsen? — Victor diz. — Por favor.

— Você gosta mesmo de ir direto ao ponto, não? — Sophia balança a cabeça. — Sinto muito, mas não, ainda não. Estou esperando há mais tempo do que você.

Victor pisca, mas assente.

Sophia envolve as mãos de Inara com suas duas mãos, apertando-as.

— Nós pensamos que era alguma questão do passado. Achamos que você tinha fugido.

— Foi uma conclusão lógica — Inara diz a ela com delicadeza.

— Mas todas as suas roupas...

— São só roupas.

Sophia balança a cabeça de novo.

— Se você fosse fugir, teria levado seu dinheiro. Por falar nisso, Whitney e eu abrimos uma conta para você; nós não nos sentíamos à vontade deixando tanto dinheiro simplesmente lá, parado.

— Sophia, se você está de alguma forma tentando encontrar uma maneira de fazer com que tudo isso tenha sido culpa sua, você não irá conseguir nada comigo. Todas naquele apartamento estavam fugindo de algo, e nós sabíamos disso. Todas sabíamos que não deveríamos questionar se alguém desaparecesse.

— Nós deveríamos ter feito isso. E o momento...

— Não havia como saber.

— O momento? — Victor pergunta.

— O evento que o Jardineiro... Senhor MacIntosh...

Sophia solta uma gargalhada.

— Ele tem um nome. Quero dizer, obviamente ele tem um nome, mas... que bizarro.

— O evento no Evening Star — Inara continua. — Eu não falei nada sobre como o senhor MacIntosh estava sendo esquisito, só mencionei o contratempo que tive com Avery. Mas então voltamos para casa com todas aquelas fantasias de asas de borboletas.

— Eu bebi a ponto de quase perder a consciência — Sophia diz com seriedade. — Era como estar de novo no inferno.

— Eu a levei à saída de emergência para tomar um pouco de ar fresco, e ela acabou me contando tudo sobre o Jardim.

— Eu nunca tinha contado isso para ninguém antes.

— Por que não? — Victor pergunta. Ele observa com o canto de olho quando Eddison para de andar.

— No começo, parecia não haver nada a dizer. Eu não sabia o nome dele e estava tão desesperada para escapar dali que mal prestei atenção ao que havia ao meu redor. Não fazia ideia de onde ficava a propriedade. Tudo que eu tinha era uma tatuagem nas costas, um feto em desenvolvimento e uma história maluca. Pensei que, se fosse à polícia, eles seriam como meus pais: pensariam que eu estava bêbada, drogada ou saindo com qualquer um e mentindo para evitar consequências.

— Você voltou para a casa dos seus pais?

Ela fez uma careta.

— Eles me expulsaram e disseram que eu era uma vergonha para eles. Eu não tinha para onde ir, tinha dezenove anos e estava grávida, sem ninguém que me ajudasse.

Eddison se encosta na ponta da cama em que Victor estava sentado.

— Então Jillie é filha do Jardineiro.

— Jillie é *minha* filha — ela diz, mostrando os dentes para ele.

Eddison levanta as mãos em um gesto que buscava apaziguar.

— Mas ele é o pai.

Sophia fica desanimada, e Inara se encosta nela para confortá-la.

— Esse era o outro motivo que me levou a não dizer nada. Se ele a descobrisse, pode ser que eu a perdesse. Nenhum tribunal no mundo teria permitido que ela ficasse com uma viciada em heroína se ela podia viver com uma família rica e respeitada. Pelo menos, quando o assistente social levou minhas meninas, eu pude trabalhar para reavê-las. Se ele tivesse levado Jillie, eu nunca mais a veria de novo, e eu não acho que Lotte superaria isso. Elas são minhas meninas. Eu tinha que protegê-las.

Victor olha para Inara.

— Não é o que Desmond estava fazendo? Protegendo sua família? Você não aprovou a postura dele quando ele agiu assim.

— Não é a mesma coisa.

— Não?

— Você sabe que não — ela diz de modo seco. — Sophia estava protegendo suas filhas, crianças inocentes que não merecem sofrer pelo que houve. Desmond estava protegendo criminosos. Assassinos.

— Como você escapou? — Eddison pergunta.

— Eu ia ter que fazer um exame de gravidez — Sophia responde. — Eu vinha ganhando peso e às vezes passava mal depois do almoço. Lor... nossa enfermeira levou o exame para mim, mas foi chamada para cuidar de alguém que havia se machucado antes que ela pudesse me acompanhar fazendo o teste. Entrei em pânico. Saí correndo à procura de uma saída que podia não ter percebido nos últimos dois anos e meio. E vi Avery.

— Avery já estava no Jardim.

— Ele tinha descoberto algumas semanas antes. O pai havia dado um código para ele, mas ele tinha dificuldade para se lembrar dos números e era muito lento quando os digitava no teclado numérico. Naquele dia, eu me escondi na madressilva e observei enquanto ele tentava inseri-lo sem sucesso, até mesmo dizendo os números em voz alta para tentar se lembrar. Eu esperei um pouco e então os inseri também. Eu quase tinha me esquecido de que as portas podiam ser abertas normalmente.

Victor passa a mão no rosto.

— Você contou a alguma das outras?

Ela começa a se alterar, mas logo solta os ombros.

— Acho que entendo por que está perguntando isso — ela admite. — Afinal, por não ter ido à polícia, eu as abandonei à morte lá, não é? Mas eu tentei. — Ela olha nos olhos dele com firmeza. — Juro para você que eu tentei, mas elas estavam com medo demais para ir embora. Eu estava com medo demais para ficar.

— Com medo?

— O que acontece se você quase escapa, mas não consegue? — pergunta Inara, mas mais parece um lembrete do que uma pergunta.

— Fazia menos de um mês desde que uma garota chamada Emiline havia permanecido fora durante uma manutenção — Sophia diz. — Ela tentou contar aos trabalhadores o que acontecia ali, mas o Jardineiro provavelmente deve ter distorcido sua história e achado uma desculpa plausível. Quando a vimos de novo, ela estava no vidro. Fugir é algo difícil de tentar quando você percebe que a punição é essa. Mas você me culpa por deixá-las para trás.

— Não. — Victor balança a cabeça. — Você deu uma chance para elas. Não se pode salvar quem não quer ser salvo.

— Por falar nisso, Lorraine está aqui.

Sophia se vira para Inara num susto.

— Ah, não. Ainda?

Inara assente.

— Aquela coitada — ela murmura. Inara olha para ela de soslaio, mas não diz nada. — Fiquei mais tempo na rua com outras prostitutas do que fiquei no Jardim, mas nunca vi uma mulher tão destruída quanto ela. Ele a amou e depois deixou de amá-la, e nunca foi culpa dela. Pode detestá-la, se for o caso, mas eu sinto pena dela. Talvez ela nunca teve uma chance, mais do que todas nós.

— Ela nunca estará em um vidro agora.

— Ela nunca estaria em um vidro na época em que eu a conheci também. Isso muda alguma coisa?

— Inara? — Todos se viram para olhar para Eddison; até onde Victor consegue se lembrar, é a primeira vez que Eddison chama a menina pelo nome. — Você foi sequestrada de propósito? É isso que você tem escondido de nós?

— De *propósito*? — Sophia se engasga, empurrando a cama.

— Não. Eu...

— Você fez isso de propósito?

— Não! Eu...

Victor para de prestar atenção no discurso nada impressionante de Sophia e se vira de lado para olhar para seu parceiro.

— Como você passou de cúmplice a ser sequestrada de propósito? — ele pergunta com a mente a mil. Se Eddison estiver certo, isso poderia mudar tudo. Não haveria como salvá-la da senadora ou do tribunal. Fazer tudo isso sem ir à polícia? Uma coisa é conscientemente se colocar em perigos em situações dessas, mas escolher ir até lá? Colocar-se em risco de propósito e, talvez, colocar em risco a vida daquelas outras garotas?

— Se ela não estava se escondendo por fazer parte daquilo, o que ela estava escondendo então?

— Eu estava escondendo Sophia! — diz Inara, segurando o braço da amiga e puxando com força. Com um "ai" assustado, Sophia volta a cair na cama. — De propósito... Sério mesmo que pareço tão idiota?

— Você quer mesmo que eu responda? — Eddison pergunta com um sorriso forçado.

Ela arregala os olhos para ele.

— Eu estava escondendo Sophia. — Inara repete mais suavemente. Ela olha para Victor. — Compreendo que talvez minha palavra não valha muito, mas juro que essa é a verdade. Eu sabia que, se o nome de Sophia viesse à tona, também viria à tona a verdade a respeito de Jillie, e eu não podia... Sophia se esforçou tanto para colocar sua vida de volta nos eixos. Eu não podia ser a responsável por virá-la de cabeça para baixo. Não podia ser o motivo pelo qual ela perderia as meninas. Eu precisava de tempo para pensar.

— A respeito do quê? — Victor pergunta.

Ela dá de ombros.

— Precisava ver se havia uma maneira de evitar ligar o nome dela ao Jardim de novo. Claro que o jeito mais fácil teria sido esconder esse livro, mas quanto a isso... bem. Então, pensei que talvez, se eu conseguisse prolongar essa história mais um pouco, eu poderia ligar para ela, avisá-la disso tudo, mas ela...

— Você não esperava que ela viesse.

Inara balança a cabeça.

— Mas você sabia sobre o Jardim — Eddison insiste.

— Não que aqueles eram os responsáveis por ele. — Inara abriga o pequeno dinossauro com as duas mãos. — As lembranças de Sophia em relação ao Jardim começaram a surgir quando ela viu as asas das fantasias, nada além disso. Nenhuma de nós que trabalhou naquela noite descreveu para ela a aparência dos clientes; por que faríamos isso? E eles estavam levantando dinheiro para o *Madame Butterfly*, o tema fazia sentido. Eu não sabia.

Victor assente lentamente.

— Mas você sabia sobre o Jardim e por isso, quando acordou lá, não entrou em pânico.

— Exatamente. Tentei ver os códigos de Avery, mas ele foi mais cuidadoso. Afinal de contas, dez anos haviam se passado. Procurei por todas as partes, mas não consegui encontrar nenhuma outra saída. Até tentei quebrar o vidro perto das árvores, mas ele nem sequer rachou.

— E então Desmond aconteceu.

— Desmond? — Sophia pergunta.

— O filho mais novo do Jardineiro. Eu tentei... — Inara balança a cabeça, afastando os cabelos do rosto. — Sabe como Hope consegue fazer com que os caras com quem ela sai façam tudo por ela? Por exemplo, eles entrariam em um prédio em chamas se ela dissesse que seu colar preferido está lá.

— Sim...

— Tentei fazer isso.

— Ah, minha querida. — Sophia bate o ombro no de Inara, um sorriso iluminando seus traços cansados. — Por ser do jeito que é, não consigo imaginar que tenha dado certo.

— Não deu mesmo.

— Mas ele ligou para a polícia. — Victor relembra.

— Não acho que tenha sido por nada que eu tenha feito — ela confessa. — Eu acho que foi principalmente por Avery.

— Como assim?

— Eles não conseguiam conviver no Jardim. Talvez não conseguissem conviver em lugar nenhum, mas principalmente não ali, e não com o orgulho do pai deles em jogo. Eles estavam competindo pelo amor dele. Avery fez algo dramático, e Desmond fez algo drástico em resposta. Ambos perderam.

— Mas você ganhou.

— Não acho que alguém tenha ganhado — ela diz. — Dois dias atrás nós éramos vinte e três meninas, incluindo Keely. Agora somos treze. Quantas você acha que realmente vão conseguir se ajustar com o lado de fora?

— Você acha que suicídios vão acontecer?

— Acho que um trauma não termina só porque a pessoa foi salva.

Eddison fica de pé e pega o caderno de Victor.

— Preciso levar isso aos peritos — ele diz. — Quer que eu faça mais alguma coisa enquanto vou lá?

— Veja se alguém conversou com o advogado da família MacIntosh. Eu acho que Eleanor deveria receber um aconselhamento; Geoffrey e Desmond ainda não estão em condições para isso. Veja como Lorraine está também. Veja se os psicólogos fizeram um laudo preliminar.

— Positivo. — Ele acena para Inara e sai da sala.

Inara ergue uma sobrancelha.

— Olha, devo dizer que, se passar mais alguns dias presa em uma salinha com ele, pode ser que eu comece a pensar nele como um amigo. — Ela sorri para Victor, meiga e meio falsa, mas ainda assim sorri. O sorriso desaparece logo. — Então, o que vem agora?

— Mais interrogatórios. Muitos deles. Você será incluída neles, sra. Madsen.

— Imaginei. Trouxe uma mala para cada uma de nós.

— Mala? — Inara repete.

— Está no porta-malas. Eu peguei o carro de Guillian emprestado. — Ela sorri e aperta a mão de Inara. — Você achou que eu desistiria de você? Sua cama e todas as suas coisas ainda estão lá. Eu disse que Whitney e eu abrimos uma conta com a quantia absurda de dinheiro que você tinha. Deve ter rendido bastante já. E Guillian diz que você é bem-vinda para voltar ao restaurante.

— Vocês... guardaram minhas coisas? — ela pergunta, assustada.

Sophia toca o nariz de Inara com delicadeza.

— Você é uma das minhas garotas também.

Inara pisca depressa, com os olhos brilhando, mas em seguida lágrimas rolam de seus cílios, descendo por seu rosto. Ela toca a pele úmida com surpresa.

Victor pigarreia.

— O carrossel parou — ele diz a ela, baixinho. — Mas dessa vez sua família está à espera.

Inara respira fundo, trêmula, tentando se acalmar, mas os braços de Sophia a envolvem, acomodando-a em seu colo cuidadosamente. Ela começa a chorar em silêncio. Apenas os tremores que tomam seu corpo mostram que ela chora. Sophia não faz carinho em seus fartos cabelos escuros. Isso seria muito parecido com o que o Jardineiro faria, Victor imagina. Em vez disso, ela passa um dedo pela curva da orelha de Inara, várias vezes, até Inara rir e se ajeitar, sentando.

Victor segura seu lenço no espaço entre as camas. Ela o pega e seca o rosto.

— As pessoas voltam? — ele sugere.

A voz dela sai suave.

— E outras pessoas esperam que elas voltem.

— Você sabe que tem mais uma coisa.

Ela passa o dedo pelo dragãozinho azul e triste.

— Você precisa entender que ela não é real. Nunca foi. Eu não era uma pessoa de verdade até me tornar Inara.

— E Inara pode ser a pessoa real. Se você estava falando a verdade, você agora tem dezoito anos.

Ela olha para ele, surpresa.

Ele sorri e então continua:

— Você pode mudar seu nome legalmente para Inara Morrissey, mas só se tivermos seu atual nome legal.

— Você sobreviveu ao Jardineiro e aos filhos dele — Sophia diz. — Ainda que seus pais apareçam, você não deve nada a eles. Sua família está aqui no hospital e em Nova York. Seus pais não são nada.

A garota respira devagar, solta o ar ainda mais devagar.

— Samira — ela diz, por fim, com a voz trêmula. — O nome na certidão de nascimento era Samira Grantaire.

Ele estende a mão. Ela olha para ela por um momento e então deixa o dragão de argila na coxa para poder se inclinar e aceitar o cumprimento. Sophia segura sua outra mão.

— Obrigada, Samira Grantaire. Obrigada por nos contar a verdade. Obrigada por cuidar daquelas meninas. Obrigada por ser tão incrivelmente corajosa.

— E tão incrivelmente teimosa — Sophia acrescenta.

A menina ri, seu rosto feliz e iluminado marcado por lágrimas, e Victor decide que aquele é um bom dia. Não é ingênuo o bastante para achar que tudo está bem. Ainda vai haver muita dor e muito trauma, com todas as feridas da investigação e do julgamento. Há garotas mortas pelas quais chorar, e garotas vivas que sofrerão anos para se ajustar à vida fora do Jardim, se é que um dia conseguirão se ajustar.

Mas ele ainda conta aquele como um bom dia.

Agradecimentos

Às vezes, acho que essa parte é mais difícil do que escrever o livro em si.

Mas há muitas pessoas a quem sou profundamente grata pela existência deste livro. A minha mãe e a Deb, por responderem a perguntas médicas perturbadoras e bizarras para a pesquisa, evitando com que eu entrasse para a "Lista de pessoas que pergunta coisas bizarras para o Google". A meu pai e a meus irmãos, por sempre apoiarem esse meu sonho esquisito e difícil. A Sandy, por não desistir do monstrinho calado e assustador que parecia não ter casa. A Isabel e Chelsea, por terem sido as primeiras leitoras e por terem uma reação diferente de "O que raios há de errado com você?". A Tessa, por ter a paciência e o talento para me tirar da beira dos precipícios nos quais sempre me encontro. A Alison e JoVon, por tentarem, e a Caitilin, por fazer tantas perguntas fantásticas e por me guiar – por mais histérica que eu tenha ficado – a encontrar maneiras de melhorar este livro.

Aos amigos que me perdoaram por ser profundamente antissocial enquanto escrevia, e aos colegas de trabalho que provavelmente estão cansados de me ouvir falar sobre ele, e aos gerentes que estão animados para vê-lo.

A vocês, por continuarem comigo por tanto tempo.

Sobre a autora

Dot Hutchison é a autora de *A wounded name*, um romance para jovens adultos baseado em *Hamlet*, de Shakespeare, e do suspense adulto *O jardim das borboletas*. Com experiência de trabalho em um acampamento de escoteiros, em uma loja de artesanato, em uma livraria e na Feira da Renascença (como peça de xadrez humana), Hutchison se orgulha por ter permanecido deliciosamente em contato com sua jovem adulta interna. Ela adora tempestades, mitologia, história e filmes que podem e devem ser assistidos sem parar. Para saber mais sobre seus projetos atuais, visite www.dothutchison.com ou confira seu Tumblr (www.dothutchison.tumblr.com), Twitter (@DotHutchison) ou Facebook (www.facebook.com/DotHutchison).

Leia também, da trilogia O Colecionador:

Acreditamos nos livros

Este livro foi composto em Fairfiled LT Std e impresso pela geáfica Santa Marta para a Editora Planeta do Brasil em fevereiro de 2025.